내 마음을 챙기고 싶습니다

내 마음을 챙기고 싶습니다

초판 1쇄 펴낸 날 | 2019년 7월 25일

지은이 | 김한수
펴낸이 | 이종근
펴낸곳 | 도서출판 하늘아래

주소 | 서울시 종로구 이화장1가길 6 부광빌딩 402호
전화 | (02) 374-3531
팩스 | (02) 374-3532
이메일 | haneulbook@naver.com

등록번호 | 제300-2006-23호

ⓒ김한수 2019
ISBN 979-11-5997-027-6 (03810)

내 마음을 챙기고 싶습니다

김한수 · 지음

위로와 지혜가 필요한 당신에게 전하고 싶은 이야기

머리말

20세에 마케도니아의 왕이 된 알렉산드로스는 그리스를 통일하고 페르시아 원정에 나섰다. 지금의 터키 중부인 프리지아에 도착했을 때, 프리지아의 수도인 고르디움의 신전에는 마차가 나무껍질로 만든 밧줄로 매어져 있었다.

신전의 여사제는 예언하기를 '누구든 이 매듭을 푸는 자가 세계를 지배할 것이다'라고 했다. 하지만 그 동안 많은 사람들이 이 복잡하게 매듭지어진 밧줄을 풀기 위해 도전했지만 누구도 성공하지 못했다.

여사제의 예언을 알게 된 알렉산드로스는 밧줄에 묶여 있는 마차 앞에 섰다. 역시 마차를 묶고 있는 밧줄의 매듭은 너무도 복잡하게 얽혀 있어 어디서부터 손을 대야 할지 알 수가 없었다.

알렉산드로스는 한동안 깊은 생각에 빠졌다. 그리고 무엇인가 결심한 듯 밧줄 매듭으로 다가가더니 칼을 뽑아 매듭지어진 밧줄을 잘라버렸다. 다시 원정길에 나선 알렉산드로스는 이집트와 페르시아를 정복했다.

그 동안 밧줄의 매듭을 풀기 위해 도전했던 사람들은 알렉산드로스가 칼로 밧줄을 잘라버렸을 때 어떤 기분이었을까?

우리는 개인의 고정관념, 한 가족의 고정관념, 한 사회의 고정관념, 한 국가의 고정관념, 더 확장하면 지구인으로서의 고정관념 속에서 살고 있다. 이 고정관념은 인류의 탄생과 함께 시작되었으며, 인류가 존재하는 한 함께 할 것이다. 지혜라는 것은 바로 이 고정관념의 벽에 난 작은 틈을 통해 벽 밖의 풍경을 바라볼 수 있게 해준다.

끝으로 이 책에 실린 이야기들 중 어느 하나라도 독자의 마음에 흔들림이 있기를 바란다.

차례

02

행복한 성공을 위한
지혜 – 성공 • 95

03

사람은 사람들 속에서
빛난다 – 관계 • 153

04
사람들은 같은 실수를
반복한다 - 어리석음 • 211

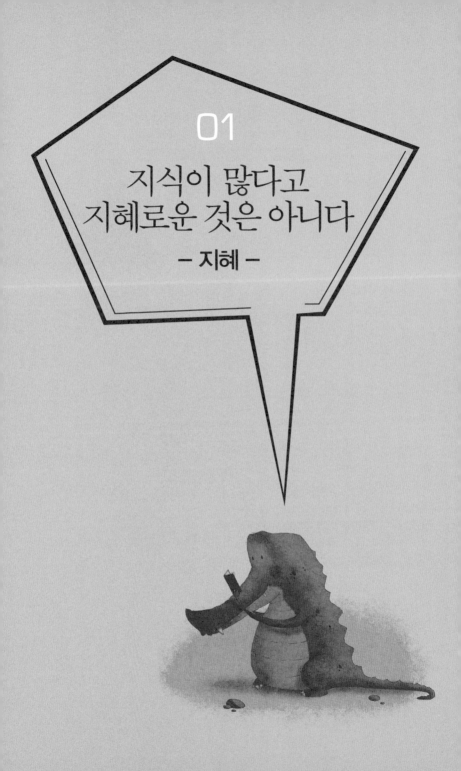

왕과 코끼리

Things do not change; we change.

세상은 변하지 않는다. 다만 우리가 변할 뿐이다.

헨리 데이비드 소로 Henry David Thoreau

옛날 인도의 어떤 왕이 흰 코끼리 한 마리를 기르고 있었다. 왕은 그 코끼리를 잔인한 범죄를 저지른 자들을 밟아 죽이는 데 썼다.

그런데 어느 날, 코끼리를 키우던 우리에 불이 났다. 다행히 코끼리는 무사했지만 우리가 불타버려, 왕은 절 옆에 임시 우리를 지어 코끼리가 지내도록 했다.

그때부터 코끼리는 스님들의 경 읽는 소리를 들으며 일어나고 또 잠이 들었다. 그렇게 밤낮없이 경 읽는 소리를 들은 코끼리는 흉포함이 사라지고 자비로운 마음까지 가지게 되었다.

얼마 지나지 않아 왕은 잔인한 죄를 지은 범죄자를 죽이기 위해 코끼리 우리에 집어넣었다. 하지만 코끼리는 죄인을 밟아 죽이기는커녕 오히려 호감을 표시했다.

이상하게 생각한 왕이 대신들에게 물었다.

"어찌된 일인가? 왜 코끼리가 저리 되었는가?"

그러자 대신들이 대답했다.

"아마도 코끼리가 절 옆의 우리에 있으면서 영향을 받은 게 아닐런 지요."

그 말을 들은 왕은 코끼리의 우리를 도살장 옆으로 옮기라고 명령했다. 그리고 얼마 지나지 않아 코끼리는 다시 죄인들을 밟아죽이기 시작했다.

> 지혜의 한 줄___
> 환경이 바뀌면 사람도 바뀌기 마련이다.

나무꾼과 죽음의 신

You can never get enough of what you don't need to make you happy.
지금 가지고 있는 것만으로 충분히 행복해질 수 있다.

에릭 호퍼 Eric Hoffer

늙은 나무꾼이 숲에서 나무를 하다가 너무 힘들어 하늘을 보며 신세를 한탄했다.

"죽음의 신이시여, 왜 저를 데려가지 않는 것입니까? 죽지 못해 살고 있을 뿐입니다. 세상에 대한 미련도 버린 지 오래 되었습니다. 제발 저를 데려가 주십시오."

늙은 나무꾼에게는 가족도, 친구도, 재산도 아무것도 없었다. 그리고 날마다 힘들게 나무를 해야만 겨우 먹고 살 수 있었다.

그런데 죽음의 신이 우연히 근처를 지나가다 나무꾼이 신세를 한탄하는 소리를 듣게 되었다. 그래서 그에게 다가가 물었다.

"나를 기다렸다고 하던데?"

그러자 늙은 나무꾼이 깜짝 놀라며 되물었다.

"아니, 누구십니까? 누구시길래 이렇게 갑자기 나타나 저를 놀라게 하십니까?"

"나는 네가 애타게 기다리고 있던 바로 그 죽음의 신이다. 내게 할 말이 있는 것 같던데, 말해 보거라."

그러자 늙은 나무꾼이 손사래를 치면서 뒤로 물러서며 대답했다.

"아이고, 제가 나이가 들어 정신이 오락가락합니다요. 제가 죽음의 신님을 왜 만나고 싶어 하겠습니까? 헌데 이왕 이렇게 오셨으니 지게 지는 것 좀 도와주시겠습니까요?"

 지혜의 한 줄___
다른 사람의 입에서 나오는 말이 모두 진심은 아니다.

깨달음의 길

We each build our own future. We are the architects of our own fortune.
우리 각각은 자기 자신의 미래를 건설한다.
우리는 자기 자신의 운명을 건설하는 건축가다.
아피우스 클라우디우스 Appius Claudius

어떤 사람이 현자에게 물었다.
"현자께서는 어떤 분의 가르침을 받고 깨달음을 얻으셨습니까?"
그러자 현자가 대답했다.
"이상하게 들리지도 모르겠지만 어느 날 본 한 마리의 개에게서 얻었습니다. 어느 날 나는 물가에 있으면서도 갈증 때문에 고통 받고 있는 개를 보았소. 그 개는 물에 비친 자신의 모습을 보고는 깜짝 놀라 도망쳤지요. 그 개는 물에 비친 자신을 다른 개라고 생각했던 것이오. 그래서 코앞에 물이 있어도 그 물을 마시지 못하고 목이 말라 죽어가고 있었소. 그 개는 갈증으로 인해 죽음의 문턱에 다다라서야 마침내 물속의 개에게 달려들었고, 그와 동시에 물속에 있던 개는 흔적도 없이 사라지게 되었소. 혹시 당신도 물속의 개에 대한 두려움 때문에 고통 받고 있지는 않소?"

> 지혜의 한 줄___
> 내 앞의 장애물이 얼마나 강한지는 부딪쳐 보아야 알 수 있다.

강한 활

As a rule, he or she that has the most information will have
the greatest success in life.

대개 가장 많은 정보를 갖는 사람이 인생에서 가장 크게 성공하는 법이다.

벤저민 디즈레일리 Benjamin Disraeli

한나라의 고조는 초나라 항우의 군사를 패배시킨 후 의기양양해져 있
었다. 그래서 자만과 오만에 빠져 흉노의 침략이 있어 출정했다가 오
히려 포위당하고 말았다.

진평의 계책으로 간신히 포위망을 벗어난 후 고조는 흉노와 화친을
맺었다. 그러나 흉노는 이 약속을 어기고 자주 북방을 침략했다.

고조의 뒤를 이어 즉위한 무제는 계속되는 흉노를 무력으로 정벌하고
싶어 했다. 그래서 수시로 대신들과 흉노 정벌에 대해 의논했다.

왕화라는 대신이 있었다. 그는 흉노와의 화친이 언젠가는 깨질 것이
니 화친을 파기하고 무력으로 흉노를 정벌해야 한다고 주장했다.

그러자 자리에 있던 한안국이 나서서 말했다.

"군사를 모아 천 리 밖으로 나가 싸우는 것은 이롭지 않습니다. 아무
리 강한 화살이라도 그 끝에 가서는 힘을 잃어 얇은 비단조차도 뚫지
못하는 법입니다."

무제는 한안국의 말을 듣고는 그의 말이 옳다고 여겨서 흉노를 정벌
하려던 마음을 고쳐먹었다.

지혜의 한 줄___
옳은 말을 듣고 받아들이는 것은 부끄러운 일이 아니다.

개 조심

Never be a cynic, even a gentle one.
Never help out a sneer, even at the devil.
냉소적인 사람이 되지 않도록 주의하라. 악마를 조롱할 때도 도와서는 안 된다.

바첼 린지 Vachel Lindsay

한 사람이 자동차를 몰고 한적한 시골길을 달리고 있었다. 그런데 커다란 표지판이 길가에 나타났다. 그 표지판에는 이렇게 쓰여 있었다.

'개 조심'

조금 더 가자 또 표지판이 나타났는데 좀 더 큰 글씨로 이렇게 쓰여 있었다.

'개 조심'

조금 더 차를 타고 가자 제일 큰 표지판이 붙어 있는 집이 보였다. 그는 도대체 어떤 개인데 표지판까지 세워 둘 정도일까 궁금해졌다. 그래서 혹시 커다란 개가 달려들지 않을까 조심조심하며 차에서 내려 그 집으로 다가갔다.

그런데 그 집 앞에는 자그마한 강아지 한 마리가 앉아 있었다.

어이가 없어진 그가 집주인에게 물었다.

"뭡니까, 이게? 이런 작은 강아지를 조심하라고 표지판까지 세우신 겁니까?"

그러자 집주인이 껄껄 웃으며 말했다.

"허허, 하지만 그 표지판들이 이 강아지와 집은 제대로 지켜주고 있는 것 같습니다만."

> 지혜의 한 줄___
> 진지한 이야기라고 반드시 진지하게 할 필요는 없다.

의무와 책임

Faced with crisis, the man of character falls back on himself.
He imposes his own stamp of action,
takes responsibility for it, makes it his own.

위기에 처했을 때 인격자는 스스로 극복하려고 노력한다.
그는 스스로 행동을 결정하고 책임을 지며 그것을 자신의 것으로 만든다.

샤를 드골 Charles de Gaulle

어떤 마을에 지나가는 사람이 있으면 아무에게나 다리를 주물러 달라고 말하는 노인이 있었다. 이 노인은 손자에게도 수시로 다리를 주물러 달라고 했다. 그런데 노인의 손자는 어떨 때는 '예.' 하고 다리를 주물러 주었지만 어떨 때는 '싫어요.' 하고 주물러주지 않았다.

노인은 그게 궁금해서 손자를 불러 물었다.

"너는 내 다리를 잘 주물러주다가도 가끔은 싫다고 하는데 무슨 이유라도 있는 것이냐?"

그러자 손자가 대답했다.

"간단히 말씀드리겠습니다. 책임일 때는 즐거운 마음으로 주물러드리지만, 의무가 되면 주물러드리기 싫기 때문입니다."

노인은 알다가도 모를 손자의 대답을 듣고는 다시 물었다.

"그게 어떻게 다른 것이냐?"

"책임은 제 마음속에서 우러나오는 것이고, 의무는 그저 형식적인 것입니다. 할아버지 말씀이기 때문에 의무적으로 할 때는 마음이 다른 곳에 있기 때문입니다. 또한 마음에서 우러나 하고 싶을 때도, 누군가 지시해서 의무로 바꾸어버리면 하기 싫어지는 것입니다."

지혜의 한 줄___
좋아하는 일도 강요를 받으면 하기 싫어지는 법이다.

사자와 여우

자신을 한계 짓지 말라. 많은 이들이 자신이 할 수 있는 것에 한계를 정한다.
당신은 당신의 마음이 정하는 만큼 갈 수 있다.
당신이 믿는 것, 당신은 그것을 얻을 수 있다!

메리 케이 애시 Mary Kay Ash

어떤 사람이 우연히 살찐 여우를 발견하고는, '저 여우는 어떻게 저리 살이 쪘을까?' 하는 호기심이 생겼다. 그래서 그 여우가 사는 방법을 자세히 살펴보니, 힘들게 사냥하지 않고 사자가 먹다 남은 먹이로 배를 채우고 있었다.

'아! 저렇게 사는 방법도 있구나!' 하고 뭔가를 깨달은 그는 마을로 돌아가자 큰 장사를 하는 가게 바로 옆에 조그만 가게를 차렸다. 그는 큰 장사꾼에게 물건을 대주면서 힘들지 않게 하루의 만족을 얻으며 살 수 있었다.

그런데 어느 날 큰 장사꾼이 사업을 확장하기 위해 다른 곳으로 이사를 가버리자, 갑자기 기댈 곳이 없어져 버렸다.

하루아침에 거지가 된 그는 이 마을 저 마을을 떠돌며 방랑을 하게 되었다. 그러던 어느 날 사람들이 모여 있는 것을 보았다. 그 사람들은 어떤 현자의 이야기에 귀를 기울이고 있었는데, 그 현자가 하는 이야기 중에 그의 귀에 깊게 들어오는 한마디가 있었다.

"너는 사자가 먹고 남긴 것을 먹겠느냐 아니면 네가 남긴 것을 여우가 먹게 하겠느냐?"

 지혜의 한 줄___
다른 사람에게 기댄 성공은 그 사람이 없어지면 함께 사라진다.

열매 없는 나무

The law of cause and effect: If you do what other successful people do,
you will eventually get the results that other successful people get.

인과의 법칙: 다른 성공적인 사람들이 행하는 것을 행하면,
당신 역시 언젠가는 그 사람들이 얻은 결과를 얻을 것이다.

브라이언 트레이시 Brian Tracy

한 농부의 정원에 키는 크지만 열매는 맺지 못하는 나무가 한 그루 있
었다. 농부는 자리만 많이 차지하고 열매도 맺지 못하는 나무를 쓸모
없게 여기고 있었다.
어느 날 농부는 그 나무를 베어내고 정원을 더 넓게 사용하기로 결정
했다. 그래서 농부는 큰 도끼를 들고 도끼질을 시작했다.
'쾅' 하고 한번 도끼를 휘두르자 나뭇가지에 둥지를 틀고 있던 새들이
몰려나와 제발 나무를 베지 말아달라고 사정했다. 하지만 농부는 새
들의 말을 무시하고 도끼질을 계속했다.
'쿵, 쾅'
그런데 세 번째 도끼질을 하던 농부가 손을 멈추었다. 도끼질로 갈라
진 나무의 상처에서 꿀벌들이 날아오르기 시작했고 그 자리에서 꿀이
흘러내렸다. 농부는 도끼질을 멈추고 흘러내린 꿀을 맛보았다. 지금까
지 먹어 보았던 어떤 꿀도 이처럼 달콤하지는 않았다.
그 뒤로 농부는 자신의 정원에 있는 나무들 중 이 열매 맺지 못하는
나무를 가장 소중하게 가꾸었다.

지혜의 한 줄___
쓸모없다고 여겨진다는 것은 아직 그것에 대해 알지 못했다는 것이다.

현자의 가르침

To learn, you have to listen. To improve, you have to try.
배우고 싶다면 들어라. 발전하고 싶다면 시도하라.
토머스 제퍼슨 Thomas Jefferson

어느 날 한 젊은이가 이름난 현자를 찾아갔다. 그리고 그에게 가르침을 부탁했다.
"부디 저에게 가르침을 주세요."
그러자 현자가 그 젊은이에게 물었다.
"한 가지만 묻겠네. 그대는 나의 가르침을 따르고 받아들이겠는가?"
젊은이는 현자의 질문에 당연하다는 표정으로 대답했다.
"왜 따르고 받아들이지 않겠습니까? 저는 가르침을 받으러 왔습니다."
젊은이가 이렇게 대답하자 현자가 말했다.
"그 마음이 중요하다네. 그대가 받아들이지 않는다면 내 가르침은 의미가 없지. 사실 무언가를 가르친다는 것은 불가능하다네, 오직 배우는 것만이 가능하지."

 지혜의 한 줄___
배우려는 의지가 없는 곳에는 가르침도 없다.

용맹을 좋아하는 왕

He who conquers others is strong. He who conquers himself is mighty.
다른 사람들을 정복하는 사람은 강한 사람이다.
자기 자신을 정복하는 사람은 위대한 사람이다.

노자 Lao Tzu

제나라의 신왕이 맹자에게 물었다.
"이웃나라들과 교류하는 데도 방법이 있습니까?"
신왕의 물음에 맹자가 대답했다.
"어진 사람만이 대국으로 소국을 섬길 수 있으며, 지혜로운 자만이 소국으로 대국을 섬길 수 있습니다. 대국으로서 소국을 섬기는 자는 하늘의 뜻을 즐거워하는 자이고, 소국으로 대국을 섬기는 자는 하늘의 뜻을 두려워하는 자입니다. 그러므로 하늘의 뜻을 즐거워하는 자는 천하를 지키지만, 하늘의 뜻을 두려워하는 자는 오직 자기 나라를 지킬 뿐입니다."
맹자의 대답을 들은 신왕이 다시 물었다.
"나에게는 고질적인 버릇이 하나 있습니다. 그것은 바로 용맹을 좋아하는 것입니다."
그러자 맹자가 대답했다.
"왕이시여! 작은 용맹을 좋아하지 마십시오. 칼을 어루만지면서 상대를 노려보며 '저 자가 감히 나를 어찌 당하겠는가?' 하고 말하는 것은 필부의 용기일 뿐입니다. 이는 한 사람을 대적할 때나 부리는 용기이니, 더 큰 용기를 가지십시오."

 지혜의 한 줄___
사람들은 사소한 일에 큰 용기를, 큰일에 작은 용기를 발휘한다.

현자와 늪

옛날 어떤 곳에 많은 제자들이 따르는 현자가 있었다.

어느 날 이 현자가 길을 가는데 어떤 사람이 술에 취해서 늪지로 걸어 들어가고 있었다. 현자는 그에게 조심하라고 큰소리로 외쳤다.

"이보시오! 거긴 늪이오. 조심하시오!"

그러자 술에 취한 사람이 대답했다.

"걱정하지 마시오. 나 하나 늪에 빠진다고 세상에 뭔 일이라도 생기겠소? 그러니 당신 앞이나 잘 살피시오. 당신이 늪에 빠지면 당신 제자들도 덩달아 빠지지 않겠소?"

지혜의 한 줄___

남을 가르치는 사람은 항상 스스로 자신을 살펴야 한다.

장례식의 전통

Imagination is more important than knowledge.
지식보다 더 중요한 것은 상상력이다.
아인슈타인 Albert Einstein

어떤 집에서 세상을 떠난 아버지의 명복을 빌기 위한 전통 의식이 행해지고 있었다. 그런데 온 가족이 의식을 행하고 있을 때 집에서 기르고 있던 개가 의식이 행해지고 있는 방으로 들어와 어슬렁거렸다. 아들은 돌아가신 아버지를 위한 의식에 방해가 될까 봐 개를 끌고 가 베란다의 기둥에 묶어두었다.

세월이 지나 이 아들은 아버지가 되었고 세상을 떠나게 되었다. 그리고 그의 아들이 장례 의식을 치르게 되었다. 아들은 아버지가 치르던 의식을 기억하고 있었고 실수하지 않기 위해 애를 썼다.

하지만 아버지가 의식을 치를 때 베란다에 묶어두었던 개는 이미 죽고 없었다. 그래서 아들은 거리로 나가 집 없는 개를 붙잡아서 베란다의 기둥에 묶었다. 그리고 의식은 훌륭하게 마무리가 되었다.

이 전통은 수세기에 걸쳐 전해졌다. 그래서 지금도 거리를 떠도는 개를 붙잡아 베란다의 기둥에 묶는 의식은 전통적인 장례식의 가장 중요하고 신성한 절차가 되었다.

 지혜의 한 줄___
전통에 얽매이다 보면 자칫 본래 마음을 잃어버릴 수도 있다.

토끼 한 마리

Failure is instructive. The person who really thinks,
learns just as much from his failures as he does from his successes.
실패는 우리를 가르친다. 진정 생각할 줄 아는 사람은 성공뿐 아니라
실패에서도 많은 것을 배운다.
존 듀이 John Dewey

어떤 숲속의 작은 강가에 야자나무가 자라고 있었다. 야자는 하루가 다르게 커져갔다. 그리고 어느 날 더는 무게를 이기지 못하고 야자 하나가 강으로 '풍덩' 하고 큰소리를 내며 떨어졌다.

강가에서 한가롭게 잠을 자던 토끼 한 마리가 이 소리에 깜짝 놀라 펄쩍 뛰며 달아나기 시작했다. 그러자 주위에 있던 토끼들도 덩달아 함께 달아나기 시작했다.

이를 본 여우도 놀라 달아나기 시작했고, 여우와 토끼들이 달아나는 것을 보고 노루도 겁을 먹고 껑충거리며 그들을 따라 달리기 시작했다. 노루가 뛰는 것을 보고 사슴이, 사슴의 놀란 모습을 보고 늑대가, 그 뒤를 따라 코끼리가 달렸다. 그리고 마지막으로 백수의 왕인 사자까지도 겁을 집어먹고 달아나기 시작했다. 순식간에 숲속의 모든 동물들이 토끼를 따라 달리기 시작했다.

한참을 그렇게 달리던 토끼가 지쳐서 주저앉자 다른 동물들도 한숨 돌리기 위해 둘러앉아서 가쁜 숨을 몰아쉬었다. 동물들은 서로의 눈치만 보며 도대체 어찌된 영문인지 서로 눈만 깜박거렸다. 그리도 동시에 모두의 눈이 토끼에게로 향했다.

그러나 토끼 또한 그저 커다란 눈망울만 깜박거릴 뿐이었다.

 지혜의 한 줄___
생각 없이 무리에 휩쓸리면 아무것도 얻지 못한다.

선물

What we need is not the will to believe, but the wish to find out.
진정 필요한 것은 믿으려고 하는 의지가 아니라 깨닫고자 하는 소망이다.

버트런드 러셀 Bertrand Russell

어떤 성자가 귀중한 책을 가지고 있었다. 그는 어느 날 숲속에서 아무 것도 없이 혼자 지내고 있는 다른 성자를 찾아갔다. 그리고 자신이 가진 귀중한 책을 선물로 주었다.

귀중한 책을 선물 받은 성자는 매일 조금씩 책을 읽기로 마음먹었다. 그런데 며칠 뒤 성자는 그 귀중한 책의 귀퉁이를 쥐가 갉아먹고 있는 것을 발견했다.

그래서 성자는 쥐를 쫓기 위해 고양이를 한 마리 기르게 되었다. 그러자 고양이에게 먹일 우유가 필요하게 되었다. 그래서 우유를 얻기 위해 젖소를 키우게 되었다. 그러자 젖소를 돌봐줄 사람이 필요하게 되었다.

그래서 성자는 여자를 한 명 구하게 되었는데, 숲속에서 몇 해를 지내는 동안 부부가 되어 아이를 낳게 되었다. 이렇게 해서 성자에게는 커다란 집과 가족과 고양이떼와 젖소들과 그 외에도 많은 잡다한 것들이 생기게 되었다.

마침내 성자는 아내와 자식, 젖소와 고양이를 생각하며 살게 되었다. 모두가 한 권의 책 때문이었다.

지혜의 한 줄___
작은 욕심이 큰 욕심을 부른다.

왕자와 꽃씨

멋진 아이디어가 떠올랐다면 그것에 몰두하라.
멋지게 마무리할 때까지 그것을 끈질기게 물고 늘어져라.

월트 디즈니 Walt Disney

옛날 어느 나라에 세 명의 왕자를 둔 왕이 있었다. 어느 날 왕은 세 명의 왕자들 중에서 후계자를 뽑기로 마음먹었다. 왕은 왕자들을 불러 꽃씨를 한 줌씩 주고 중요한 것이니 잘 두었다가 3년 후에 다시 가져오라고 했다.

첫째 왕자는 왕에게서 받은 꽃씨를 크고 단단한 금고 속에 넣고 튼튼한 자물쇠로 채워 두었다.

"이렇게 두면 절대 잃어버리지 않을 거야."

둘째 왕자는 시장에 가서 꽃씨를 팔아 그 돈을 보관했다.

"잃어버릴지도 모르니 팔았다가 나중에 다시 사면 될 거야."

셋째 왕자는 왕에게서 받은 꽃씨를 심어 꽃밭을 만들었다.

"꽃씨는 꽃을 피울 때 의미가 있는 것이 아닐까?"

그렇게 3년이 지난 후 왕은 왕자들에게 맡겨두었던 꽃씨를 가져오라고 명했다.

첫째 왕자는 금고 안에 소중하게 보관했던 꽃씨를 꺼냈다. 그러나 꽃씨는 이미 너무 말라서 꽃을 피울 수도 없게 되어 버렸다. 둘째 왕자는 시장으로 달려가 팔았던 것과 같은 꽃씨를 사려고 했지만 구할 수가 없었다. 그래서 하는 수 없이 다른 꽃씨를 살 수밖에 없었다. 셋째 왕자는 빈손으로 왕 앞에 섰다. 왕이 왜 빈손으로 왔느냐고 묻자 왕자는 왕을 아름다운 꽃밭으로 안내했다.

> 지혜의 한 줄___
> 지혜로운 사람은 항상 미래를 생각한다.

공주의 술 항아리

Man alone has the power to transfer his thoughts into physical reality.

Man alone can dream and make his dreams come true.

인간만이 생각을 물리적 실체로 전환하는 능력을 가지고 있으며,

인간만이 꿈을 꾸고 그 꿈을 실현할 수 있다.

나폴레온 힐 Napoleon Hill

매우 총명했지만 얼굴이 못생긴 랍비가 있었다. 그는 어느 날 로마 황제의 딸을 만나게 되었다. 그런데 황제의 딸이 랍비를 보더니 이렇게 말했다.

"그토록 총명한 지혜가 이렇게 못생긴 그릇 속에 담겨 있군요."

그러자 랍비는 황제의 딸에게 궁중에도 술이 있느냐고 물었다. 물론 공주는 술이 있다고 대답했다.

"공주님, 궁중에 있는 술은 어떤 그릇에 담아 둡니까?"

"그야 물론, 흔히 볼 수 있는 보통 항아리나 술병에 담아 두지요."

그러자 랍비는 실망스럽다는 표정을 지으며 말했다.

"공주님처럼 지체 높고 훌륭한 분이 금이나 은으로 만든 그릇도 많을 텐데 어찌 그런 싸구려 그릇을 쓰십니까?"

공주는 랍비의 말이 옳다고 생각해서 지금까지 쓰던 보통 그릇들을 모두 금과 은으로 바꾸고 술도 금 항아리와 은 항아리에 옮겨 담았다. 그런데 술맛이 예전과 달리 아주 이상하게 바뀌어버렸다. 이에 화가 난 황제가 공주를 불러 꾸짖었다. 공주는 랍비를 찾아가 소리쳤다.

"왜 나에게 잘못된 일을 하라고 했소?"

"공주님, 저는 다만 아주 귀한 것이라 해도 보잘것없는 그릇에 두는 것이 더 좋을 때도 있다는 사실을 알려주고 싶었을 뿐입니다."

지혜의 한 줄___

사람이든 사물이든 모두 적당한 자리가 있기 마련이다.

번쾌와 유방

Good advice is always certain to be ignored,
but that's no reason not to give it.
좋은 충고는 항상 무시되기 마련이다.
그러나 그러한 충고를 하지 못할 이유도 없다.
애거서 크리스티 Agatha Christie

진(秦)나라의 시황제가 죽고 나자 각지에서 서로 영웅을 자처하는 인물들이 진나라를 없애기 위해 나타났다. 그중 한 인물이었던 유방은 크게 세력을 얻어 마침내 왕궁을 차지하게 되었다.

왕궁을 차지하게 된 유방은 마치 세상을 모두 얻은 것처럼 기뻤다. 왕궁의 창고에는 온갖 진귀한 보물들이 가득했고, 원하는 것은 무엇이든 손에 넣을 수 있었다. 유방은 왕궁의 달콤한 생활에 만족하며 천하통일이라는 대업을 잊은 채 향락에 빠져 지내게 되었다. 그러던 어느 날 명장이자 충신이던 번쾌가 유방 앞에 나서서 크게 소리치며 말했다.

"천하통일의 대의는 아직 이루어지지 않았습니다. 오히려 지금은 대업의 시작일 뿐이옵니다. 부디 왕궁을 비우고 적당한 곳에 진을 친 후 다음 전쟁을 준비하시옵소서."

하지만 유방은 왕궁 안의 안락한 생활에서 벗어날 생각이 없었다. 그러자 유방의 최측근이던 장량이 나서서 말했다.

"충성스러운 말은 귀에 거슬리지만 행실에 이롭고, 좋은 약은 입에 쓰지만 병에는 이롭다고 했습니다. 만약 계속 지금처럼 지내신다면 진시황과 다를 바 무엇이겠습니까? 그러니 번쾌의 충언을 따라 천하를 통일하시어 백성들을 도탄으로부터 구하십시오."

유방은 장량의 말에 번뜩 깨달은 바 있어 왕궁을 버리고 패상에 진을 쳤고, 이후 천하통일의 위업을 이루게 되었다.

> 지혜의 한 줄___
> 쓴소리를 하는 사람의 말을 귀담아 들으면 후회할 일이 없다.

세 자매

The main dangers in this life are the people who want to
change everything or nothing.
이 세상의 주된 위험은 세상의 모든 것이 바뀌기를 원하는 사람들과
아무것도 바뀌지 않기를 바라는 사람들이다.

낸시 애스터 Lady Nancy Astor

옛날 어떤 마을에 세 자매를 둔 아버지가 있었다. 세 자매는 모두 예 뻤지만, 제각기 한 가지씩 결점을 가지고 있었다. 큰딸은 게으름뱅이 였고, 둘째 딸은 훔치는 버릇이 있었고, 셋째 딸은 험담하는 버릇이 있 었다.

한편, 이웃마을에는 아들만 셋을 둔 어떤 부자가 있었다. 어느 날 그 부자가 세 딸을 모두 자기네 아들들과 결혼시키지 않겠느냐고 청해 왔다. 세 자매의 아버지는 자기 딸들이 가지고 있는 결점을 사실대로 말했다. 그러자 부자는 그런 결점은 자기가 책임지고 고쳐가겠다고 장담했다.

세 자매가 결혼을 하자, 시아버지는 게으름뱅이 첫째 며느리에게는 여러 명의 하녀들을 주었고, 훔치는 버릇이 있는 둘째 며느리에게는 큰 창고의 열쇠를 주어 무엇이든지 갖도록 해 주었다. 그리고 험담하 기를 좋아하는 셋째 며느리에게는 매일 오늘은 험담할 것이 없느냐고 물었다.

어느 날 친정아버지가 딸들이 어떻게 지내는지 궁금해서 사돈집을 찾 아갔다. 큰딸은 얼마든지 게으르게 지낼 수 있어 즐겁다고 말했고, 둘째 딸은 갖고 싶은 것은 무엇이든지 가질 수 있어 좋다고 말했다. 그러나 셋째 딸은 시아버지가 자기에게 남녀 관계를 꼬치꼬치 묻기 때문에 귀 찮다고 대답했다. 친정아버지는 셋째 딸의 말만은 믿지 않았다.

지혜의 한 줄___
험담하기 좋아하는 사람 주위에는 결국 아무도 남지 않게 된다.

없어지지 않는 재산

I never thought that a lot of money or fine clothes -
the finer things of life - would make you happy.
My concept of happiness is to be filled in a spiritual sense.

돈이 많거나 좋은 옷을 입는 등 좋은 것들을 많이 가지고 있다고 해서
행복한 것은 아니다. 정신적 영감이 충만할 때라야 비로소 행복해질 수 있다.

코레타 스콧 킹 Coretta Scott King

바다를 항해하는 배 안에 큰 부자들과 랍비 한 사람이 타고 있었다.
부자들은 경쟁이라도 하듯이 누가 더 부자인지 자랑하기 시작했다.
그들을 보고 있던 랍비가 조용히 말했다.

"내 재산을 보여 줄 수는 없지만 부자로 치면 내가 제일 부자일 겁
니다."

부자들은 랍비의 말을 듣고는 어이없다는 듯이 껄껄 웃었다.

바로 그때 해적들이 나타나 그 배를 습격했다. 부자들은 금은보석과
모든 재산을 해적들에게 빼앗기고 말았다.

해적들이 떠난 뒤, 배는 가까스로 어떤 항구에 닿았다. 그곳에서 랍비
는 높은 교양과 지혜로 항구 사람들에게 인정을 받게 되어, 학생들을
가르치게 되었다.

얼마 뒤 랍비는 함께 배를 타고 왔던 부자들을 만나게 되었다. 그들은
모두가 비참한 가난뱅이가 되어 있었다.

 지혜의 한 줄___
지식과 지혜는 없어지지 않는 재산이다.

악마와 술

이 세상 최초의 인간이 포도나무를 키우고 있었다. 그에게 악마가 찾아와 물었다.

"무엇을 하고 있느냐?"

인간이 대답했다.

"지금 아주 아주 근사한 식물을 키우고 있지."

호기심이 발동했는지 악마가 관심을 보였다.

"그래? 이런 식물은 처음 보는데, 뭐지?."

인간은 악마에게 포도나무에 대해 설명해 주었다.

"이 식물에는 매우 달콤하고 맛있는 열매가 열리는데, 열매가 다 익은 다음 그 즙을 내어 마시면 아주 행복해지지."

악마는 열매의 즙을 마실 때 자기도 꼭 끼워달라고 부탁했다. 그리고는 양과 사자와 원숭이와 돼지를 데리고 와서 죽인 다음 그 피를 거름으로 썼다.

그래서 술을 처음 마시기 시작할 때는 양같이 온순하고, 조금 더 마시면 사자처럼 사납게 되고, 조금 더 마시며 원숭이처럼 춤추거나 노래 부르며, 더 많이 마시게 되면 돼지처럼 토하고 뒹굴며 추해지게 된다고 한다.

지혜의 한 줄___
술을 지배하지 못하면 술의 노예가 된다.

분란의 대가

You cannot do a kindness too soon,
for you never know how soon it will be too late.
친절은 아무리 빨리 베푼다고 해도 이미 늦어 버린 경우가 많다.

랠프 월도 에머슨 Ralph Waldo Emerson

어떤 왕이 병이 들었다. 의사는 왕의 병은 암사자의 젖을 먹어야만 낫는다고 말했다. 그러나 어떻게 암사자의 젖을 구하느냐 하는 것이 큰 문제였다.

그때 어떤 영리한 사람이 나섰다. 그는 사자가 있는 동굴 가까이에 가서 사자 새끼를 한 마리씩 어미 사자에게 넣어 주었다. 열흘쯤 지나자, 그 사람은 어미 사자와 친하게 되어 사자의 젖을 조금씩 짜낼 수 있었다.

왕궁으로 돌아오는 길에, 그는 몸의 각 부분들이 말다툼을 하는 꿈을 꾸었다. 발은 자기가 아니었더라면 사자가 있는 동굴까지 갈 수 없었을 것이라고 말했다. 눈은 자기가 아니었다면 볼 수가 없어서 그곳까지 가지도 못했을 것이라고 했다. 심장은 자기가 아니었다면 감히 사자 가까이 가지도 못했을 것이라고 말했다. 그리고 마지막으로 혀가 말했다.

"만약 내가 없었다면 너희들은 아무런 소용도 없었을 것이다"

그러자 몸 안의 각 부분들이 모두 나서서 혀를 공격했다.

그가 궁전에 도착하자 왕이 물었다.

"이것이 정말로 암사자의 젖인가?"

그러자 그의 혀가 대답했다.

"아니옵니다. 이 젖은 개의 젖이옵니다."

🖋 지혜의 한 줄___
욕심이 눈을 가리면 자신의 앞날도 볼 수 없게 된다.

현자의 조건

Character cannot be developed in ease and quiet.
Only through experience of trial and suffering can the soul be strengthened,
ambition inspired, and success achieved.

인격은 편안하고 아무 일 없는 고요한 시기에 성장하지 않는다.
오직 시련과 고난을 겪은 후에 영혼이 강해지고 패기가 생기며 성공할 수 있다.

헬렌 켈러 Helen Keller

현자가 되기 위한 7가지 조건이 있다.

첫째, 현명한 사람 앞에서는 침묵을 지킨다.
둘째, 상대의 말을 중간에서 끊지 않는다.
셋째, 대답을 침착하게 한다.
넷째, 항상 핵심만 뽑아 질문하고, 조리 있게 대답한다.
다섯째, 먼저 해야 할 것과 나중에 할 것을 구분해서 한다.
여섯째, 모든 것을 솔직하게 인정한다.
일곱째, 진실은 망설이지 않고 인정한다.

지혜의 한 줄___
지혜도 지식과 마찬가지로 그냥 얻어지는 것이 아니다.

거울과 창

To make no mistake is not in the power of man; but from
their errors and mistakes the wise and good learn wisdom for the future.
인간이라면 누구나 실수를 한다. 그런데 현명한 사람들은 실수를 통해
미래를 대비하는 지혜를 배운다.

플루타르코스 Plutarchos

한 학생이 교수에게 물었다.

"교수님, 참 이상합니다. 가난한 사람들은 남을 잘 돕는데 왜 부자들은 가난한 사람들을 돕는 데 그렇게 인색할까요?"

그러자 교수가 그 학생에게 물었다.

"학생, 일어나서 창밖을 보게. 무엇이 보이나?"

그러자 학생이 대답했다.

"자동차와 사람들과 나무가 보입니다."

교수가 다시 말했다.

"자 그러면 이제는 저기 벽에 걸려 있는 거울을 보게. 무엇이 보이나?"

"그야. 당연히 제 얼굴밖에 보이지 않습니다."

대답을 듣고 난 교수가 학생을 바라보며 말했다.

"잘 보았네. 창문이나 거울이나 모두 같은 유리로 만들어졌지. 그런데 말일세, 그 유리 한쪽 면에 은칠을 하게 되면 자기 얼굴밖에 볼 수 없다네. 이제 알겠나?"

 지혜의 한 줄___

마음이 닫혀 있는 사람은 진실을 볼 수 없다.

우유와 팔

Anything that enlarges the sphere of human powers and
shows man he can do what he thought he could not do is valuable.

인간 능력의 영역을 확대해주는 것, 그리고 할 수 없다고 생각하는 사람에게
할 수 있음을 보여주는 것은 어떤 것이든 가치 있다.

벤 존슨 Ben Johnson

두 사람이 나란히 앉아 대화를 나누고 있었는데, 그 중 한 사람은 앞
을 못 보는 장님이었다.

그 중 한 사람이 먼저 장님에게 물었다.

"우리 우유라도 한 잔 마시는 게 어떻겠나?"

"우유? 그게 뭔가?"

"물 같은데 하얗고 고소한 맛이 나는 것이네."

"하얗다고? 그건 무엇인가?"

"그야 백조 같은 색이지. 백조 알지?"

"백조 알지. 그런데 백조는 어떻게 생겼나?"

"백조는 말일세, 긴 목과 굽은 등을 가지고 있다네."

"긴 목은 알겠는데 굽은 등은 무슨 말인가?"

답답해진 남자가 장님에게 말했다.

"여기 내 팔을 만져보게. 이렇게 내 팔처럼 구부러진 것을 말한다네."

그의 대답을 들은 장님이 드디어 알겠다는 듯이 고개를 끄덕이며 말
했다.

"이제 우유가 무엇인지 알 것 같네. 우유는 자네 팔 같은 것이로군. 그
렇지 않은가?"

 지혜의 한 줄___

사람들은 누구나 자신의 틀 안에서 생각하고 상상한다.

물고기와 바다

Not truth, but faith it is that keeps the world alive.
세상을 지키는 것은 진실이 아니라 믿음이다.

에드나 세인트 빈센트 밀레이 Edna St. Vincent Millay

어떤 물고기가 여왕 물고기를 찾아가서 물었다.

"여왕님! 저는 바다에 대해 많은 이야기를 들었고, 또 바다에 대해서 많은 이야기를 했습니다. 그런데 저는 아직도 바다가 어디에 있는지 알지 못하고 있습니다. 도대체 그 바다라는 것은 어디에 있는 것입니까?"

그러자 여왕 물고기가 온화한 미소를 지으며 대답했다.

"너는 바다에서 태어났고 바다에서 살고 있다. 너는 지금도 바다 속에 있으며 바다 또한 그대 안에 있다. 그리고 언젠가는 그 바다 속으로 사라질 것이다."

지혜의 한 줄___
대부분의 답은 자신 안에 있다.

오해

전국시대, 제나라 위왕은 왕위에 오른 지 9년이나 되었지만, 간신인 주파호가 나라의 일을 마음대로 주무르고 있었다. 그래서 백성들의 삶은 도탄에 빠져 있었고, 신하들도 사리사욕을 채우기에만 급급하고 있었다. 이런 나라꼴을 보다 못해 후궁이던 우희가 나서 왕에게 말했다.

"주파호는 간신이며 속이 검은 사람이니 당장 그를 내쳐야만 합니다. 그리고 북곽 선생 같은 지혜롭고 어진 인재들을 불러 나랏일을 돌보게 하십시오."

이 사실을 알게 된 주파호는 우희를 없앨 계략을 꾸몄다. 그는 우희와 북곽 선생이 예전부터 좋아하던 사이라고 모함했다. 화가 난 위왕은 우희를 옥에 가두고 철저히 조사하라고 명했다. 하지만 주파호에게 매수된 관리들은 우희에게 거짓죄를 뒤집어씌우기에 여념이 없었다. 그리고 마침내 위왕이 우희를 불러 마지막으로 죄를 묻자 우희가 대답했다.

"저에게 죄가 있다면 오이밭에서 신을 고쳐 신고, 오얏나무 아래에서 갓끈을 고쳐 맨 것뿐입니다. 이런 어려움에 처했음에도 누구 하나 나서서 변명해주지 않음은 다 제 부덕함 때문입니다. 이제 저를 죽이신다 해도 원망하지 않겠사오나 부디 주파호 같은 간신만은 살려두지 마소서."

우희의 진심에 마음이 움직인 위왕은 곧바로 주파호와 그를 따르는 간신 무리를 붙잡아 죽이고, 국사를 돌보기 시작했다.

> 지혜의 한 줄___
> 오해받을 행동을 하게 되면 쉽게 그 오해를 풀기 어렵다.

두 종류의 손님

The darkest hour of any man's life is when he sits down to plan how
to get money without earning it.
인간의 삶에서 가장 암울한 시간은 가만히 앉아,
노력 없이 돈을 벌 궁리를 할 때다.

호러스 그릴리 Horace Greeley

손님이 물건을 사서 가게를 나오다가 갑자기 가게로 다시 들어가 주
인에게 화를 냈다.

"사람 차별하는 것도 아니고 이래도 되는 것이오? 아니 어떤 손님들
은 낮에도 등불을 밝혀 들고 골목까지 나와 배웅을 하고 나 같은 사람
은 문 밖으로 나와 보지도 않는단 말이오. 이렇게 손님을 차별해도 되
는 거요?"

그러자 주인이 공손하게 고개를 숙이고 손님에게 말했다.

"손님, 제가 그렇게 배웅하는 분들은 외상으로 구입한 분들입니다. 혹
시라도 그 손님들에게 문제가 생긴다면 제가 손해를 볼 것이 아닙니
까?"

 지혜의 한 줄___
상황에 따라 사람을 대하는 태도는 달라지기 마련이다.

마법 사과

Our intentions create our reality.
우리의 의도가 우리의 현실을 만든다.
웨인 W. 다이어 Dr. Wayne W. Dyer

어떤 왕에게 외동딸이 있었는데 그만 큰 병을 얻어 눕게 되었다. 세상의 모든 의사와 세상의 모든 약을 써봤지만 딸의 병세가 나아지지 않자, 왕은 딸의 병을 고쳐주는 자를 사위로 삼고 왕의 자리도 물려주겠다고 포고문을 붙였다.

그 왕국의 시골 마을에 삼형제가 살고 있었다. 삼형제 중 첫째는 마법의 망원경을 가지고 있었고, 둘째는 마법의 융단을, 셋째는 마법의 사과를 가지고 있었다.

어느 날 망원경으로 포고문을 본 첫째가 동생들에게 말했다.

"우리가 공주님의 병을 고쳐주면 어떻겠느냐?"

그러자 두 동생이 모두 동의했고, 그들은 둘째의 마법 융단을 타고 성으로 날아갔다. 그리고 셋째가 가지고 있던 마법 사과를 공주에게 먹이자 신기하게도 자리를 박차고 일어나 건강하게 되었다.

그러자 왕은 이 삼형제 중 누구를 사위로 삼을 것인지 고민이 되었다. 마법 망원경과 마법 융단, 마법 사과 어느 하나도 공주의 병을 고치는 데 중요하지 않은 것이 없었다.

고심에 고심을 하던 왕은 삼형제를 불러놓고 이렇게 말했다.

"마법 사과를 먹인 셋째를 사위로 삼을 것이다. 첫째의 마법 망원경과 둘째의 마법 융단은 그대로 남아 있지만, 셋째의 마법 사과는 이제 없기 때문이다."

지혜의 한 줄___
가장 귀중한 것은 자신의 모든 것을 걸어야 얻을 수 있다.

아버지의 유서

Seek not outside yourself for success lies within.
외부에서 구하지 말라. 성공은 내면에 존재한다.

어떤 사람이 자신의 아들을 공부시키기 위해 먼 도시로 유학을 보냈다. 그런데 아들이 유학을 가 있는 동안 그는 중병에 걸려 생사를 가늠할 수 없는 상태가 되었다. 살아서는 아들을 볼 수 없을 것 같아 그는 유서를 작성했다. 유서에는 자신의 모든 재산을 하인에게 물려주고 아들에게는 원하는 것 딱 한 가지만 달라고 적혀 있었다.

마침내 그가 세상을 떠나자 하인은 기뻐하며 주인의 아들에게 달려가 유서를 보여주었다. 유서를 본 아들은 하늘이 무너지는 것 같았다. 아버지의 죽음은 슬펐지만 유산을 한 푼도 받지 못한다는 것에 크게 낙담했다.

고향으로 돌아와 아버지의 장례를 마친 아들은 지혜롭기로 소문난 마을의 현자를 찾아가 고민을 털어놓았다.

"왜 아버지는 제게 재산을 한 푼도 남기지 않으셨을까요. 정말 원망스럽습니다."

그러자 마을의 현자가 껄껄 웃으며 대답했다.

"그렇지 않소. 당신의 아버지는 참으로 현명한 분이시오. 이 유서가 아니었다면 하인이 그렇게 빨리 아버지의 죽음을 알리지 않았을지도 모르지요. 죽음을 알리지 않고 재산을 빼돌렸을지도 모르고. 이제 당신이 가질 수 있는 오직 한 가지, 그것을 선택하시오. 그것은 바로 당신의 하인이오."

지혜의 한 줄___
현명한 사람의 의도는 현명한 사람만이 알 수 있다.

장님의 등불

A sense of humor is part of the art of leadership,
of getting along with people, of getting things done.
유머 감각은 리더십 기술에 속하고, 다른 사람들과 잘 지낼 수 있게 해주는
비법 중 하나이자 어떠한 일을 성취하는 과정의 일부이다.
드와이트 D. 아이젠하워 Dwight Eisenhower

어떤 사람이 캄캄한 밤거리를 걸어가고 있었다. 그런데 맞은편에서
자기가 알고 있던 장님이 등불을 들고 걸어오고 있었다.
이상하게 생각한 그가 장님에게 물었다.
"아니 앞도 못 보시는 분이 왜 등불을 들고 다니시오?"
그러자 장님 말했다.
"허허, 제가 등불을 들고 가야 눈 뜬 사람들이 저를 피해서 갈 것 아닙
니까?"

 지혜의 한 줄___
지혜가 없는 사람은 등불 없이 밤길을 걷는 사람과 같다.

거미와 모기

Experience tells you what to do. Confidence allows you to do it.

경험은 당신에게 무엇을 해야 하는지 말해주고,
확신은 당신에게 그것을 하도록 허용해준다.

스탠 스미스 Stan Smith

다윗 왕은 평소 거미와 모기를 아무짝에도 쓸모없는 벌레들이라며 싫어했다.

어느 날 전쟁터에서 적군에게 포위되어 도망갈 길을 잃은 다윗 왕은 가까스로 작은 동굴을 발견하고 그 안에 숨었다. 그러자 어디선가 나타난 거미들이 동굴의 입구에 거미줄을 치기 시작했다. 마침내 동굴 입구가 완전히 거미줄로 가려질 때쯤 그를 쫓던 병사들이 나타났다. 하지만 거미줄로 입구가 막혀 있어 동굴을 발견하지 못하고 다른 곳으로 향했다.

거미 덕분에 겨우 목숨을 건져 본진으로 돌아간 다윗왕은 전쟁에서 이길 한 가지 계책을 떠올렸다.

'자고 있는 적장의 칼을 몰래 가지고 나온다면 아마도 적장은 두려워서 더 이상 전쟁을 하려 들지 않을 것이다.'

그는 어둠을 틈타 적장이 잠들어 있는 막사로 들어갔다. 하지만 적장은 잠들어 있으면서도 자신의 칼을 움켜쥐고 있었다. 적장이 손을 풀기를 한참 동안 기다렸지만 그의 단단히 칼을 움켜 쥔 손은 풀리지 않았다.

그런데 바로 그때 어디선가 모기가 나타나 적장의 손위에 내려앉아 피를 빨기 시작했다. 적장이 손이 가려운지 칼을 잡고 있던 손을 풀고 자세를 바꾸었다. 다윗왕은 그 틈을 이용해 적장의 칼을 가지고 돌아갔고 전쟁에서 이길 수 있었다.

지혜의 한 줄___
세상에 쓸모없는 것은 없다.

죽음의 섬

Do not let the future be held hostage by the past.
미래가 과거의 인질이 되게 하지 말라.

닐 A. 맥스웰 Neal A. Maxwell

마음씨 착한 부자가 자신의 노예에게 많은 재물과 함께 배를 내어주면서 어디든 마음에 드는 곳에 가서 자유롭게 살라고 풀어주었다. 노예는 기쁜 마음으로 배를 몰아 바다로 나갔다.

그런데 갑자기 심한 폭풍우가 몰아쳐 배가 가라앉아 버렸고, 노예는 죽을힘을 다해 헤엄쳐 다행히 어떤 섬에 닿게 되었다. 그런데 갑자기 섬에서 사람들이 몰려나와 그를 마을로 데려가 왕으로 모셨다. 궁금해진 그가 마을 사람을 붙잡고 물어보았다.

"도대체 저에게 왜 이렇게 잘해주는 겁니까?"

그러자 마을 사람이 대답했다.

"너무 좋아하지 마십시오. 1년이 지나면 아무것도 없는 무인도에 버려지게 될 겁니다. 이게 우리 마을의 전통입니다."

마을 사람의 이야기를 듣게 되자 그는 깊은 실의에 빠졌다. 하지만 그는 곧 자리를 털고 일어났다. 그는 몰래 무인도를 찾아가 과일나무와 꽃을 심고 갖가지 동물들이 살 수 있도록 목초지와 우물을 마련했다.

마침내 1년이 지나자 마을 사람들은 왕이 된 그를 홀로 배에 태워 무인도로 보냈다. 그가 무인도에 도착했을 때는 이미 꽃이 피고 과일나무가 우거진 멋진 섬이 되어 있었다. 그는 그곳에서 그 뒤로 쫓겨 온 사람들과 함께 살게 되었다.

지혜의 한 줄___
길이 끝나는 곳에서 새로운 길이 시작된다.

남장 금지

No person was ever honored for what he received.
Honor has been the reward for what he gave.
어느 누구도 자신이 받은 것으로 인해 존경받지 않는다.
존경은 자신이 베푼 것에 대한 보답이다.

캘빈 쿨리지 Calvin Coolidge

춘추시대, 제나라에는 영공이 있었다. 그는 궁궐에 있는 후궁들이 남자들처럼 옷을 입고 다니는 것을 좋아했다. 그런데 이 사실이 궁궐 밖에도 알려지게 되었고 급기야 나라 안의 여자들이 모두 남장을 하고다니게 되는 지경에 이르게 되었다.

이를 안 영공이 불같이 화를 내며 관리들에게 명령했다.

"백성들 중에 남장을 한 여자가 보이거든 옷을 찢어버리고 허리띠를 잘라 버리도록 하라."

영공의 명에 따라 관리들이 남장한 여자들을 엄하게 단속하기 시작했지만 이런 유행은 쉽게 없어지지 않았다. 영공은 자신이 내린 명령이 잘 지켜지지 않자 신하들을 불러 물었다.

"내가 금지령을 내렸음에도 백성들의 남장이 왜 없어지지 않는 것이오? 법을 더 엄하게 집행해야 하는 것이오?"

그러자 한 신하가 나서서 말했다.

"어찌하여 영공께서는 후궁들에게는 남장을 허락하시고 궁궐 밖의 백성들에게는 남장을 금지하시는지요. 이는 마치 밖에는 양 머리를 걸어놓고 안에서는 개고기를 파는 것과 같사옵니다. 만일 후궁들의 남장을 금지하신다면 백성들의 남장도 자연히 없어지게 될 것이옵니다."

영공이 신하의 제안에 따라 후궁들의 남장을 금지하자 궁 밖 백성들 사이의 남장도 곧 없어지게 되었다.

 지혜의 한 줄___
리더가 모범을 보이지 않으면 아무도 규칙을 따르지 않게 된다.

왕비의 보석

Begin with the end in mind.
끝을 염두에 두고 시작하라.
스티븐 커비 Stephen Covey

어떤 사람이 로마에 갔을 때 거리에 붙어있는 공고문을 보게 되었다.
'왕비께서 귀한 보석을 잃어버리셨다. 30일 이내에 그 보석을 찾아오는 자에게는 큰 상을 내리겠다. 하지만 30일이 지난 후 보석을 가지고 있는 자를 잡게 되면 사형에 처하겠다.'
그런데 우연한 기회에 그는 왕비의 보석을 발견하게 되었다. 그런데 그는 31일째 되는 날 보석을 들고 가서 왕비에게 바쳤다. 그러자 왕비가 물었다.
"당신은 한 달 전에 거리에 붙어있던 공고문을 보았는가? 30일이 지날 때까지 이 보석을 가지고 있으면 어떤 벌이 내려질 것인지도 알고 있었는가?"
왕비의 물음에 그는 모두 알고 있었다고 대답했다.
"그것을 알고 있었다면 왜 당신은 이제서야 보석을 가지고 온 것인가? 만일 어제 왔다면 큰 상을 받았을 것이다. 목숨이 아깝지 않은가?"
그가 대답했다.
"만일 어제 가지고 왔다면 사람들은 제가 왕비님의 상이 탐나거나 죽음이 두려워서일 것이라고 생각했을 것입니다. 저는 왕비님이 내리실 상에 대한 욕심도 없고, 기간이 넘어서 받는 사형이라는 처벌도 두렵지 않습니다."

지혜의 한 줄___
진심을 전할 때도 지혜가 필요하다.

행운

You can do anything in this world if you are prepared to take the consequences.

결과를 받아들일 준비가 되어 있다면 세상에 못할 일이 없다.

W. 서머싯 몸 W. Somerset Maugham

어떤 사람이 혼자 여행을 하다가 여행길에서 나귀와 개를 만나 동행을 하게 되었다. 그들은 길을 걷다가 밤이 되자 농가의 헛간에서 신세를 지게 되었다. 하지만 잠을 자기에는 이른 시간이라서 그는 램프에 불을 밝히고 책을 꺼내 읽기 시작했다.

그런데 잠시 후 한 줄기 바람이 세차게 지나가면서 램프의 불이 꺼져버렸다. 그는 하는 수 없이 책을 덮고 잠을 청했다. 그런데 그가 잠들어 있던 동안 여우가 나타나 개를 잡아가버렸고, 그 뒤에는 사자가 나타나 나귀마저 잡아먹어버렸다. 그래서 그가 아침이 되어 눈을 떴을 때는 나귀도 개도 사라지고 없었다.

그는 개와 나귀를 한참 동안 찾다가 혼자서라도 길을 떠나야겠다는 생각을 하고 발걸음을 옮겼다. 그렇게 조금 걷자 마을이 나타났다. 그런데 마을에서는 사람의 흔적을 찾을 수가 없었다. 그는 마을을 지나쳐 다음 마을이 나올 때까지 다시 걸었다.

그런데 다음 마을에 도착한 그는 도적떼가 나타나 지나쳐 온 마을의 사람들을 모두 죽였다는 것을 알게 되었다. 그는 크게 안도의 한숨을 쉬며 중얼거렸다.

"만일 램프가 꺼지지 않았다면, 만일 개와 나귀가 있었다면, 그렇게 내가 가진 모든 것을 잃지 않았다면 틀림없이 나도 도적떼들에게 목숨을 잃을 뻔했구나."

> 지혜의 한 줄___
> 때로는 작은 불행이 큰 행운으로 바뀌기도 한다.

구멍난 보트

The only difference between success and failure is
the ability to take action.
성공과 실패의 유일한 차이점은 실행력이다.

알렉산더 그레이엄 벨 Alexander Graham Bell

어떤 사람에게 작은 보트 한 척이 있었다. 그는 휴가철이 되면 가족들과 함께 보트를 타고 호수에서 낚시를 하는 게 유일한 낙이었다.

그때도 마침 휴가가 끝나서 창고에 보관해두려고 보트를 끌어올렸다. 그런데 보트의 바닥에 작은 구멍이 하나 있었다. 그는 내년 여름에 수리를 할 생각에 사람을 불러 페인트칠만 새로 해두었다.

다음해 여름이 되어 다시 휴가철이 되자 그는 가족들을 데리고 호수가 갔다. 그가 짐을 정리하는 동안 아이들은 보트를 타기 위해 호수로 나갔다.

그때 갑자기 그는 보트에 구멍이 나 있었다는 사실이 떠올랐다. 그가 호수로 달려갔을 때는 이미 아이들을 태운 보트는 호수 한가운데로 나가 있었다. 더구나 아이들은 수영도 잘하지 못했다. 그는 급히 아이들에게 다시 돌아오라고 손짓을 했다.

아이들이 무사히 돌아오자 그는 서둘러 보트 밑바닥을 살펴보았다. 그런데 구멍이 났던 곳을 누군가가 수리를 해놓은 게 보였다.

보트의 구멍을 수리해놓은 사람은 다름 아닌 페인트공이었다. 페인트칠을 하다가 구멍을 발견하고는 수리를 해놓았던 것이다. 그의 작은 호의가 아이들을 안전을 지켜준 것이었다.

지혜의 한 줄___
한 사람의 행운은 다른 많은 사람들의 도움으로 이루어진다.

다윗 왕의 반지

No one knows what he can do until he tries.
시도해보기 전까지는 무엇을 할 수 있는지 모르는 법이다.

푸블릴리우스 시루스 Publilius Syrus

어느 날 다윗 왕이 궁중의 세공인을 불렀다.

"나를 위해 아름다운 반지를 하나 만들라. 그리고 반지에는 내가 큰 승리를 거둬 기쁨을 억제치 못할 때, 그것을 조절할 수 있는 글귀를 새기도록 하라. 또한 그 글귀는 내가 큰 절망에 빠졌을 때도 용기를 줄 수 있는 글귀여야 한다. 쉽지?"

세공인은 일단 왕의 명령대로 아름다운 반지를 만들었지만 글귀가 떠오르지 않아 고민에 빠졌다. 고민하던 그는 지혜로운 솔로몬을 찾아가 도움을 청했다.

"왕의 큰 기쁨을 절제케 하면서도 크게 절망했을 때 용기를 줄 수 있는 글귀가 있을까요?"

잠시 생각하던 솔로몬이 세공인의 귀에 대고 속삭이자, 세공인의 눈이 번쩍 뜨이며 얼굴이 밝아졌다. 세공인은 바로 달려가 반지에 솔로몬이 가르쳐준 글귀를 새겨 다윗 왕에게 바쳤다.

아름다운 반지를 받아들고 글귀를 읽은 다윗왕의 얼굴에 만족스러운 미소가 흘렀다.

반지에 새겨진 글귀는 바로 다음과 같았다.

'Soon it shall also come to pass.'

'이것 또한 곧 지나가리라.'

지혜의 한 줄___
행운도 불행도 언젠가는 끝난다.

잃어버린 시계

Now and then it's good to pause in our pursuit of
happiness and just be happy.

이따금 행복을 추구하는 것을 잠시 멈추고 그저 행복을 느껴 보는 것도 좋다.

기욤 아폴리네르 Guillaume Apollinaire

아들이 아끼던 시계를 잃어버리고 어쩔 줄 몰라 했다. 가게에서 일하고 있던 아버지가 그 모습을 보고 자상한 목소리로 물었다.
"아들! 왜 그래?"
"저기, 시계를 잃어버렸어요."
"어디서 잃어버렸는데?"
"가게 안에서 잃어버렸어요."
"잘 찾아봤어?"
"예. 잘 찾아봤어요. 그런데 없어요."
아들은 울상이 되어 금방이라도 울음을 터뜨릴 것 같은 표정이었다. 아버지는 아들의 손을 꼭 잡고 말했다.
"걱정 마라. 아버지가 꼭 찾아주마."
그런데 아버지는 시계는 찾지 않고 가게 안에서 소리 나는 물건들을 찾아 모두 정지시켰다. 아버지가 눈만 꿈벅거리고 있는 아들에게 말했다.
"이제 조용히 귀를 기울여 봐라."
그러자 정말 '째깍'거리는 작은 시계 소리가 들렸다. 시계는 진열된 물건들 사이에 놓여 있었다.

지혜의 한 줄___
정신없이 달리다보면 가끔 왜 달리고 있는지 잊을 때가 있다.

훌륭한 조각가

Great things are completed by talented people
who believe they will accomplish them.

위대한 업적은 그것을 이뤄낼 수 있다는
신념을 지닌 재능 있는 사람들에 의해 이루어진다.

워런 G. 베니스 Warren G. Bennis

미켈란젤로는 열네 살 때 스승인 보톨도 지오반니를 만났다. 지오반니가 미켈란젤로에게서 천재적인 재능을 발견하는 데는 많은 시간이 필요하지 않았다.

어느 날 지오반니가 미켈란젤로에게 물었다.

"훌륭한 조각가가 되기 위해 필요한 게 무엇이냐?"

"가지고 있는 재능을 더 열심히 연마해야 한다고 생각합니다."

대답을 듣고 잠시 생각에 잠겨있던 지오반니는 미켈란젤로를 데리고 밖으로 나갔다.

그는 고급 술집 입구에 있는 아름다운 조각상을 가리키며 물었다.

"어떠냐? 아름답지 않느냐?"

그리고는 다시 교회 입구에 세워진 조각상을 보여주었다.

"어떠냐? 이 조각상도 아름답지 않느냐?"

미켈란젤로는 영문을 모르겠다는 표정으로 지오반니를 바라보았다.

그러자 스승이 미켈란젤로에게 말했다.

"두 곳에 있는 조각상은 모두 다 아름답다. 하지만 술집 앞의 조각상은 술을 마시는 사람들을 위해 만들어졌고, 교회 앞의 조각상은 신의 영광을 위해 만들어졌다. 너는 어떤 이를 위해 너의 재능을 쓰겠느냐?"

지혜의 한 줄___
똑같은 재능을 가지고 있어도 똑같은 평가를 받지는 않는다.

왕의 집

Change your thoughts and you change your world.
생각을 바꾸면 세상이 변할 것이다.

노먼 빈센트 필 Norman Vincent Peale

어떤 나라에 어진 왕이 있었다. 어느 날 왕은 신하들과 함께 사냥을 나가게 되었다. 아침 일찍 출발해서 저녁이 되면 궁으로 돌아올 예정이었다.

그런데 짐승들을 쫓아 달려다니다 그만 해가 기우는 줄도 모르게 되었다. 신하들은 왕에게 서둘러 궁으로 돌아가기를 권했다. 그러자 왕이 말했다.

"너무 어두워서 궁으로 돌아가기는 틀린 듯하니 가까운 민가에서 하룻밤을 보내고 내일 돌아가자."

신하들은 두 팔을 저으며 왕을 말렸다.

"귀한 몸께서 어떻게 초라한 민가에서 밤을 보낼 수 있겠습니까? 어두운 밤길이지만 조금만 서두르시면 궁으로 돌아가실 수 있으니 그렇게 하시는 게 좋겠습니다."

신하들의 요청에 왕이 껄껄 웃으며 대답했다.

"귀한 몸이라고 하였느냐? 그럼 내가 저 민가에 들어가면 저 민가도 귀한 곳이 되지 않겠느냐?"

지혜의 한 줄___
세상을 살아가는 가장 큰 힘은 자존감이다.

도끼 도둑

No man ever became great without many and great mistakes.
많은 실수, 큰 실수 없이 위대해진 사람은 없다.
윌리엄 E. 글래드스톤 William E. Gladstone

어떤 사람이 도끼가 없어진 것을 알고 여기저기 찾아보았지만 아무리 찾아도 보이지 않았다. 그래서 혹시 누군가가 자신의 도끼를 몰래 훔쳐가지 않았을까 하는 생각을 하게 되었다.

그러자 갑자기 옆집에 살고 있는 남자가 수상하게 느껴졌다. 왠지 자신을 보면 피하는 듯하고 말하는 태도나 평소의 행동도 뭔가 의심스러웠다. 그는 틀림없이 그 남자가 도끼를 훔쳐갔을 것이라고 확신하게 되었다. 하지만 그가 확실히 도끼를 훔쳐 갔다는 것을 증명할 수 있는 증거가 없어 섣불리 말을 꺼내기가 조심스러웠다.

그러던 어느 날 숲에 갔다가 자기가 잃어버린 도끼를 발견하게 되었다. 기억을 더듬어 보니 나무를 하러 갔다가 급하게 내려오느라 두고 온 것이었다. 그는 기쁜 마음으로 도끼를 들고 집으로 돌아왔다.

그런데 도끼를 찾고 나자 옆집 남자의 행동이나 말투 모두 전혀 의심스러워 보이지 않았다. 수상해보이던 모든 것이 정상적으로 보였던 것이다.

그가 도끼를 바라보며 혼자 중얼거렸다.

"의심하는 마음이 있으면 있지도 않은 귀신이 나온다더니, 아무리 옳은 것도 의심하는 마음으로 보면 그르게 될 수 있구나."

지혜의 한 줄___
한번 의심하는 마음이 생기면 모든 게 의심스러워진다.

창밖의 풍경

If men could regard the events of their own lives with more open minds,
they would frequently discover that they did not really desire
the things they failed to obtain.

좀 더 열린 마음으로 인생사를 바라보면, 가지지 못해 아쉬워했던 것들이
사실 그토록 간절히 원했던 것은 아님을 알게 된다.

앙드레 모루아 André Maurois

어떤 여성이 남편을 따라 캘리포니아 주 모하비 사막에 있는 육군 훈련소 근처로 이사를 하게 되었다. 이사를 한 지 얼마 되지 않아 그녀는 친정아버지에게 한 통의 편지를 보냈다.

'아빠! 이곳은 정말 비참하기 짝이 없는 곳이에요. 46도까지 오르내리는 더위 때문에 선인장 그늘에 있어도 시원하지 않아요. 더구나 이곳에는 영어로 이야기를 나눌 사람도 없어요. 게다가요, 아빠! 여기는 먹는 음식은 물론이고 숨 쉬는 공기에도 모래가 섞여 있을 정도로 지독한 곳이에요. 여기선 도저히 못 살겠어요. 교도소에서 살아도 여기보다는 나을 것 같아요.'

며칠 후 그녀는 친정아버지에게서 다음과 같은 답장을 받았다.

'사랑하는 딸! 교도소에 있던 두 남자가 창밖을 보고 있었단다. 그런데 한 사람은 창살을 보고 있었고, 또 한 사람은 창살 너머의 별을 보고 있었단다. 너는 지금 무엇을 보고 있을지 궁금하구나.'

 지혜의 한 줄___
같은 상황에서도 어떤 사람은 불행을 보고 어떤 사람은 행운을 본다.

쓸모없는 나무

We are all something, but none of us are everything.
모두가 중요한 존재이다. 누구보다 더 중요한 사람은 존재하지 않는다.

블레즈 파스칼 Blaise Pascal

중국의 유명한 사상가였던 장자에게 한 사람이 찾아왔다. 평소에 장자를 못마땅하게 생각하고 있던 그가 장자에게 말했다.

"선생님의 생각은 크고 높지만, 실제로 사람이 사는 데는 별로 쓸모가 없는 것 같습니다. 마치 저기 있는 저 나무처럼 말입니다. 저 나무는 무척 크지만 구부러지고 옹이가 많아 목수들이 쳐다보지도 않습니다."

그러자 장자가 말했다.

"생각을 반대로 한번 해보시면 어떨까요? 구부러지고 옹이가 많기 때문에 목수들에게 베이지 않고 저렇게 큰 나무로 자라지 않았을까요?"

장자의 말에 그가 따지듯이 다시 물었다.

"하지만 그래도 쓸모가 없기는 마찬가지 아닙니까?"

그의 말에 장자가 미소를 지으며 대답했다.

"왜 저 나무가 쓸모없다고 생각하십니까? 무더운 여름에는 저 나무의 넓은 그늘 아래서 더위를 피할 수가 있지 않습니까? 그것은 쓸모가 아닌가요?"

장자의 대답에 그는 아무 말도 하지 못하고 돌아갔다.

지혜의 한 줄___
보기에 따라서는 단점이 장점이 되기도 하고 장점이 단점이 되기도 한다.

소문의 힘

Do not look back in anger, or forward in fear, but around in awareness.
뒤를 돌아볼 때는 화를 내지 말고, 앞을 바라볼 때는 두려워하지 말라.
대신 주의 깊게 주위를 둘러보라.

제임스 터버 James Thurber

공자의 제자 중에 증삼이라는 사람이 있었다. 그는 비라는 마을에서 살고 있었는데 마을 사람들에게 효자로 알려져 있었다.
그런데 그 마을에는 그와 이름이 같은 사람이 살고 있었다.
그런데 어느 날 그 사람이 마을에서 살인을 저지르게 되었다. 그러자 마을 사람 중 누군가가 증삼의 어머니에게 이렇게 말했다.
"증삼이 사람을 죽였답니다."
그러나 증삼의 어머니는 그 사람에게 이렇게 말했다.
"내 아들은 살인 같은 건 하지 않습니다."
그리고 하던 일을 계속했다.
그런데 한참 후에 마을 사람 중 다른 사람이 또 증삼의 어머니에게 찾아가서 말했다.
"증삼이 사람을 죽였답니다."
이 말을 들은 증삼의 어머니는 여전히 표정의 변화 없이 하던 일을 계속했다.
다시 한참 지난 후 또 다른 마을 사람이 증삼의 어머니를 찾아가 말했다.
"증삼이 사람을 죽였답니다."
그러자 증삼의 어머니는 하던 일을 내려놓고 벌떡 일어나 증삼을 찾아 뛰어나갔다.

지혜의 한 줄___
근거 없는 소문도 반복되면 믿게 된다.

배고픈 사자

He who labors diligently need never despair,
for all things are accomplished by deligence and labor.
근면하게 노력하는 자에게 절망이란 필요하지 않다.
모든 일은 근면과 노력에 의해 성취되기 때문이다.

메난드로스 Menandros

배가 고팠던 사자가 사냥을 나섰다. 사자는 한참 헤매던 끝에 숲 속에서 깊은 잠에 빠져 있는 토끼를 발견했다. 사자는 침을 꿀꺽 삼켰다. 덮치기만 하면 손쉽게 배고픔을 면할 수 있는 좋은 기회였다. 사자는 잠자고 있는 토끼를 향해 살금살금 다가갔다.

그런데 그 순간 사자는 숲속에서 살 오른 사슴 한 마리가 지나가고 있는 것을 보게 되었다. 사자는 잠시 고민에 빠졌다. 토끼는 자고 있으니 사슴을 사냥한 다음에 다시 와도 될 것 같았다. 사자는 몸을 돌려 전력을 다해 사슴을 쫓기 시작했다. 하지만 사슴은 사자의 추격을 따돌리고 달아나버렸다.

숨을 헉헉거리며 사자는 도망가는 사슴의 뒷모습을 보고 입맛을 다셨다.

'아까워라. 뭐 하지만 토끼라도 잡아먹으면 되니까.'

사자는 놓쳐버린 사슴에 대한 미련을 버리고 잠들어 있던 토끼에게로 걸음을 돌렸다.

그러나 자고 있던 토끼는 온 데 간 데 없이 사라지고 없었다. 사자가 사슴을 쫓아갈 때 잠들었던 토끼도 놀라 잠이 깨서 도망처버린 것이다.

지혜의 한 줄___
지혜로운 사람은 먼 곳의 큰일보다 눈앞의 사소한 일을 더 중요하게 여긴다.

원숭이와 돌고래

That which we obtain too easily, we esteem too lightly.
우리는 노력 없이 얻은 소중한 것들을 너무 가볍게 여긴다.

토머스 페인 Thomas Paine

주인과 함께 여객선을 타고 가던 원숭이가 장난을 치며 놀다가 그만
바다에 빠져버렸다. 아무도 그 모습을 보지 못했기 때문에 배는 점점
멀어져 갔고 홀로 남겨진 원숭이는 바다 한가운데서 허우적거렸다.
그런데 마침 그곳을 지나가던 돌고래가 다가왔다.
"큰일 날 뻔했구나. 육지까지 데려다 줄 테니 내 등에 타렴."
원숭이는 기뻐하며 돌고래 등에 올라탔다.
친절한 돌고래가 원숭이에게 물었다.
"원숭아! 넌 어디서 왔니?"
"바다에서만 사는 너 같은 물고기들은 잘 모르는 곳이야."
원숭이는 자신을 도와준 돌고래를 무시하고 잘난 체하며 대답했다.
돌고래는 다시 물었다.
"어디서 왔는지 말해주면 안 되니?"
"잘 들어. 나는 말이야, 이 바다보다 넓은 호수가 있는 나라에서 왔어.
그리고 난 그 나라의 왕자야. 아마 너는 내가 말해줘도 잘 모를 거야."
원숭이의 허풍과 무시하는 말투에 화가 난 돌고래는 원숭이를 등에
태운 채 바다 속 깊이 들어가 버렸다.

지혜의 한 줄___
호의는 주고받는 것이지 일방적인 것이 아니다.

만들어진 습관

Action may not bring happiness, but there is no happiness without action.
행동이 반드시 행복을 안겨주지 않을지는 몰라도 행동 없는 행복이란 없다.

윌리엄 제임스 William James

1965년, 마틴 셀리그먼이라는 심리학자는 개에게 전기 충격을 가하는 실험을 했다. 개에게 종소리를 들려주고 먹이를 주던 파블로프의 실험을 더 확장하는 실험이었다.

그는 종이 울리면 먹이를 주는 대신 개에게 전기 충격을 가했다. 개는 실험 중에 벨트에 묶여 있어서 도망칠 수가 없었다. 개는 이제 종소리가 들리면 자신에게 전기 충격이 가해질 것이라는 것을 알게 되었다. 이러한 조건으로 개를 길들인 후 낮은 울타리를 사이에 두고 두 공간으로 나누어진 커다란 상자에 그 개를 넣었다.

그는 종소리가 들리면 개가 울타리를 뛰어넘어 상자 안의 다른 공간으로 도망갈 것이라고 생각했다.

그는 개를 묶어두었던 벨트를 풀고 종을 울린 후 전기충격을 가했다. 하지만 개는 그대로 앉아 그 모든 상황을 순순히 받아들였다.

이번에는 한 번도 전기충격을 받아 본 적이 없거나 상자에서 탈출한 적이 있는 개를 상자에 넣고 종을 울린 후 전기 충격을 가하자 울타리를 뛰어넘어 달아나 버렸다.

탈출에 계속 실패하고 결국 자포자기했던 경험이 이런 차이를 만든 것이다.

 지혜의 한 줄___
실패를 이겨내는 것은 작은 성공의 경험이다.

알렉산더의 마지막 자산

Hope sees the invisible, feels the intangible, and achieves the impossible.
희망은 보이지 않는 것을 보고, 만질 수 없는 것을 만지며,
불가능한 것을 성취한다.

찰스 칼렙 콜튼 Charles Caleb Colton

알렉산더 대왕은 그리스와 동방, 극동의 문화를 융합시키고 실크로드 개척에 막대한 영향을 준 인물이다. 그는 자기 자신을 페르시아 원정에 바치기로 결심하고, 원정을 떠나기 전에 모든 재산을 신하들에게 나누어 주었다.

페르시아 정벌에 나서기 위해서는 군수품과 많은 군량미를 사들일 거액의 자금이 필요했는데, 그는 자신이 가지고 있던 재물과 토지 대부분을 신하들에게 나누어 주었던 것이다.

신하 가운데 한 사람이 알렉산더에게 물었다.

"폐하, 폐하께서는 무엇을 가지고 떠나실 생각이십니까?"

그러자 알렉산더가 대답했다.

"내게는 딱 한 가지만 있으면 되네. 그것은 바로 '희망'이라네."

알렉산더의 대답을 들은 신하가 이렇게 말했다.

"폐하! 그렇다면 저희에게도 그것을 나누어주시겠습니까?"

신하는 자기가 받았던 재산을 다시 알렉산더에게 돌려주었고, 다른 여러 신하들도 그를 따랐다.

지혜의 한 줄___
한 사람의 작은 희망이 세상을 바꾸기도 한다.

뒷간에서 얻는 깨달음

Man is not the creature of circumstances,
circumstances are the creatures of man.
인간은 환경의 피조물이 아니다. 환경이 인간의 피조물이다.
벤저민 디즈레일리 Benjamin Disraeli

보잘것없는 곳간 관리인에서 한 나라의 재상이 된 사람이 있다. 그의 이름은 이사(李斯). 그의 성공에는 우연히 뒷간에서 얻은 깨달음이 있었다.

이사는 스물여섯 살이 되던 해, 초나라 작은 마을의 식량 창고 관리가 되었다. 그가 하는 일은 곳간의 곡식 재고량을 기록하고, 식량이 들어오고 나가는 수량을 파악하는 것이었다. 자신이 하는 일과 생활이 만족스럽지는 않았지만 그렇다고 뭔가 문제가 있다고 생각하지도 않았다.

그러던 어느 날 이사는 곳간 밖에 있는 뒷간에 갔다가 그 안에서 살고 있는 쥐떼를 보게 되었다. 뒷간에 사는 쥐들은 하나같이 깡마른 몸에 볼품없는 잿빛 털을 가지고 있었다. 뒷간의 쥐들을 보자 곳간에서 살고 있는 쥐들이 떠올랐다. 곳간의 쥐들은 잘 먹어서인지 통통했고 털에서도 윤기가 흘렀다.

그 순간 이사의 머릿속에 깨달음처럼 한 가지 생각이 떠올랐다.

"사는 곳이 다르면 운명도 다른 법이구나. 8년 동안을 작은 마을의 식량 창고 관리인으로 살아오면서 바깥세상 구경 한번 못해본 내가 저 쥐들과 무엇이 다를까? 곳간 쥐들이 뒷간 쥐들보다 잘나서 더 잘 먹고 잘 사는 것일까? 아니다. 그 쥐들의 차이는 어떤 환경에서 살았는지 뿐인 것이다. 사람이라고 이와 다를까?"

 지혜의 한 줄___
습관을 만드는 가장 큰 요인은 환경이다.

아인슈타인의 외투

There are admirable potentialities in every human being.
Believe in your strength and your youth.
Learn to repeat endlessly to yourself, "It all depends on me."

누구에게나 놀라운 잠재력이 있다. 그러므로 자신의 능력과 젊음을 믿어라.
그리고 끊임없이 "모두 다 하기 나름이야."라고 되뇌어라.

앙드레 지드 André Gide

아인슈타인이 미국으로 이주한 지 얼마 지나지 않았을 때 뉴욕의 거리에서 우연히 친구와 마주쳤다. 아인슈타인은 언제나 허름한 외투를 걸치고 다녔다. 그 모습을 보고 친구가 말했다.

"자네 새 외투를 하나 사 입어야겠네. 이곳은 뉴욕이야. 이렇게 낡은 옷을 입고 다니면 좀 부끄럽지 않나?"

하지만 아인슈타인은 친구의 충고에 개의치 않았다.

"어차피 뉴욕에서 날 알아볼 사람은 없을 텐데, 이깟 외투 따위가 대수인가?"

몇 년 후, 이들은 같은 장소에서 또 마주쳤다. 아인슈타인은 이미 전 세계에 이름이 알려진 유명인이 되었지만 여전히 낡은 외투를 입고 다녔다. 친구가 또다시 그에게 새 외투를 사 입을 것을 권했다.

그러자 아인슈타인이 다시 '허허' 웃으며 말했다.

"그럴 필요가 있겠나? 어차피 뉴욕에 있는 모든 사람들이 내가 누군 줄 아는데."

지혜의 한 줄___
자존감은 가장 강한 긍정의 묘약이다.

나무들의 왕

There isn't a person anywhere that is capable of doing more
than he thinks he can.
자신이 가능하다고 생각하는 것보다 더 많은 것을 할 수 있는 인간은 없다.

헨리 포드 Henry Ford

어느 숲에 사는 나무들이 모여 자신들의 왕을 뽑기로 했다. 그들은 먼저 올리브나무를 찾아가 왕이 되어 달라고 부탁했다. 그러자 올리브나무가 이렇게 말했다.

"저는 사람들에게 좋은 기름을 주는 것만으로도 행복합니다. 나의 행복을 포기하고 당신들의 왕이 되고 싶지 않습니다."

나무들은 이번에는 무화과나무에게 가서 왕이 되어 달라고 부탁했다. 그러자 무화과나무가 이렇게 말했다.

"저는 달콤하고 맛난 열매를 만드는 것만으로도 행복합니다. 당신들의 왕은 다른 나무에게 부탁해보시지요."

나무들은 포도나무에게 가서 왕이 되어 달라고 부탁했다.

"당신들이라면 제게서 열리는 이 소중한 포도를 포기할 수 있겠어요?"

나무들은 마지막으로 가시나무에게 가서 왕이 되어 달라고 부탁했다. 그러자 가시나무가 마치 기다렸다는 듯이 대답했다.

"하하하. 나야말로 너희 나무들의 왕이 될 만하지. 왕으로서의 내 능력을 의심하는 나무들은 모두 내 가시로 찔러 영원한 고통이 무엇인지 느끼게 해주겠다."

 지혜의 한 줄___
때로는 모두가 뜻을 모아 최악의 선택을 할 때도 있다.

꼬리 잡기

행복이란 자신의 몸에 몇 방울 떨어드리면
다른 사람들이 기분 좋게 느낄 수 있는 향수와 같다.

랠프 월도 에머슨 Ralph Waldo Emerson

강아지 한 마리가 자기 꼬리를 잡으려고 제자리에서 빙빙 돌고 있었다.
그 모습을 보고 어미 개가 물었다.

"꼬리에 뭐가 있기에 그렇게 꼬리를 잡으려고 애를 쓰고 있니?"

강아지는 꼬리를 잡기 위해 빙빙 돌면서 엄마의 말에 대답했다.

"엄마! 저는 굉장한 것을 발견했어요. 우주의 모든 비밀도, 저의 행복
도, 세상의 모든 진리도 모두 이 꼬리에 있다는 것이죠. 그래서 저는
지금 제 꼬리를 잡아야만 해요. 제 꼬리를 잡기만 하면 저는 아주 대
단하고 행복한 강아지가 될 거예요."

그 모습을 보고 어미 개가 말했다.

"그래, 나도 그렇게 생각할 때가 있었지. 그런데 말이다, 아가야? 네가
네 꼬리를 잡으려고 애쓰지 않아도 네 꼬리는 언제나 네 뒤에 있단다.
네가 우주의 비밀을 찾으려고 노력하고, 행복해지기 위해 애쓰는 동
안에도 네 꼬리는 항상 너를 따라다니고 있단다. 그러니 네가 굳이 꼬
리를 잡기 위해 노력하지 않아도 된단다."

지혜의 한 줄___
행복은 성실하고 열정적인 삶이 주는 선물이다.

경공의 실패

특정 지점을 넘어서면 더 이상 되돌아갈 수 없게 된다.
그곳이 바로 도달해야 할 지점이다.

카프카 Franz Kafka

노나라의 소공이 싸움에서 진 후 제나라의 경공에게로 도망을 갔다. 쫓겨 온 그를 보고 경공이 소공에게 대체 왜 이렇게 되었는지 물었다. "참으로 후회가 됩니다. 왜 처음부터 충신을 등용하지 않았을까요?" 자신의 신세를 한탄하는 소공을 보며 경공은 그가 스스로 잘못을 깨닫고 있다고 생각했다. 그래서 안자에게 소공이 노나라로 돌아갈 수 있다면 좋은 군주가 되지 않겠느냐고 물었다.

그러자 안자가 대답했다.

"어리석은 사람들은 대개 자신이 현명하다고 생각합니다. 물에 빠지는 이유는 물길을 살펴보지 않았기 때문이고, 길을 잃어버리는 것은 길을 물어보지 않았기 때문입니다. 물에 빠진 뒤에 물길을 찾고 길을 잃은 뒤에 길을 묻는 것은 전쟁이 일어난 후에 무기를 만들고 음식을 먹다 목이 멘 후에야 우물을 파는 것과 같습니다. 이와 같은 것은 이미 때가 늦은 것입니다."

지혜의 한 줄___
깊이 후회한다고 모든 것을 되돌릴 수는 없다.

행운을 부르는 신상

한 남자가 헤르메스 신을 목각으로 새긴 상을 만들어 시장으로 팔러
갔다. 하지만 팔기는커녕 구경하는 사람도 없자 목각상을 높이 들고
크게 소리쳤다.

"자, 여기를 봐주세요. 이 신상을 보세요. 이 신상을 집안에 모셔놓기
만 해도 큰 행운과 재물을 가져다줍니다."

그가 사람들을 모으기 위해 큰 소리로 계속 소리치자 지나가던 사람
이 물었다.

"예끼 여보쇼. 사기도 적당히 치셔야지. 그 신상이 그렇게도 영험하면
왜 당신이 그 행운을 누리지 않고 팔러 나온 거요?"

그러자 남자가 대답했다.

"이 신상이 행운과 재물을 가져다주려면 시간이 좀 걸리거든요! 그런
데 저는 지금 당장 돈이 필요해요."

 지혜의 한 줄___
거짓말하는 사람은 다른 사람들이 자기가 거짓말하는지 모를 거
라고 생각한다.

두 개의 주머니

It is a better to suffer wrong than to do it,
and happier to be sometimes cheated than not to trust.

잘못을 저지르는 것보다 다른 사람의 잘못으로 고생하는 것이 더 낫다.
그리고 때로는 남을 믿지 못하는 것보다 속아 넘어가는 것이 행복하다.

새뮤얼 존슨 Samuel Johnson

신화에 의하면 사람은 태어날 때 두 개의 주머니를 목에 걸고 나온다고 한다.
한 개의 주머니는 목 앞에 있는데 이 주머니에는 이웃의 잘못이 들어있다. 또 다른 한 개의 주머니는 목 뒤에 있는데 이 주머니에는 자신의 잘못이 들어있다.
그래서 사람들은 남의 잘못은 잘 보면서도 자기의 잘못은 잘 보지 못한다고 한다.

지혜의 한 줄___
남의 잘못이 보일 때 자신도 같은 잘못을 하고 있는지 살펴보아야
한다.

수레바퀴 자국

Our mind is the most valuable possession that we have.
The quality of our lives is, and will be, a reflection of how well we develop,
train, and utilize this precious gift.

우리의 마음은 우리가 가진 가장 귀중한 소유물이다. 우리들 삶의 질은
이 값진 선물을 얼마나 잘 계발하고 훈련시키고 활용하느냐에 달려 있다.

브라이언 트레이시 Brian Tracy

위나라의 왕 문후가 중신들을 불러 잔치를 열었다. 술자리가 무르익
자 문후가 일어나 중신들에게 말했다.
"자, 지금부터는 맛도 보지 않고 술을 마시는 사람에게 커다란 잔으로
벌주를 주기로 합시다. 모두들 어떻소?"
중신들은 문후의 제안에 흔쾌하게 찬성했다.
그런데 마침 문후가 제일 먼저 자신의 제안을 어기게 되었다. 그러자
공손불인이 커다란 잔에 술을 가득 채워 문후에게 올렸다. 하지만 문
후는 이런저런 핑계를 대며 벌주를 마시지 않으려 했다.
그러자 공손불인이 문후에게 다가가 말했다.
"앞서 가던 수레의 바퀴가 엎어진 자국은 뒤에 가는 수레의 본이 된다
는 말이 있습니다. 이는 곧 전례를 거울삼으라는 뜻이온데, 어찌 전하
께서는 스스로 만든 규칙을 지키지 않으려 하십니까? 전하께서 만든
규칙을 전하께서 지키지 않으시면 과연 누가 나서서 전하께서 만든
규칙을 지키려 하겠습니까?"
공손불인의 말이 이치에 합당하다고 생각한 문후는 껄껄 웃으며 커다
란 술잔을 들어 남김없이 마셨다.

지혜의 한 줄___
법을 만든 사람은 그 법의 모범을 보여야 하다.

절벽으로 가는 당나귀

One of the most important principles of success is
developing the habit of going the extra mile.
성공의 가장 중요한 원칙은 한 걸음 더 나아가는 습관을 기르는 것이다.

나폴레온 힐 Napoleon Hill

어떤 사람이 당나귀를 몰고 험한 산길을 지나가고 있었다. 길이 너무 험해서 고삐를 잡고 갈 수가 없어 그는 고삐를 풀어주었다. 그렇게 한참 숲길을 헤치고 가는데 앞서가던 당나귀가 길을 잃고는 절벽을 향해 가고 있었다.

"거기 서! 어디로 가는 거야, 이 멍청아! 거기로 가면 낭떠러지란 말이야!"

하지만 당나귀는 그의 말을 못 들었는지 아니면 듣고도 모른 척하는 것인지 계속 절벽을 향해 걸어갔다.

그는 다급한 마음에 달려가서 당나귀의 꼬리를 붙잡고 잡아당겼다. 그런데 당나귀는 뒷발로 발길질을 하며 꼬리를 잡고 있는 그의 손을 떼어내려고 했다.

한참 동안 당나귀와 씨름하던 그가 지쳤는지 마침내 꼬리를 잡고 있던 손을 놓으며 이렇게 외쳤다.

"가라! 가! 네가 이겼다 이놈아."

지혜의 한 줄___
어리석은 사람에게는 세상에서 가장 현명한 조언도 의미가 없다.

구두쇠의 황금

옛날 어느 나라에 소문난 구두쇠가 있었다. 그는 자신이 가지고 있던 땅을 팔아 금으로 바꾼 후 성문 밖 으슥한 곳에 땅을 파고 묻어두었다. 구두쇠는 매일 남몰래 그곳에 들러 금덩어리가 무사히 있는지 확인하며 흡족해 했다.

그런데 구두쇠의 행동이 이상하다고 생각한 하인이 몰래 그를 따라갔다. 그곳에서 주인의 비밀스러운 행동을 목격한 하인은 주인 몰래 금덩어리를 캐내서 다른 나라로 도망가 버렸다.

다음날 황금을 확인하러 간 구두쇠는 자신의 황금이 없어진 것을 보고 넋이 나가 버렸다.

그곳을 지나가던 한 사내가 세상을 다 잃은 것 같은 표정으로 허탈하게 앉아 있는 그에게 연유를 물었다. 구두쇠가 이런저런 일이 있어 그랬다고 신세를 한탄하자 남자가 말했다.

"허허. 참 안타까운 일이지만 이제 그만 슬퍼하시오. 지금이라도 황금덩어리가 있던 곳에 아무 돌덩이나 하나 넣어 놓으면 될 것 같구려. 어차피 보기만 할 뿐 아무짝에도 쓸모없는 물건 아니오?"

지혜의 한 줄___
지혜가 있어도 사용하지 않으면 없는 것과 같다.

사슴과 말

Men of genius are admired, men of wealth are envied,
men of power are feared, but only men of character are trusted.
천재성을 가진 자는 경탄의 대상이 되고, 부를 가진 자는 시기의 대상이 되며,
권력을 가진 자는 두려움의 대상이 되지만, 품성을 갖춘 자는 신뢰의 대상이 된다.

지그 지글러 Zig Ziglar

환관이었던 조고는 진시황이 죽자 태자였던 부소를 죽이고 나이가 어렸던 호해를 왕으로 세웠다. 그리고 어린 호해를 꼬드겨서 충신들을 죽이고 스스로 승상에 올라 실권을 잡았다.

조고는 조정의 중신들 중 자신의 말을 잘 따를 자와 반대할 자를 가려내고자 했다. 그래서 호해에게 사슴 한 마리를 올리면서 이렇게 말했다.

"전하, 제가 좋은 말을 올리니 부디 거두어 주십시오."

그러자 곁에 있던 신하들이 술렁거리며 말했다.

"승상! 승상은 어찌 사슴을 말이라고 하시오? 농담도 잘하시는구려. 여러분 눈에는 저 사슴이 말로 보이시오?"

신하들 중 일부는 사슴을 말이라고 이야기했고, 또 일부는 저게 어떻게 말일 수 있느냐며 화를 냈다.

호해는 신하들의 갑론을박을 들으며 조용히 웃으며 그들의 말을 듣고만 있었다.

그 후 조고는 사슴을 가리켜 사슴이라고 이야기했던 신하들을 모두 죄를 뒤집어씌워 죽여 버렸다. 그러자 조정에서 조고의 말에 반대하는 신하는 한 명도 남지 않게 되었다.

지혜의 한 줄___
진실이 거짓이 되는 세상에는 거짓말쟁이들만 남게 된다.

혀로 만든 요리

Ever tried. Ever failed. No matter. Try again. Fail again. Fail better.
또 실패했는가? 괜찮다. 다시 실행하라. 그리고 더 나은 실패를 하라.

사뮈엘 베케트 Samuel Beckett

어느 날 주인인 크산투스가 하인인 이솝을 불러 손님들을 저녁 식사에 초대했으니 귀한 재료를 써서 음식을 준비하라고 일렀다.

시간이 되어 손님들이 식탁에 자리를 잡았고 음식이 나오기 시작했다. 그런데 귀한 음식이라고 나온 음식이 모두 짐승의 혀로 된 요리뿐이었다.

화가 난 크산투스가 이솝을 불러 호통을 치고는 왜 혀로 된 요리만 내왔는지 물었다. 그러자 이솝이 이렇게 대답했다.

"주인님. 이 세상에 혀보다 귀한 재료가 있을까요? 혀는 진실의 기관입니다. 혀는 설득의 수단이고 신을 찬양하는 최고의 도구가 아닙니까?"

이솝의 설명을 듣고 난 주인은 더 따질 수 없었다.

다음날 주인은 오늘도 손님이 올 것이니, 나쁜 재료로 만든 음식을 내오라고 말했다.

하지만 이솝이 준비한 음식은 또 혀로 만든 요리였다. 그것을 보고 주인은 화가 머리끝까지 치밀어 올라 이솝을 다시 야단쳤다. 야단을 맞고 난 이솝이 주인을 보고 이렇게 말했다.

"혀는 신성을 모욕하는 도구이며, 불화와 싸움의 수단이기도 합니다. 혀를 잘못 쓰면 전쟁이 일어나기도 하고 나라의 뿌리를 흔들기도 합니다. 주인님. 세상에 이보다 더 나쁜 것이 또 있을까요?"

지혜의 한 줄___
혀는 쓰기에 따라 불행을 부르기도 하고 행운을 부르기도 한다.

투쟁과 갈등

어느 날 헤라클레스가 좁은 산길을 걷다가 바닥에 사과처럼 생긴 것
이 놓여 있는 것을 보았다. 헤라클레스는 그것의 정체가 무엇인지 궁
금해져서 가지고 있던 방망이로 내리쳤다. 그러자 그것이 갑자기 부
풀어 오르더니 두 배로 커졌다.

헤라클레스는 그것이 커지는 게 신기해서 이번에는 더 강하게 방망이
로 내리쳤다. 그러자 그것이 길을 막아버릴 정도로 커다랗게 부풀어
올랐다.

이 이상한 것이 부풀어 올라 완전히 숲길을 막아버리자 헤라클레스는
방망이를 든 채 멍하기 쳐다보았다.

그때 아테나 여신이 헤라클레스에게 다가와 말했다.

"놀라지 말거라. 이것의 이름은 투쟁과 갈등이란다. 가만히 두면 별것
아니지만 만지거나 두드리면 감당할 수 없을 정도로 커져버린단다."

 지혜의 한 줄___
갈등과 투쟁은 부추길수록 커지고 결국 파국을 맞게 된다.

진실과 거짓

진실이라는 이름을 가진 나그네와 거짓이라는 이름을 가진 나그네가 함께 세상 곳곳을 여행하고 있었다. 그런데 원숭이 나라를 지나다가 그만 원숭이들에게 잡히고 말았다.

원숭이 왕은 두 나그네가 자신에 대해 어떻게 생각하고 있는지 궁금했다. 그래서 왕의 좌우에 원숭이들을 세워 두고 두 나그네를 불렀다. 두 나그네가 도착하자 원숭이 왕은 먼저 거짓이라는 이름을 가진 나그네에게 위엄 있는 목소리로 물었다.

"내가 누구인지 알겠는가?"

"황제 폐하가 아니십니까?"

"나의 좌우에 서 있는 이자들은 누구인가?"

"폐하의 충성스런 신하, 용감한 장수들입니다."

원숭이 왕은 흡족한 얼굴로 거짓이라는 이름을 가진 나그네를 칭찬하고 큰 상을 내렸다.

이번에는 진실이라는 이름을 가진 나그네에게 물었다.

"그대는 나와 내 주위에 있는 자들이 누구인지 말할 수 있는가?"

"당신은 그냥 원숭이일 뿐이고, 옆에 있는 자들도 원숭이들일 뿐입니다."

그러자 왕은 불같이 화를 내며 좌우의 원숭이들에게 진실이라는 이름을 가진 나그네의 입을 꿰매버리라고 명령했다.

 지혜의 한 줄___
짧게 보면 진실이 언제나 거짓을 이기지는 않는다.

여우와 호랑이

초나라의 선왕이 신하들에게 물었다.
"북방에 있는 나라들이 재상인 소해휼을 두려워한다고 들었소. 이것이 사실이오?"
선왕의 물음에 대신들이 아무 대답도 하지 않았다. 그때 강을이 나서서 말했다.
"어느 날 여우가 호랑이에게 잡히자 이렇게 말했습니다.
'너는 나를 잡아먹어서는 안 된다. 하늘이 나를 모든 동물들의 우두머리로 삼았으니, 나를 잡아먹는 것은 하늘의 뜻을 어기는 것이다. 내 말을 믿지 못하겠다면 내 뒤를 따라와라. 모든 동물들이 내가 나타나자마자 꼬리를 감추고 도망칠 것이다.'
혹시나 하는 마음에 호랑이는 여우의 뒤를 따라 가보기로 했습니다. 그런데 여우의 말처럼 모든 동물들이 여우를 보자마자 기겁을 하고 숲으로 도망가기 바빴습니다.
왕이시여! 이 나라는 사방이 5천 리, 병력이 100만입니다. 그리고 이 모두가 소해휼의 관리 하에 있습니다. 북방의 모든 나라들이 소해휼을 두려워하는 것은 당연한 것입니다. 그러나 이는 결국 동물들이 여우가 아니라 여우 뒤에 있던 호랑이를 두려워한 것과 같습니다. 북방의 나라들은 소해휼을 두려워하는 것이 아니라 전하를 두려워하는 것입니다."

지혜의 한 줄___
진실을 이야기할 때도 적당한 요령이 필요하다.

진실의 인물상

Truth is always exciting. Speak it, then; life is dull without it.
진실은 언제나 흥미롭다. 진실을 말하라.
진실이 없는 인생은 지루하기 짝이 없다.

펄 S. 벅 Pearl S. Buck

프로메테우스는 자신이 가진 모든 역량을 쏟아서 인간들의 품행을 바로잡아줄 '진실의 인물상'을 만들고 있었다. 그런데 작업을 하던 중에 갑자기 제우스의 부름을 받게 되었다.

프로메테우스는 제자인 '속임수'에게 작업실을 맡겨두고 올림푸스 신전으로 떠났다.

'속임수'는 스승이 자리를 비우자 프로메테우스가 빚고 있는 것과 똑같은 인물상을 만들었다. 그런데 '속임수'가 인물상을 거의 완성해갈 즈음 흙이 부족해 발을 만들 수가 없었다.

그런데 바로 그때 프로메테우스가 돌아왔다. 프로메테우스는 '속임수'가 만든 인물상이 자신이 만든 것과 너무도 똑같아서 감탄했다. 그래서 제자가 빚은 인물상도 함께 가마에 구웠다. 마침내 두 인물상이 다 구워지자 프로메테우스는 생명을 불어넣었다.

그런데 진실의 인물상과 달리 제자가 만든 인물상은 발이 없어 걸을 수가 없었다.

여기에서 '거짓은 발이 없다.'는 말이 생겼다고 한다.

지혜의 한 줄___
큰 거짓말 속에는 작은 진실이 섞여 있어 구별하기 어렵다.

잡초의 생명력

여러분은 여러분의 힘으로 이 세상의 행복 총량을 쉽게 증가시킬 수 있다.
그 방법이 궁금한가? 바로 외롭고 절망에 빠진 사람들에게 그들의 가치를
인정해 주는 몇 마디의 말을 진지하게 건네는 것이다. 비록 여러분은 오늘 했던
그 친절한 말을 내일이면 잊어버릴지라도, 이를 들은 사람은 평생 간직할 것이다.

데일 카네기 Dale Carnegie

어떤 정원사가 정원에 잔뜩 자란 잡초를 뽑으며 짜증을 내고 있었다.
마침 지나가던 사람이 정원사의 모습을 보고 궁금해 물었다.
"정원에서 자라는 화초들은 조금이라도 물이 부족하면 금방 시들어버
리는데 왜 잡초는 돌보지도 않는데 저렇게 잘 자라는 것일까요?"
그 말을 들은 정원사가 대답했다.
"그야, 잡초는 신의 손으로 돌봐지지만, 화초는 인간의 손으로 돌봐지
기 때문이지요."

 지혜의 한 줄___
쓸모없게 보이는 것 속에도 자연의 섭리가 깃들어 있다.

떠돌이 개와 목걸이 개

It is the mark of an educated mind to be able to
entertain a thought without accepting it.
무조건 동화되지 않고 자유로운 판단 하에 생각을 하는 것은
교양 있는 사람이라는 증거이다.

아리스토텔레스 Aristotle

배고픈 떠돌이 개들이 마을을 지나가다가 목걸이를 하고 있는 개를
만났다. 떠돌이 개들은 먹이를 항상 푸짐하게 먹을 수 있는 목걸이 개
가 부러웠다.
떠돌이 개 중 하나가 목걸이 개에게 물었다.
"너는 좋겠구나. 항상 배불리 먹을 수 있으니 말이야."
그러자 목걸이 개가 대답했다.
"그럼 좋고말고. 너희들도 나처럼 배부르게 먹고 편안하게 살고 싶으
면 이 목걸이를 목에 걸면 돼."
그러자 떠돌이 개가 물었다.
"그래? 그런데 네 목에 하고 있는 그 목걸이는 뭐지?"
그러자 목걸이 개가 대답했다.
"이건 누가 내 주인인지 알려주는 거란다. 너희들도 이것만 있으면 배
고플 일은 없을 거야. 비록 너희들처럼 자유롭게 돌아다니지는 못하
지만 말이야."
그러자 떠돌이 개들이 말했다.
"배는 부르지만 자유가 없는 것보다는 배는 고프지만 자유로운 지금
이 더 좋다네."

 지혜의 한 줄___
자유에는 대가가 따르기 마련이다.

귤과 탱자

초나라의 왕이 제나라의 재상인 안자가 사신으로 오게 된다는 것을
알고 신하들에게 말했다.

"안자라는 자는 제나라에서 말을 잘하는 사람으로 알려져 있소. 그래
서 내가 안자를 시험해보고 싶소."

그러자 신하들이 하나의 계책을 제안했고, 왕은 고개를 끄덕였다.

초나라 왕은 안자가 도착하자 연회를 베풀었다. 그리고 분위기가 무
르익을 무렵 관리들이 한 남자를 왕 앞으로 끌고 왔다.

"그 자는 누구이며 무슨 죄를 지었는가?

왕이 묻자 관리들이 대답했다.

"이 자는 제나라 사람으로 도둑질을 했습니다."

그러자 왕이 자리에 앉아 있던 안자에게 물었다.

"허허, 제나라 사람들은 모두 도둑질을 잘하는 모양이오?"

그러자 안자가 왕의 의도를 간파하고 이렇게 대답했다.

"왕이시여! 귤이 회수 남쪽에서 자라면 귤이 되지만, 북쪽에서 자라면
탱자가 된다고 합니다. 이는 자라는 풍토가 다르기 때문입니다. 제나
라에서 자라는 사람들은 도둑질을 하지 않는데 초나라에서 자라면 도
둑질을 하는 것을 보면 초나라의 풍토가 그렇기 때문 아니겠습니까?"

안자의 대답을 들은 왕은 못 이기겠다는 듯이 크게 웃으며 그를 칭찬
했다.

> 지혜의 한 줄___
> 지혜는 혼동 속에서도 진실을 찾아내는 힘이다.

수사슴의 뿔

Man is what he believes.

인간은 스스로 믿는 대로 된다.

안톤 체호프 Anton Chekov

수사슴 한 마리가 목을 축이기 위해 연못을 찾았다. 수사슴은 물을 먹기 위해 머리를 숙였다가 연못에 비친 자기의 그림자를 보게 되었다. 연못에 비친 크고 잘 생긴 뿔은 참으로 보기가 좋았다. 하지만 비쩍 마른 다리는 너무 볼품이 없어 못마땅했다.

"에이, 멋진 뿔에 비해서 다리는 너무도 볼품이 없구나."

그런데 그때 갑자기 사냥꾼이 사냥개를 몰고 숲에서 뛰어나와 수사슴에게 달려들었다.

수사슴은 재빨리 튼튼한 다리로 땅을 박차고 달리기 시작했다. 거칠고 가파른 숲길이었지만 수사슴의 다리는 거칠 것 없이 달렸다. 그런데 운이 따르지 않았는지 크고 높다란 뿔이 나뭇가지 사이에 걸리고 말았다.

사냥꾼은 껄껄 웃으며 손쉽게 수사슴을 잡을 수 있었다.

"이놈아! 네 볼품없는 다리는 너를 살렸지만, 네 멋진 뿔은 너를 죽음으로 인도했구나."

지혜의 한 줄___
장점이라고 생각했던 것이 어느 순간 단점이 되기도 한다.

토끼와 개구리

Live your imagination, not your history.
과거가 아닌 상상을 실현하며 살라.

스티븐 커비 Stephen Covey

어느 날 토끼들이 한자리에 모여 자신들의 신세를 한탄했다. 토끼들은 매일 사나운 동물들에게 쫓겨 다니느라 불안하고 무서웠다. 언제까지 계속 이렇게 살아야 할 것인지 앞날이 깜깜하고 답답했다. 그때 한 토끼가 나서서 이렇게 말했다.

"도대체 우리는 언제까지 이렇게 살아야 합니까? 우리 토끼들이 모두 다 다른 맹수들의 먹이가 될 때까지 아마 이런 삶은 계속될 것입니다. 이렇게 희망 없는 인생을 살 바에야 그냥 다 같이 죽어버리는 게 낫지 싶습니다."

"옳소! 옳소!"

토끼들은 이렇게 계속 살 바에는 죽는 게 낫겠다는 생각이 들었다. 그래서 모여 있던 토끼들은 함께 죽기 위해 연못으로 달리기 시작했다.

그런데 토끼들이 떼를 지어 연못을 향해 달려가자 연못에 있던 개구리들이 놀라서 황급히 물속으로 뛰어들었다.

맨 앞에서 연못을 향해 뛰던 토끼가 그 모습을 보고 갑자기 멈춰 섰다.

"여러분 잠깐만! 세상에는 우리보다 못한 동물도 있습니다. 저 개구리들을 보십시오. 저들도 사는데 우리가 왜 이래야 합니까?"

 지혜의 한 줄___
비극은 자신을 바로 보지 못하는 데서 시작된다.

사자와 고래

백수의 왕인 사자가 바닷가를 거닐다 물 위로 고개를 내밀고 있는 고래를 보았다. 사자가 고래에게 말을 걸었다.

"나는 육지의 왕이고 당신은 바다의 왕이니 앞으로 친구가 되어 보는 게 어떻겠소? 우리가 손을 잡는다면 세상에 무서울 게 없지 않겠소? 자, 어떻소?"

사자의 말에 고래는 흔쾌히 그 뜻을 받아들이고 둘은 친구가 되기로 했다.

그러던 어느 날 사자는 거대한 황소와 싸움을 벌이게 되었다. 그런데 황소가 너무 강해서 사자는 점점 불리해졌다. 그때 사자는 얼마 전에 친구가 된 고래를 떠올리고 도움을 요청했다. 그러나 고래는 육지에서 벌어지는 싸움이라 도와줄 수가 없어 어쩔 수 없이 마음으로만 응원하고 있었다.

황소와의 싸움은 가까스로 사자의 승리로 끝이 났다. 사자는 자기가 그렇게도 애타게 도움을 요청했는데도 도와주기는커녕 구경만 하고 있던 고래에게 배신자라고 소리쳤다.

화를 내며 소리치는 사자에게 고래가 말했다.

"이보게, 친구! 나를 탓하지 말고 조물주를 탓하시게나. 자네라면 바다 깊은 곳으로 들어와 나를 도와줄 수 있겠는가?"

지혜의 한 줄___
누군가 도움을 요청했을 때 도와주고 싶어도 도와주지 못할 상황은 있다.

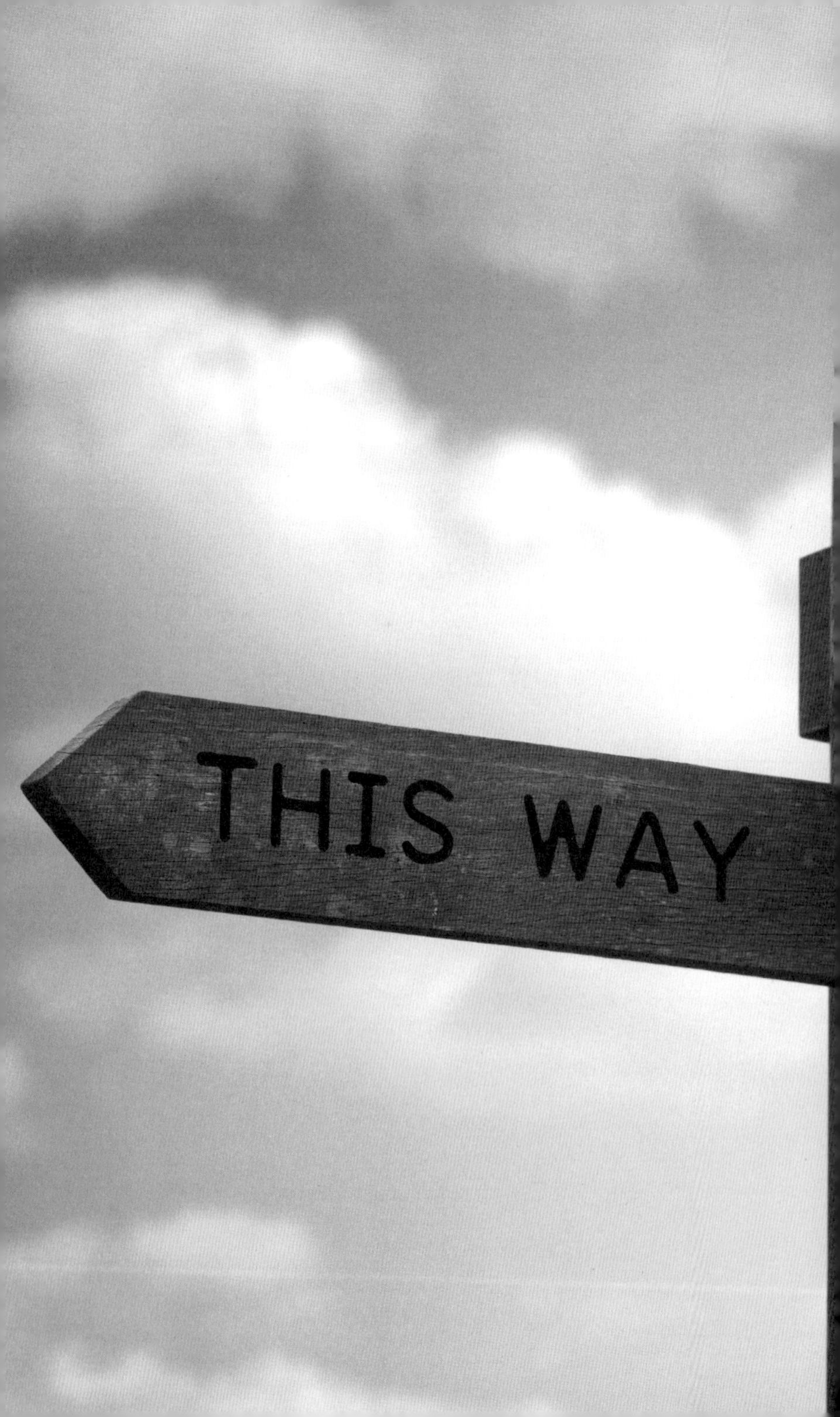
THIS WAY

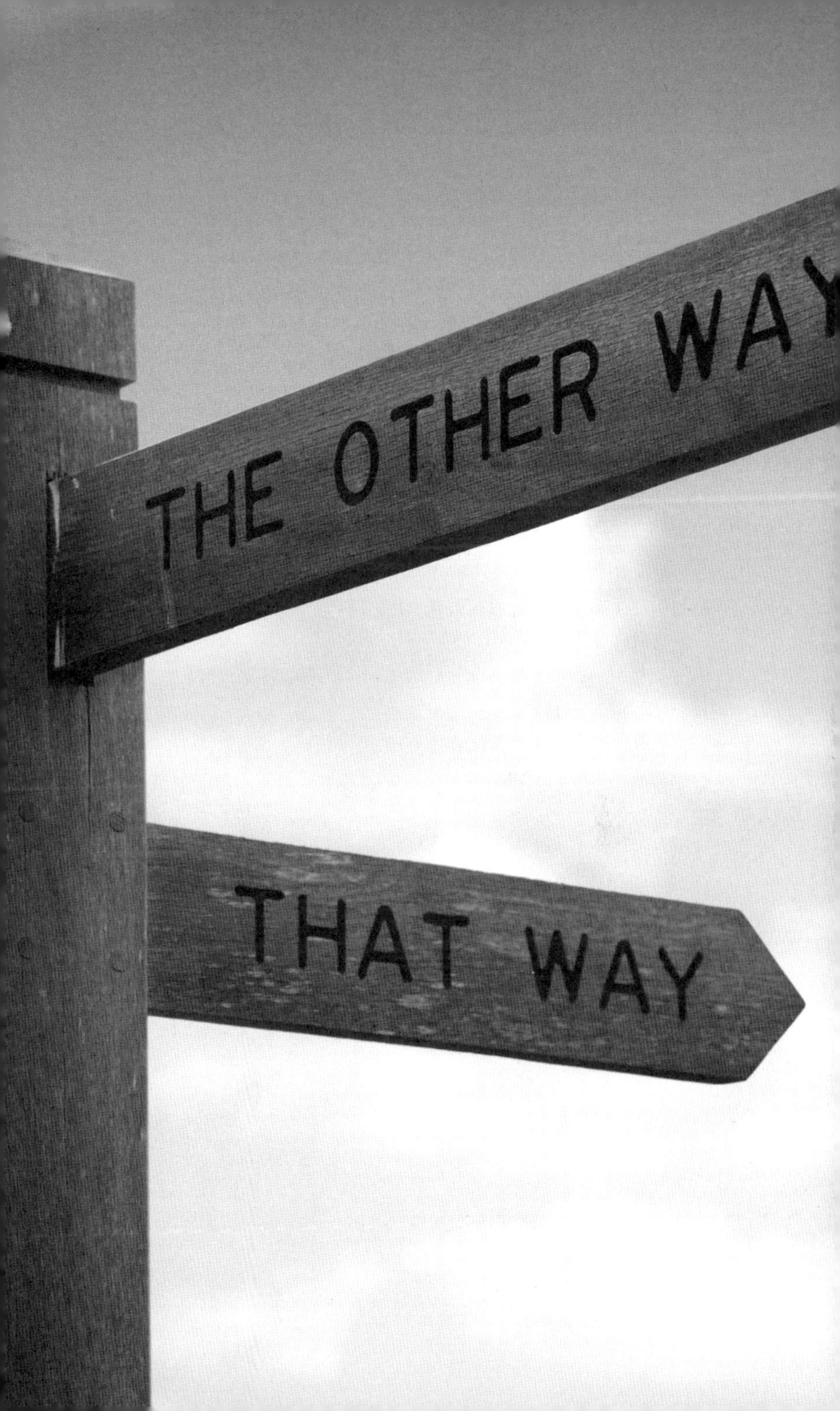
THE OTHER WAY
THAT WAY

진짜 연주자

제나라 선왕은 악공들에게 생황(아악에 쓰는 관악기)을 불게 할 때면 항상 300명을 모아 다 함께 합주하도록 했다. 그래서 성 밖에 살고 있는 사람들 중에 생황을 연주할 줄 아는 사람들은 다투어 나서서 왕을 위해 생황을 불겠다고 지원했다.

선왕은 그들의 지원에 기뻐하며 쌀을 주어 그들을 불렀는데 그 수가 수백 명이나 되었다.

세월이 흘러 선왕의 뒤를 이어 민왕이 새 군주가 되었다. 그런데 새 왕은 생황을 독주하는 것을 좋아했다.

민왕이 생황 연주들의 합주를 들으며 말했다.

"생황을 부는 자들이 많아서 누가 잘 연주하는지 알 수가 없구나."

그러자 한 신하가 말했다.

"그러시면 한 사람씩 따로 연주하도록 시켜 보십시오."

그러자 그 많던 생황 연주자들이 하나둘 빠져나가기 시작하더니 나중에는 겨우 몇 명만 남게 되었다. 엉터리로 연주하던 자들이 빠져나간 것이었다.

 지혜의 한 줄___
　사람들이 모여 있을 때는 개인의 능력을 판단하기 어렵다.

의사와 환자

Wit is the only wall between us and the dark.
위트는 우리와 어둠 사이에 존재하는 유일한 벽이다.

마크 밴 도런 Mark Van Doren

아침이 되자 의사가 회진을 하다가 어떤 환자에게 물었다.
"오늘은 좀 어떠신가요?"
그러자 환자가 대답했다.
"선생님, 아직도 온몸이 후들거립니다."
환자의 말을 들은 의사는 좋은 증상이라고 안심시켰다.
다음날에도 의사가 회진을 돌며 환자에게 물었다.
"오늘은 좀 어떠신가요?"
환자가 대답했다.
"열이 너무 심해서 침대에서 꼼짝도 못하겠어요."
그러자 의사는 그것도 좋은 증상이라고 안심시켰다.
얼마 후 환자의 가족들이 병문안을 와서 환자에게 물었다.
"좀 어때요? 의사 선생님이 뭐라고 하셨어요?"
그러자 환자가 혼잣말인 듯 아닌 듯 중얼거렸다.
"나도 잘 모르겠어. 그런데 아마 내가 죽는다면 그건 아마도 '좋은 증상' 때문일 거야."

지혜의 한 줄___
웃음은 무엇보다 강한 보약이다.

두 그릇의 음식

Character builds slowly,
but it can be torn down with incredible swiftness.

인격은 매우 천천히 만들어지지만,
믿을 수 없을 정도로 순식간에 무너질 수도 있다.

페이스 볼드윈 Faith Baldwin

어떤 마을에 형제가 살고 있었다. 그런데 형제는 똑같은 음식을 먹을 때도 먹는 방법이 달랐다. 형은 한 개의 그릇에 맛있는 음식과 맛없는 음식을 한꺼번에 담아서 먹었고, 동생은 두 개의 그릇에 맛있는 음식과 맛없는 음식을 나누어 담아 먹었다. 형은 한 개의 그릇에 음식을 담아 먹었기 때문에 맛있는 음식과 맛없는 음식을 모두 먹어야만 했다. 하지만 동생은 맛있는 음식은 모두 먹었지만 맛없는 음식은 남기거나 먹지 않았다.

그런데 세월이 지나자 동생은 점점 쇠약해져 자리에 눕게 되었다. 하지만 형은 항상 몸이 건강했다. 동생이 형에게 물었다.

"항상 형과 같은 음식을 먹었는데, 왜 형은 건강하고 나만 이렇게 몸이 쇠약해지는 것일까요?"

동생의 말에 형이 대답했다.

"동생아! 너는 항상 맛있는 음식만 먹고 맛없는 음식은 남기거나 아예 먹지 않았지. 하지만 나는 맛있는 음식과 맛없는 음식을 모두 먹었단다. 그 음식들이 내 몸의 뼈가 되고, 살이 되고, 피가 되고, 근육이 되었지. 입에 즐거운 음식만을 먹어서는 결코 건강해질 수 없단다."

형의 말을 들은 동생은 그때부터 형의 말처럼 맛있는 음식과 맛없는 음식을 한 개의 그릇에 담아 먹기 시작했고, 점차 건강을 되찾기 시작했다.

지혜의 한 줄___
편견은 자신과 상대방을 모두 병들게 한다.

사자의 질문

Life is like an onion;
you peel it off one layer at a time and sometimes you weep.
인생은 양파와 같다.
한 번에 한 꺼풀씩 벗기다 보면 눈물이 난다.
칼 샌드버그 Carl Sandburg

새끼 양이 강가에서 물을 마시고 있었다. 그런데 갑자기 커다란 사자가 입맛을 다시며 다가왔다. 사자는 손쉬운 먹잇감을 눈앞에서 발견하자 여유롭게 어슬렁거렸다.

사자가 새끼 양에게 물었다.

"어린 녀석이 버릇이 없구나! 네가 물을 마시느라 흙탕물을 만들어서 내가 물을 마실 수가 없구나."

그때야 사자를 발견한 새끼 양은 도망쳐봐야 소용없다는 것을 깨닫고, 사자에게 대꾸했다.

"사자님! 사자님이 위에 계시고 저는 아래쪽에 있는데, 제가 어떻게 물을 더럽힐 수 있나요? 사자님은 물이 위에서 아래로 흐르는 것도 모르시나요?"

생각지도 못했던 새끼 양의 대꾸에 사자가 화를 내며 소리쳤다.

"이 녀석아! 버릇없기가 너의 아비와 같구나. 너의 아비도 나를 모욕한 적이 있다."

그러자 새끼 양이 사자에게 되물었다.

"제 아버지가 사자님을 모욕한 게 언제인가요?"

"바로 어제다. 이 녀석아!"

"호호호. 사자님을 모욕한 양은 제 아버지가 아니네요. 제 아버지는 여섯 달 전에 돌아가셨거든요. 말이 되는 소리를 하세요. 사자님!"

새끼 양의 당돌함에 당황한 사자는 더는 말로는 새끼 양에게 이길 수 없을 것 같다는 생각이 들었다. 화가 머리끝까지 난 사자가 새끼 양에게 소리쳤다.

"감히 겁도 없이 내 말에 또박또박 말대꾸를 하다니, 도저히 가만 둘수가 없구나."

사자의 호통에 새끼 양이 비웃으며 물었다.

"사자님은 저를 잡아먹고 싶으신 거 아닌가요? 왜 이렇게 쓸데없는 실랑이를 벌이시죠?"

지혜의 한 줄___
악어의 눈물은 공감을 일으키지 못한다.

마당에서 바늘 찾기

내면에서 울리는 소리에 좀 더 귀를 기울이면
외부의 소리도 더 잘 들을 수 있다.

다그 함마르셸드 Dag Hammarskjold

리비아라는 수피이자 지혜로운 여성이 있었다.

어느 날 저녁, 사람들은 리비아가 집앞 길가에서 뭔가를 찾고 있는 모습을 보았다. 그 모습을 보고 마을 사람들이 모여들었다.

"할머니! 날도 어두운데 뭘 그렇게 찾고 계세요?"

리비아가 대답했다.

"바늘을 잃어버렸지 뭔가."

리비아의 말을 들은 마을 사람들이 그녀를 도와 함께 바늘을 찾기 시작했다. 하지만 바늘은 쉽게 나타나지 않았다. 그래서 리비아에게 다시 물었다.

"할머니! 날도 어두운데 이 넓은 길에서 바늘을 어떻게 찾겠어요? 바늘을 어디에서 잃어버렸는지 가르쳐 주시면 더 빨리 찾을 수 있지 있지 않을까요?"

사람들의 불평을 들은 리비아가 대답했다.

"날 도와주고 싶으면 그냥 도와주게. 그런 질문은 도움이 되지 않으니."

리비아의 말에 사람들이 바늘 찾기를 멈추고 의아한 눈빛으로 다시 물었다.

"어디에서 잃어버렸는지 알면 더 빨리 찾을 수 있잖아요. 왜 대답을 해주지 않으시는 거죠?"

리비아가 대답했다.

"바늘은 집안에서 잃어버렸지."

"예? 집안에서 잃어버렸다고요? 그런데 왜 여기에서 찾고 계시는 거예요?"

"그야, 집안보다는 그래도 여기가 더 밝기 때문이지."

그러자 리비아를 도와주던 사람들이 어이없다는 듯이 쳐다보았다. 그 모습을 보고 리바아가 말했다.

"사람들은 자신이 잃어버린 것이 어디에 있는지도 모르고 항상 밖에서만 찾으려고 하지. 찾기도 편하고 눈에도 보이니까. 자기가 똑똑하다고 생각하는 사람들이 대부분 그렇게 생각해. 어떤가? 방안에서 잃어버린 바늘을 길에서 찾고 있는 내가 어리석게 보이나, 아니면 똑똑하게 보이나?"

말을 마친 리비아는 집안으로 들어갔고, 사람들은 어두운 길 위에 한동안 우두커니 서 있었다.

🖋 지혜의 한 줄___
  진실을 찾으려는 사람은 쉬운 길만 고집하지 않는다.

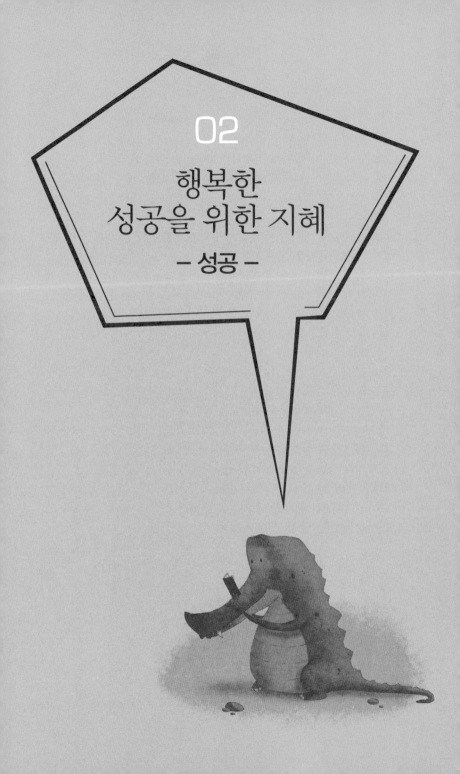

02

행복한
성공을 위한 지혜

- 성공 -

아기 솔개의 날기 연습

Courage is doing what you're afraid to do.
There can be no courage unless you're scared.
용기란 자신이 두려워하는 것을 하는 것이다. 두려움이 없으면 용기도 없다.

에디 리켄배커 Eddie Rickenbacker

솔개 둥지에 세 마리의 아기 솔개가 자라고 있었다. 막 아기 솔개들이
날기 연습을 하고 있던 때였다.

두 마리의 아기 솔개는 엄마를 따라 나는 연습을 해서 조금씩 날 수
있게 되었지만 막내 솔개는 둥지 밖의 세상이 무서워서 날기 연습은
커녕 시도도 못하고 있었다.

'실수해서 떨어지기라도 하면 아마 죽고 말겠지? 어떻게 해, 무서워서
못하겠어.'

막내 솔개는 두려운 마음에 둥지 안에 숨어 꼼짝도 못하고 있었다.

그 모습을 보고 있던 엄마 솔개가 커다란 날개를 휘저으며 하늘로 날
아올랐다. 그리고 막내 솔개에게 말했다.

"아가야! 처음 한번만 용기를 내렴. 한 번 하면 두 번 하는 건 아주 쉽
단다. 하지만 그 한 번을 하지 못하면 넌 영원히 그 둥지에서 벗어날 수
도, 멋지게 하늘을 날 수도 없게 된단다. 그러니 용기를 내렴. 한 번만."

엄마의 말에 막내 솔개는 용기를 내어 둥지를 박차고 뛰어내렸다. 무
섭고 두려웠지만 날개를 펴고 균형을 잡기 시작하자 몸이 하늘로 날
아오르기 시작했다.

지혜의 한 줄___
언제나 처음 하는 일에는 큰 용기가 필요하다.

지휘자가 된 첼리스트

Ask yourself, "Am I now ready to make some change."
스스로에게 물어라. "난 지금 무언가를 변화시킬 준비가 되어 있는가?"

잭 캔필드 Jack Canfield

브라질에서 오페라 '아이다' 공연이 시작되기 직전이었다.

지휘자와 악단 간에 언쟁이 벌어졌고, 결국 지휘자가 공연장을 떠나 버리는 사태가 벌어졌다. 관중들은 지휘자가 사라진 오케스트라에 야유를 보냈고 단원들은 갑자기 벌어진 난감한 상황에 어쩔 줄 모르고 있었다.

사태를 수습하기 위해 부지휘자를 내보냈지만, 그마저도 청중들의 거센 야유를 받으며 물러나야 했다. 어쩔 수 없이 악단의 첼리스트를 지휘자로 무대에 올렸다. 모두가 반신반의했지만 지휘자의 자리에 올라간 그는 훌륭하게 공연을 마무리했다.

그 첼리스트는 당시의 일을 이렇게 고백했다.

"나쁜 시력이 저를 지휘자로 만들어주었습니다."

사실 그는 심한 근시 때문에 평소에 모든 파트의 악보를 외우고 있었는데, 이것이 당시 악단이 그를 지휘자로 선택한 이유였다. 토스카니니라는 위대한 지휘자가 탄생한 순간이었다.

지혜의 한 줄___
준비가 되어 있으면 언젠가는 기회가 온다.

세상을 낚은 강태공

The secret to success in life is for a man to be ready for
his opportunity when it comes.
성공의 비밀은 기회가 찾아왔을 때 준비된 상태로 있는 것이다.

벤저민 디즈레일리 Benjamin Disraeli

강태공은 주나라 문왕 때 천하의 3분의 2를 주에 복속시켰다. 무왕 때
는 상나라를 복속시켜 은나라를 멸망시켰다. 그 공로를 인정받아 여
든 살이 넘어서도 나라의 큰일을 해낸 사람이었다.

강태공은 일흔 살 전까지는 빛을 보지 못하고 곤궁한 생활을 하고 있
었다. 친구에게 빌린 돈으로 고깃집을 열었는데, 그것도 그만 사흘을
버티지 못하고 문을 닫아야 했다.

강태공은 위수 강변으로 달려가 낚시를 시작했다. 미끼도 쓰지 않고
곧게 펴진 낚싯바늘을 매단 채 하염없이 자리를 지키고 있었다.

곧 세상에는 호수에 빈 낚싯대를 드리운 괴상한 노인이 있다는 소문
이 퍼지게 되었다.

그러던 어느 날 사냥을 하던 문왕이 위수 강변에서 세월을 낚고 있다
는 괴상한 노인의 이야기를 듣고 그를 찾아왔다. 이 만남이 강태공을
세상에 널리 알리게 된 계기가 되었다.

 지혜의 한 줄___
기회는 미리 예고하고 찾아오지 않는다.

젊음의 비결

The ultimate measure of a man is not where he stands
in moments of comfort and convenience,
but where he stands at times of challenges and controversy.

한 인간에 대한 궁극적인 척도는 안락하고 편안한 시기에
어떤 입장을 취하느냐가 아니라 도전과 논란의 시기에 어떤 입장을 취하느냐다.

마틴 루서 킹 Dr. Martin Luther King, Jr.

러시아 과학자들은 편안하고 안락한 삶이 수명과 생활의 질에 어떤 영향을 미치는지 실험을 통해 확인하려고 했다.

과학자들은 우선 동물들을 두 그룹의 나누었다.

한 그룹의 동물들은 맑은 공기와 풍부한 음식, 방해물이 없는 곳에서 안락하게 지냈다. 다른 그룹의 동물들은 천적의 공격을 받아야 했고 음식을 구하기도 어려웠으며 편안한 휴식은 아주 가끔만 취할 수 있었다.

과학자들은 실험의 결과에 당황하게 되었다. 좋은 환경에서 지낸 그룹의 동물들은 금방 노쇠했지만 두 번째 그룹의 동물들은 시간이 흘러도 오랫동안 젊음을 유지했다.

 지혜의 한 줄___
성공으로 가는 길은 거칠고 힘들다.

단 하나의 보리 이삭

In the field of observation, chance favors only the prepared mind.
오직 준비된 자만이 중요한 것을 관찰할 수 있는 기회를 잡을 수 있다.

루이 파스퇴르 Louis Pasteur

어느 날 소크라테스에게 제자들이 물었다.

"스승님, 저희에게 성공의 비결을 가르쳐주십시오."

그러자 소크라테스는 제자들을 데리고 넓은 보리밭으로 갔다.

"이 넓은 보리밭이 보이느냐? 저기 보이는 보리밭의 끝으로 가면서 가장 크고 잘 여물었다고 생각되는 이삭을 하나씩 꺾어 오너라. 단, 한 가지 조건이 있다. 한 번 지나간 길은 되돌아와서는 안 된다. 그리고 단 하나의 보리 이삭만을 꺾어야 한다. 알겠느냐?"

제자들은 스승이 말을 마치자 이리저리 흩어져서 보리밭을 헤치고 걷기 시작했다. 제자들은 세심하게 보리 이삭들을 살피며 조심스럽게 발걸음을 옮겼다.

마침내 보리밭 끝까지 걸어갔던 제자들이 하나둘 스승의 곁으로 돌아왔다. 하지만 제자들의 손에는 보리 이삭이 하나도 없었다.

"스승님 기회를 한 번 더 주시면 안 됩니까? 가장 큰 이삭이 어디 있는지 알고 있습니다."

그러자 소크라테스가 이렇게 말했다.

"성공이란 이런 것이다. 옳다고 생각한 순간 바로 실행하고 그것에 매진해야 한다. 선택할 수 있는 기회가 왔을 때 더 좋은 기회가 올 것이라는 욕심 때문에 선택하지 못하고 머뭇거리면 아무것도 할 수 없다."

지혜의 한 줄___
성공하기 위해서는 선택의 순간에 대범한 결단력이 필요하다.

청바지의 탄생

The pessimist sees difficulty in every opportunity,
an optimist sees the opportunity in every difficulty.

비관주의자는 모든 기회에서 역경을 보고, 낙관주의자는 모든 역경에서 기회를 본다.

윈스턴 처칠 Winston Churchill

1848년 캘리포니아 주 수터스밀에서 금광이 발견되었다. 그러자 그 이듬해부터 약 8만 명이 금광을 찾아 캘리포니아 서부 해안으로 몰려들었다.

골드러시의 물결을 타고 뉴욕 출신의 옷감 상인이었던 리바이 스트라우스도 그곳으로 가 천막 천을 팔기 시작했는데 밀려드는 천막 주문으로 작은 성공을 거두게 되었다.

게다가 행운이 따랐는지 어느 군납업체로부터 천막을 10만 개나 주문받게 되었다. 그는 밤낮을 가리지 않고 열심히 천막을 만들었다. 그런데 주문을 했던 군납업체가 갑자기 사라지면서 그에게는 엄청난 재고만 남게 되었다.

이 때문에 그는 종업원들에게 임금도 제대로 주지 못할 정도로 형편이 어렵게 되었다. 실망과 좌절의 시간이 찾아왔지만 그는 포기하지 않고 살 길을 모색하기 시작했다.

그러던 어느 날 그는 식당에서 음식을 먹고 있는 광부들의 옷을 보았다. 그들의 옷은 해지고 낡아서 넝마처럼 보였다. 그는 천막을 만들던 천으로 튼튼한 바지를 만들면 어떨까 하는 생각을 하게 되었다.

결과는 대성공이었다. 청바지의 대명사인 '리바이스'가 만들어진 역사적인 순간이었다.

 지혜의 한 줄____
모든 성공의 뒤에는 창의적인 생각이 있었다.

베이스캠프

Persistent people begin their success where others end in failure.
끈기 있는 자는 다른 사람들이 실패한 바로 그 지점에서
성공의 열매를 거두기 시작한다.

에드워드 에글스턴 Edward Eggleston

에베레스트는 세상에서 가장 높은 산이다. 많은 사람들이 에베레스트의 정상에 서기 위해 도전했다. 1953년 5월 29일, 에드먼드 힐러리와 텐징 노르게이가 최초로 올랐고, 이후로 매년 800명 이상이 정상에 도전하고 500~600명 정도가 등반에 성공하고 있다.

이렇게 에베레스트에 도전하고 성공하는 사람들이 비약적으로 늘어나게 된 데는 이유가 있다. 그것은 바로 베이스캠프의 위치였다.

기존의 2,000m에 있던 베이스캠프를 3,000m로 높이자 정상과의 거리가 가까워졌고, 등산 장비의 발전과 함께 하면서 많은 사람들이 도전할 수 있는 조건이 만들어진 것이다.

지혜의 한 줄___
대부분의 성공은 하루아침에 이루어지지 않는다.

희망이라는 지도

The first step is to fill your life with positive faith that will help you
through anything. The second step is to start where you are.

첫 번째 단계는 당신의 삶을 어떤 것이든 헤쳐 나갈 수 있는
긍정적인 신념으로 가득 채우는 것이다.
두 번째 단계는 현재의 위치에서 다시 시작하는 것이다.

노먼 빈센트 필 Norman Vincent Peale

아프리카의 밀림지대로 한 병사가 파견되었다. 그런데 어느 날 그가
소속된 부대가 밀림 한가운데서 적들에게 포위당해 부대원들이 전멸
했다는 소식이 들려왔다. 사람들은 그 병사 역시 죽었을 것이라고 생
각했다.

그런데 6개월 뒤 그 병사는 기적적으로 혼자 밀림을 헤치고 나왔다.
그를 처음 발견했던 사람들이 가장 먼저 본 것은 그가 손에 꼭 쥐고
있던 한 장의 지도였다.

"아! 저 지도가 병사를 구했구나!"

그는 손에 꼭 쥐고 있던 지도를 사람들에게 보여주었다. 사람들의 생
각과 달리 그 지도는 밀림 지도가 아니라 영국의 지하철 지도였다.

사람들이 그 지도를 보고 병사에게 물었다.

"이것은 밀림 지도가 아니라 영국 지하철 지도잖소. 왜 이 쓸 데 없는
지도를 그렇게 꼭 쥐고 있었소?"

그가 대답했다.

"밀림 지도는 아니지만 저는 이 지도를 보면서 살아 돌아가야겠다는
의지를 키우게 되었고 희망을 품을 수 있었습니다. 이 한 장의 지도가
저에게 희망을 준 것입니다."

지혜의 한 줄___

희망이 있다고 성공하지는 않는다. 하지만 희망이 없으면 도전도
없다.

두 가지 요구

You can't shake hands with a cleanched fist.

주먹을 쥐고 있으면 악수를 할 수 없다.

인디라 간디 Indira Gandhi

열정적인 한 남자가 스승에게 말했다.

"스승님. 저는 세상 모든 유혹으로부터 벗어나 진리의 길을 가고 싶습니다. 어떻게 하면 그렇게 할 수 있을까요?"

이 말에 스승이 대답했다.

"좋은 일이다. 하지만 그렇게 하기 위해서는 두 가지를 받아들여야만 한다."

"그 두 가지가 무엇입니까? 무엇이든 받아들일 각오가 되어 있습니다."

남자의 말에 스승이 말했다.

"한 가지는 하고 싶은 일을 하지 않는 것이고, 다른 한 가지는 하고 싶지 않은 일을 하는 것이다. 할 수 있겠느냐?"

지혜의 한 줄___

하고 싶은 것만 하면서 살 수 있는 세상은 없다.

장군의 동전

The best way to cheer yourself up is to try to cheer somebody else up.

자신의 기운을 북돋우는 가장 좋은 방법은
먼저 다른 사람의 기운을 북돋아 주는 것이다.

마크 트웨인 Mark Twain

일본 막부 시대, 오다 노부나가 장군은 자신의 군사보다 열 배나 많은 적군과의 싸움을 앞두고 있었다. 그는 승리할 것이라는 자신감에 차 있었지만 그의 군사들은 매우 불안해하고 있었다. 행군을 하던 장군은 길가의 사당 앞에 이르자 군사들에게 말했다.

"우리의 승패는 오직 하늘에 달려 있으니 사당에 들어가 하늘의 뜻을 묻겠다. 그리고 동전을 던져 앞이 나오면 우리가 승리할 것이고 뒤가 나오면 우리가 패배할 것이다."

사당에 들어가 조용히 기도를 올리고 나온 노부나가 장군은 약속대로 동전을 하늘 높이 던졌다. 주위에 있던 모든 병사들의 눈이 그 동전을 향하고 있었다. 동전은 한참동안 빙글빙글 돌며 허공을 가르다가 마침내 땅에 떨어졌다.

"앞이다! 앞이야! 우리가 이길 것이다!"

조마조마하게 지켜보던 군사들이 벌써 전쟁에서 승리라고 한 것처럼 떠나갈 듯 함성을 질렀다. 사기충천한 군사들은 용감하게 전투에 임했고 진짜 승리를 거두게 되었다.

전쟁이 끝난 후 부하 하나가 장군에게 다가와 물었다.

"장군님, 역시 하늘의 뜻이 우리에게 있었나 봅니다."

그러자 노부나가 장군이 슬며시 미소를 지으며 그에게 동전을 보여주었다. 그 동전은 앞뒤 모두 앞면만 있는 동전이었다.

 지혜의 한 줄___

스스로 믿지 못하는 것은 남들에게도 믿게 할 수 없다.

어떤 이의 행복

Success is not the key to happiness. Happiness is the key to success.
If you love what you are doing, you will be successful.

성공이 행복의 열쇠가 아니라 행복이 성공의 열쇠이다.
하고 있는 일을 사랑한다면 성공하게 될 것이다.

허먼 케인 Herman Cain

평화주의자, 사회주의자, 반전운동가, 채식주의자였던 스콧 니어링은 1883년 미국에서 자본가의 아들로 태어났다. 유복하게 자랐지만 그는 어릴 때부터 가난한 사람들에 대한 관심이 많았다. 그는 대학교수 시절 아동 노동 착취와 제국주의 국가들에 대한 반대 운동을 벌이다 해직되었다. 그리고 우주와 명상에 관심을 갖고 있던 운명의 여인 헬렌 니어링을 만났다.

인생의 뜻이 같았던 그들은, 1932년 자신들이 생각한 바를 실천에 옮기기로 했다. 그들은 문명화된 도시를 벗어나 버몬트의 한적한 시골로 내려갔다. 그들은 직접 돌집을 짓고, 농사를 지어 자급자족하며 자연에 해를 끼치지 않고 검소하고 단순하게 사는 삶을 살아갔다.

그들이 선택한 단순한 삶은, 최소한의 생계를 위한 시간만 노동을 하고, 나머지 시간들은 모두 독서와 명상, 여행 등 자신의 여가로 보내는 것이었다. 과일과 채소 역시 인간이 무슨 권리로 자연의 경이를 소비할 수 있겠느냐며 가능한 적게 먹고 풀 한 포기 열매 한 알도 소중히 여겼다.

이러한 삶을 50년간 실천해 오던 스콧 니어링은 1983년 그의 나이 100세에 스스로 죽음이 다가왔음을 느끼고는 일절 음식 섭취를 금하고 자신의 생각처럼 세상을 떠났다. 아내 헬렌 니어링 또한 1995년 92세의 나이로 남편처럼 삶을 마쳤다.

지혜의 한 줄___
성공적이고 행복한 삶이 어떤 것인지는 사람들마다 다르다.

나무를 심는 노인

What after all has maintained the human race on this old globe,
despite all the calamities of nature and all the tragic failings of mankind,
if not the faith in new possibilities and the courage to advocate them.

자연재해와 비극적인 실패에도 불구하고
인류가 이토록 오랫동안 지구에서 살 수 있었던 것은
새로운 가능성에 대한 믿음과 이를 실현시키려는 용기 덕분이다.

제인 애덤스 Jane Addams

어떤 노인이 뜰에서 흙을 다독거리며 어린 묘목을 정성껏 심고 있었다. 묘목을 다 심고 난 노인은 굽혔던 허리를 펴고 이마에 흐르는 땀을 닦았다. 그리고는 흐뭇한 표정으로 물을 흠뻑 주었다.

마침 지나가던 젊은이가 노인을 보고 다가와 물었다.

"아이고 힘드실 텐데 뭐 하시려고 그렇게 열심히 심으세요?"

그러자 노인이 웃으며 대답했다.

"그야 좋은 열매를 거두기 위해서지."

"그렇지만 나무가 열매를 맺으려면 세월이 한참 지나야 할 텐데요?"

젊은이는 고개를 갸우뚱거리며 노인을 바라보았다.

"그렇겠지? 오랜 시간이 걸리겠지?"

"에이 그럼 어르신은 그 열매 맛을 보지 못할 수도 있잖아요."

노인은 여전히 미소를 지으며 대답했다.

"아마도 그렇겠지? 허허허. 내가 태어났을 때도 이곳에는 나무가 많았다네. 어느 나무에서나 과일이 풍성하게 열렸지. 그 나무들은 내가 태어나기도 훨씬 전에 내 할아버지께서 심어 놓으셨다네. 그러니 나도 먼 훗날 열매를 따 먹을 누군가를 위해 이 나무를 심고 있는 것이라네."

지혜의 한 줄___
성공의 열매를 모두 내가 가져야만 성공한 것은 아니다.

릭 엘런의 도전

A man can get discouraged many times, but he is not failure until
he begins to blame somebody else and stops trying.

우리는 여러 번 용기를 잃고 낙담할 수 있다. 그러나 다른 사람을
탓하기 시작하거나 노력을 그만두지 않는 한, 실패자라고 할 수 없다.

존 버로스 John Burroughs

영국의 인기 팝 메탈 그룹 '데프 레파드(Def Leppard)'의 드러머 릭
엘런은 어느 날, 자동차 전복 사고로 왼쪽 팔을 잃게 되었다. 드러머가
팔을 잃는다는 것은 사망선고를 받는 것만큼이나 치명적인 것이었다.
릭 엘런은 절망의 나날을 보냈고, 주변 사람들과 그를 아끼던 팬들의
위로도 그에겐 아무런 위로가 되지 않았다. 그리고 사람들의 기억에
서 사라져 가고 있었다.

그렇게 시간이 흘러 4년 후 어느 날, 그는 다시 무대의 드럼 앞에 앉았
다. 수많은 팬들은 그의 등장을 믿을 수 없었다. 드럼을 한 팔로만 친
다는 것은 보지도 듣지도 못한 광경이었다.

하지만 릭은 그를 위해 특별하게 제작된 드럼 세트에 앉아 멋진 모습
으로 연주했고, 사람들은 그의 모습에 박수를 보냈다. 그는 한 팔을 잃
었음에도 데프 레파드의 멤버로서 드럼을 연주했고 앨범을 발표했다.
그의 재기에 힘입어 'Hysteria' 앨범은 1,200만 장이 넘는 판매고를
올렸다. 더욱 놀라운 것은 사고 전과 비교해 그의 드러밍 실력이 조금
도 떨어지지 않았다는 것이었다.

지혜의 한 줄___
진정한 용기는 좌절하지 않는 것이다.

챔피언 알리

To be champion, you have to believe in yourself when nobody else will.
아무도 당신을 믿지 않을 때도 자기 자신을 믿는 것,
그것이 챔피언이 되는 길이다.

슈거 레이 로빈슨 Sugar Ray Robinson

전설의 복서 무하마드 알리가 처음 권투 글러브를 끼게 된 이유는 불량배들에게 맞지 않기 위해서였다. 그는 열일곱 살의 어린 나이에 골든 글러브 챔피언이 되었고 1960년 로마 올림픽에서는 라이트 헤비급 금메달을 땄다.

하지만 챔피언 벨트와 금메달도 인종차별과 가난을 해결해주지는 못했다. 그는 분노와 배신감에 치를 떨며 '당신들이 원하는 챔피언이 되지 않겠다.'고 소리치며 금메달을 허드슨 강에 던져버렸다.

1964년 2월 헤비급 챔피언이 되자 그는 보란 듯이 이슬람으로 개종했다. 그리고 노예 신분으로 태어나 주인의 성을 따랐던 '캐시어스 클레이'란 이름을 버렸다.

보수 세력들은 그를 못마땅하게 여겨 월남전 참전 징집 명령을 내렸고, 그가 거부하자 챔피언 타이틀과 권투 선수 면허를 정지시켰다. 이후 3년 5개월의 기나긴 법정 투쟁 끝에 비로소 무죄 선고를 받을 수 있었다.

1974년, 32세의 알리는 주위의 염려에도 불구하고 40연승의 쾌거를 올렸다. 그리고 또다시 헤비급 세계 챔피언을 차지하며 '나비처럼 날아서 벌처럼 쏜다.'는 명언을 남겼다.

1996년 애틀랜타 하계 올림픽에서 성화를 든 그의 모습은 전 세계 사람들의 눈시울을 적셨다. 그는 진정 챔피언이었고 지금도 역시 우리들의 챔피언이다.

> 지혜의 한 줄___
> 강한 자존감이야말로 성공의 가장 기본적인 자질이다.

샤넬의 성공 비결

The history of the world is the history of a few men who had faith in
themselves. That faith calls out the divinity within. You can do anything!
세상의 역사는 자기 자신에 대한 신념을 잃지 않은 몇몇 사람들의 역사다.
그러한 신념이 내부의 신성을 불러내며, 어떤 일이라도 할 수 있게 만든다!

스와미 비케카난다 Swami Vivekananda

사생아로 태어나 고아가 된 샤넬은 혼자서 맨손으로 패션 디자인을
시작했다. 통념을 깬 새로운 시도는 전미 유럽에 샤넬 스타일을 유행
시켰다.

당시의 여성들은 코르셋 없이 옷을 입는 것을 상상할 수 없었지만 샤
넬은 과감한 시도로 여성들을 코르셋으로부터 해방시켰다. 또한 무릎
에서 5~10cm 내려오는 이른바 샤넬 라인의 스커트, 당시 여성의 다
리를 내보이는 치마 또한 샤넬이 처음 시도한 패션이었다.

옷에 주머니를 만든 것도, 어깨에 메는 숄더백을 만들어 여성의 팔을
해방시킨 것도 샤넬이었다. 더 나아가 남자 속옷에나 쓰던 저지 옷감
으로 드레스를 만들었고, 사향노루의 향을 이용한 향수 샤넬 넘버 5를
출시해 세상을 놀라게 했다.

남들은 이미 오래 전에 은퇴하고도 남을 나이인 일흔 살의 나이에도
그녀는 다시 패션계에 복귀, 유행을 선도했다. 그녀는 남들이 다 하는
것은 하지 않았다. 오로지 남들이 안 하는 것만이 그녀에게 동기를 부
여했다.

물론 처음에는 사람들로부터 비웃음과 따돌림도 당했지만, 결국 전
세계가 그녀의 비범함에 매료되었다.

지혜의 한 줄___
성공한다는 것은 자신만의 브랜드를 만드는 것이다.

기회의 신

The men who try to do something and fail are infinitely
better than those who do nothing and succeed.
무언이든 해보려고 노력하다가 실패하는 사람은 아무것도 노력하지 않고
성공한 사람보다 훨씬 훌륭하다.

로이드 존스 Lloyd Jones

'나의 앞머리가 무성한 이유는 사람들이 내가 누구인지 금방 알아차
리지 못하게 하기 위해서이지만, 나를 발견했을 때는 쉽게 붙잡을 수
있도록 하기 위해서이다.'

'나의 뒷머리가 대머리인 이유는 내가 지나가고 나면 다시는 나를 붙
잡지 못하게 하기 위해서이며, 나의 발에 날개가 달린 이유는 최대한
빨리 사라지기 위해서이다.'

'왼손에 저울이 있는 것은 일의 옳고 그름을 정확히 판단하라는 것이
며, 오른손에 칼이 주어진 것은 칼날로 자르듯이 빠른 결단을 내리라
는 것이다.'

'나의 이름은 기회다.'

이탈리아 북부 토리노 박물관에는 기회의 신이자 제우스의 아들인 카
이로스(Kairos)의 조각상이 있는데, 그 조각상에는 위와 같은 내용의
문장이 새겨져 있다고 한다.

 지혜의 한 줄___
기회라고 생각될 때 그때가 바로 기회다.

우물을 파는 방법

One cannot collect all the beautiful shells on the beach.
해변에 있는 아름다운 조개껍데기를 모두 주울 수는 없다.

앤 모로 린드버그 Anne Morrow Lindbergh

어느 날 유명한 수피인 루미(Rumi)가 제자들을 데리고 들판으로 갔다. 들판은 오랜 가뭄으로 바짝 말라 있었기 때문에 제자들은 흙먼지 나는 들판에 가기가 싫었다.

"스승님, 가르침이 있으시면 여기서 하셔도 되지 않을까요? 굳이 먼지 나는 들판으로 가야만 합니까?"

제자들의 불평에도 루미는 걸음을 멈추지 않았다.

"들판으로 가지 않으면 내 가르침을 이해할 수 없기 때문에 이리 하는 것이다. 그러니 따라 오너라."

루미를 따라 들판으로 나간 제자들은 마침 한 농부가 우물을 파고 있는 광경을 보게 되었다.

그런데 농부는 땅을 파다가 물이 나오지 않으면 바로 멈추고 다른 곳을 파기 시작했다. 농부가 이미 파다 만 구덩이가 이미 여덟 개나 있었고, 바로 전 새로 파기 시작한 구덩이가 아홉 번째 구덩이였다. 아마도 조금 지나면 열 번째 구덩이를 파게 될 것 같았다.

제자들과 함께 이 모습을 보고 있던 루미가 입을 열었다.

"저 농부를 보아라. 어떤 생각이 드느냐? 만일 저 농부가 하나의 구덩이를 파는 데 집중했다면 아마도 지금은 맑은 물이 고이는 우물이 되어 있을 것이다. 자, 너희들의 우물은 어떠냐?"

 지혜의 한 줄___
때로는 자신의 모든 것을 걸어야 할 때가 있다.

하우스 머니 효과

Look at a day when you are supremely satisfied at the end.
It's not a day when you lounge around doing nothing;
it's when you had everything to do, and you've done it.

가장 만족스러웠던 날을 생각해 보라. 그날은 아무것도 하지 않고 편히 쉬기만
한 날이 아니라, 할 일이 태산이었는데도 결국은 그것을 모두 해낸 날이다.

마거릿 대처 Margaret Thatcher

하우스 머니 효과(House money effect)라는 게 있다. 경제학자인 리
처드 탈러가 이름 붙인 것으로, 도박을 해서 따거나 우연히 줍거나 상
속받은 돈은 일해서 번 돈보다 가볍게 생각한다는 것이다.

그래서 사람들은 그렇게 얻은 돈은 아껴 쓰지 않고 위험부담이 큰 계
획에도 과감하게 투자하는 경향이 있다.

가끔 로또에 당첨되었지만 더 어려워진 사람들에 대한 기사를 들을
수 있는 것은 바로 이런 이유 때문이다. 물론 대부분의 로또 당첨자들
은 그 이전보다 여유로운 삶을 즐기고 있을 것이라고 생각된다. 그리
고 대부분의 사람들에게 이런 행운은 그 자체로서 큰 기회가 되기도
한다.

기회는 돈이나 명예, 권력 등을 얻고자 하는 목표 안에서 만들어진다.
성공은 부단한 목표의 설정과 그 목표의 달성을 수없이 반복해야만
얻을 수 있는 과실이다. 우리는 이 반복들 속에서 무수한 기회들이 스
쳐지나갔다는 것을 확인할 수 있다. 다만, 우리들 대부분은 기회의 신
이 지나간 이후에야 그것이 기회였음을 알 수 있는 것이다.

 지혜의 한 줄___
성공을 이루기는 어렵지만 성공을 유지하는 것은 더 힘들다.

킹 목사의 수레

All of our dreams can come true if we have the courage to pursue them.
만일 이루려고 노력하는 용기가 있다면 어떤 꿈이라도 이룰 수 있다.

월트 디즈니 Walt Disney

미국의 유명한 인권지도자인 킹 목사가 젊었을 때의 이야기다.

킹 목사는 짐을 가득 실은 무거운 수레를 낑낑거리며 끌고 가고 있었다. 그리고 잠시 후 눈앞에 거대한 거인처럼 비탈길이 나타났다. 그는 수레를 멈추고 한참 동안 비탈길을 올려다보았다.

'이것 참, 혼자서는 도저히 못 올라갈 것 같다.'

그는 수레를 세우고 주위를 둘러보며 도와줄 사람이 나타나기를 기다렸다. 하지만 지나가는 사람들 중 누구도 도와주겠다고 나서지 않았다. 한참을 기다리던 그는 도와주는 사람이 없자 어쩔 수 없이 혼자서 수레를 끌고 비탈길을 올라가기 시작했다.

수레는 무겁고 비탈길은 가팔라서 온 몸이 땀에 젖고 숨이 막힐 지경이었다. 그런데 어느 순간부터 수레가 가벼워지기 시작했다.

그가 힘들게 수레를 끌고 비탈길을 오르는 모습을 보고 지나가던 사람들이 하나 둘 다가와 수레를 밀어주기 시작했던 것이다.

 지혜의 한 줄___
스스로 노력하지 않으면 누구도 도와주지 않는다.

문제아의 피자 가게

Go confidently in the direction of your dreams.
Live the life you've imagined.
꿈을 향해 대담하게 나아가라. 자신이 상상한 바로 그 삶을 살아라.

헨리 데이비드 소로 Henry David Thoreau

미국 미시건 주에 있는 성 요셉 고아원. 그 고아원에는 사사건건 문제를 일으키는 말썽꾸러기가 있었다. 원생들은 걸핏하면 싸움을 일삼는 그 아이를 모두 피해 다녔다. 그러나 베라다 선생님만은 인내심을 가지고 끊임없이 그를 격려하고 다독였다.

"토머스, 너는 장차 큰 사람이 될 거야. 큰 꿈을 가지거라."

하지만 선생님의 노력에도 불구하고 결국 토머스는 퇴학을 당하고 말았다. 한동안 방황하던 그는 피자 가게에 취직했다. 그런데 피자 만드는 일에 재미를 붙인 그는 열심히 노력한 덕분에 누구보다 빠르게 피자를 반죽하는 기술을 갖게 되었다.

그때 베라다 선생님이 자신을 자상하게 다독이며 해주시던 말씀이 떠올랐다.

"너는 장차 큰 사람이 될 거야. 그러니 큰 꿈을 가지거라."

그는 누구도 흉내 낼 수 없는 최고의 맛을 가진 피자를 만들겠다는 꿈을 꾸게 되었다. 그는 열심히 돈을 모아 작은 피자가게를 차렸다. 피자가 맛있다는 소문이 나기 시작하자 점점 더 번창하게 되었다. 그리고 마침내 미국에서 두 번째로 큰 피자 체인인 도미노 피자의 신화를 이루게 되었다.

지혜의 한 줄___
성공의 첫 번째 열쇠는 자기가 좋아하는 일을 하는 것이다.

실패 전문가

The greatest glory in living lies not in never falling,
but in rising every time we fall.
결코 넘어지지 않는 것이 아니라 넘어질 때마다 일어서는 것,
거기에 삶의 가장 큰 영광이 존재한다.

넬슨 만델라 Nelson Mandela

10세 - 어머니 사망하다.
15세 - 집을 잃고 길거리로 쫓겨나다.
22세 - 사업에 실패하다.
24세 - 주 의회 선거에서 낙선하다.
25세 - 사업 파산하다.
26세 - 주 의원에 당선되다.
26세 - 약혼자 갑자기 사망하다.
28세 - 우울증으로 정신과 치료를 받다.
30세 - 주 의회 의장직 선거에서 패배하다.
32세 - 정부통령 선거위원 출마 패배하다.
35세 - 하원의원 선거에서 낙선하다.
36세 - 하원의원 공천에 탈락하다.
38세 - 하원의원 재선거에서 낙선하다.
42세 - 둘째 아들(5세) 사망하다.
47세 - 상원의원 선거에서 낙선하다.
48세 - 부통령 후보 지명전에서 낙선하다.
50세 - 상원의원에 출마했으나 낙선하다.
52세 - 미국 16대 대통령에 당선되다.
모두 잘 아는 에이브러햄 링컨의 인생이다. 그는 이렇게 말했다.
"나는 천천히 걸어가는 사람이다. 그러나 뒤로는 가지 않는다."

지혜의 한 줄___
꿈꾸지 않는 순간 성공은 사라진다.

특별하지 않은 성공 비결

The greatest discovery is that a human being can alter his life
by altering his attitude of his mind.

가장 위대한 발견은
'인간은 마음가짐을 바꿈으로써 인생을 바꿀 수 있다.'는 것이다.

윌리엄 제임스 William James

컴퓨터 천재 빌 게이츠와 투자의 귀재 워렌 버핏이 함께 워싱턴 대학교의 특별 대담에서 '어떻게 하면 성공할 수 있는가?'라는 질문을 받았다. 그들은 이렇게 대답했다.

빌 게이츠는 매일 하는 일을 즐길 수 있다는 게 중요하다고 말했다. 또한 흥미로운 분야에서 일을 해야 의욕도 생기고 효율도 높일 수 있어 성공할 수 있다고 말했다. 빌 게이츠는 자신이 하는 일에서 즐거움과 보람을 느끼며 누구보다도 자신의 일을 사랑하는 사람이었다.

워렌 버핏은 성공하기를 바란다면 무엇보다도 자기가 좋아하는 일을 선택하라고 말했다. 그러면 성공은 자연히 따라오게 된다는 것이었다. 그리고 직장을 구하려거든 자기가 존경하는 사람이 일하는 곳을 택하라고 조언했다. 그래야만 배우는 것이 많고 삶이 행복해질 수 있다고 했다.

에디슨은 하루 18시간 이상을 연구소에서 일했지만 '나는 일생 동안 하루도 일한 적이 없다. 그것은 모두가 즐거운 놀이였다.'라고 말했다.
러시아의 극작가이며 사회활동가인 막심 고리키는 '일이 즐거우면 인생은 낙원이다. 일이 의무라면 인생은 지옥일 수밖에 없다.'고 했다.

지혜의 한 줄___
힘들어도 즐거운 일 속에 기회가 성공이 반짝거리고 있다.

1미터만 더

미국 서부에서 한창 금광 붐이 일기 시작했을 때의 일이다. 전국 각지에서 금을 찾아 사람들이 개미떼처럼 몰려들었다. 그 붐에 편승해 전재산을 모아서 서부로 향했던 한 남자가 있었다.

그는 서부로 가서 전 재산을 들여 금광 하나를 매입했다. 그러나 아무리 열심히 파도 금맥이 나타나지 않았다. 밑천이 바닥나고 생계까지 걱정해야 할 정도가 되자 그는 눈물을 머금고 광산을 헐값에 팔아야만 했다.

그리고 술로 세월을 보내던 어느 날 그는 신문을 보다가 깜짝 놀라게되었다. 자신이 헐값에 팔았던 광산에서 금맥이 발견되었다는 기사였다. 기사는 새 주인이 땅을 사고 나서 1미터쯤 파고들어가자 엄청난금맥이 발견되었으며 큰 부자가 되었다는 내용이었다.

하지만 후회해보았자 이미 돌이킬 수 없는 일이었다. 대신 그는 이 일을 통해 그의 일생을 바꿀 매우 중요한 교훈을 얻게 되었다.

'한 번만 더! 1미터만 더!'

그는 이 말을 가슴에 품고 보험회사의 말단직원으로 새로운 인생을시작했다. 그는 고객들이 거절할 때도 끈질기게 설득해 결국 불가능해 보이던 계약을 성사시켰다. 그리고 불과 1년 만에 그 보험회사의세일즈 왕이 되었다.

> 지혜의 한 줄___
> 마지막이라고 생각되는 순간 한 발 더 들어가면 그곳에 기회가 있다.

염파와 인상여

The easiest kind of relationship is with ten thousand people,
the hardest is with one.

만 명과의 관계는 쉽지만 한 명과의 관계는 어렵다.

존 바에즈 Joan Baez

조나라 혜문왕의 신하 중에 인상여라는 사람이 있었다. 어느 날 그는 술자리에서 혜문왕을 욕보이려는 진(秦)나라 소양왕을 가로막으며 망신을 준 일이 있었다. 그 일로 인상여는 종일품의 벼슬에 오르게 되었다.

이 소식을 들은 염파 장군은 자신은 전쟁터를 누비며 적을 무찔렀는데 인상여는 단지 말 잘하는 재주만으로 높은 벼슬에 올랐다는 소식에 분개했다. 그리고 언제든 인상여를 만나면 반드시 망신을 주고 말겠다고 벼르고 있었다.

이 말을 전해들은 인상여는 그 뒤로 염파를 피해 다녔다. 조정에서 만나게 될 것 같으면 아프다는 핑계로 나가지 않았다.

그러던 어느 날 외출을 하려고 길을 나섰던 인상여는 멀리 염파의 모습이 보이자 황급히 골목으로 숨어버렸다. 그 모습을 보고 그를 따르던 사람들이 더는 부끄러워 섬길 수 없다며 그를 떠나려고 했다. 그러자 인상여가 그들을 붙잡으며 말했다.

"내가 어찌 염파 장군을 두려워하겠는가. 진나라가 우리 조나라를 침략하지 못하는 것은 나와 염파 장군이 있어서이네. 그런데 우리가 싸운다면 아마도 우리뿐만 아니라 이 나라도 무사하지 못할 것이네. 그러한 이유로 염파 장군을 피하는 것뿐이라네."

그의 말을 들은 염파 장군은 바로 인상여를 찾아가 사죄했다.

지혜의 한 줄___
대인은 작은 다툼에 연연하지 않는다.

록펠러의 기적

It is the mind that makes good or ill.
That which makes us happy or sad, rich or poor.
우리를 선하게 만드는 것도 악하게 만드는 것도 마음이다.
행복하거나 슬프게 만드는 것도, 부자나 가난뱅이로 만드는 것도 바로 그것이다.

에드먼드 스펜서 Edmund Spencer

미국의 대재벌 록펠러는 43세에 세계에서 가장 큰 회사를 경영했고, 53세에는 세계 최고의 부자가 되었다. 그러나 그는 점차 몸이 쇠약해 졌고 지독한 피부병까지 앓게 되었다. 머리카락과 눈썹이 빠졌고, 겨 우 몇 조각의 비스킷과 물로 식사를 대신할 정도로 그의 건강은 극도 로 악화되었다.

록펠러는 돈벌이를 하면서 인심을 잃어 항상 경호원과 동행을 해야만 했다. 언제나 무엇엔가 쫓기듯 불안함에 떨며 잠을 제대로 이룰 수가 없었다. 록펠러는 더 이상 행복하지 않았다.

록펠러를 진단한 의사들은 그가 1년 이상 살 수 없을 것이라고 했다. 언론은 그의 건강보다 그의 막대한 재산이 과연 누구에게 상속될 것 인가에만 관심을 보였다.

록펠러는 도대체 무엇을 위해 지금까지 그렇게 치열하게 살아왔는지 알 수 없게 되어버렸다. 그는 막대한 재산을 사회에 환원하기로 마음먹고 가난한 이웃과 불쌍한 사람들을 돕기 시작했다. '록펠러 재단'을 설립해 식량, 인구, 의학, 교육, 문화 등 다방면에 많은 지원을 아끼지 않았다.

그러자 록펠러에게 기적이 일어나기 시작했다. 최악으로 치닫던 건강 이 다시 회복되기 시작했다. 잠을 잘 수 있게 되었고 잘 먹을 수 있게 되었으며, 그리고 무엇보다도 큰 변화는 그의 얼굴에 웃음이 돌아오 기 시작했다. 록펠러는 98세까지 장수했다.

지혜의 한 줄___
어떤 성공은 때로 우리의 행복을 방해하기도 한다.

마지막 봉사

어떤 신부가 배가 몹시 아파서 의사를 찾아갔다. 의사는 침통한 표정으로 암에 걸렸는데 너무 늦어서 오래 살 수 없으니 돌아가 떠날 준비를 하는 게 좋겠다고 말했다. 의사의 말대로 떠날 준비를 끝낸 신부는 마지막으로 평소 가보고 싶었던 멕시코의 한 교회를 찾아갔다.

그런데 그 교회에 가까이 이르렀을 때, 한 아이가 그 교회에서 헌금 상자를 훔쳐 나오는 것을 보게 되었다. 신부는 그 아이를 붙잡고 왜 교회 물건을 도둑질했느냐고 혼을 냈다.

그러자 아이는 굶고 있는 고아 친구들의 먹을 것을 사려고 헌금 상자를 훔쳤다고 울먹였다. 신부는 아이의 이야기를 듣고 마음이 너무 아팠다. 그래서 신부는 고아들을 직접 보기 위해 그 아이를 앞세우고 마을을 찾아갔다.

신부는 너무도 가난하고 고단하게 살아가고 있는 마을 사람들과 아이들을 보고 마음이 움직여 그곳에 고아원을 지었다. 그리고 마을 사람들과 고아들을 위해 헌신적으로 봉사했다.

그런데 신기하게도 신부의 생명은 계속 연장되었고, 그는 25년이 넘게 그 고아원을 운영하게 되었다.

지혜의 한 줄___
행복한 인생을 사는 것이야말로 성공한 인생이다.

안개 속의 사투

Everything you want is on the other side of fear.
당신이 원하는 모든 것은 두려움 저편에 존재한다.

잭 캔필드 Jack Canfield

1952년 7월 4일 미국 독립기념일에, 카타리나 섬에서 출발, 35킬로미터 떨어진 캘리포니아 해안까지 수영으로 횡단하겠다고 나선 사람이 있었다. 플로센스 채드윅, 그는 영국 해협을 수영으로 횡단한 최초의 사람이었다. 그의 이 도전은 거의 16시간 이상을 쉬지 않고 수영해야 하는 인간의 한계에 대한 도전이었다.

채드윅은 구조선의 보호를 받으면서 힘차게 물살을 가르기 시작했다. 그런데 캘리포니아 해변을 거의 800미터 정도 앞두고 갑자기 안개가 자욱하게 몰려오기 시작했다. 구조선에 타고 있던 사람들은 800미터만 더 가면 된다고 소리를 지르며 채드윅을 격려했다. 하지만 채드윅은 그들의 격려에도 불구하고 수영을 멈추었다.

실의에 빠진 채드윅이 항구에 도착하자 기자들이 물었다.

"800미터만 더 가면 되었는데 포기하신 이유가 무엇입니까?"

"안개 때문이었습니다. 안개 때문에 목표로 삼고 가던 지점이 보이지 않자 더는 힘을 낼 수가 없었습니다."

두 달 후인 9월 4일 채드윅은 재도전에 나섰다. 하지만 안개는 더 심해져 출발할 때부터 자욱하게 주위를 감싸고 있었다. 하지만 채드윅은 16시간의 사투 끝에 해안에 도착했다. 그리고 기자들의 질문에 이렇게 답했다.

"이번에는 내가 가야 할 목표 지점을 마음으로 보고 있었기 때문에 성공할 수 있었습니다."

> 지혜의 한 줄___
> 인생의 목표가 없으면 도달할 곳도 없다.

고다드의 꿈

Let your heart soar as high as it will. Refuse to be average.
가슴이 마음껏 비상하게 하라. 평균에 머물기를 거부하라.

A. W. 토저 A. W. Tozer

존 고다드는 유명한 여행가이자 탐험가였다. 카약을 타고 나일 강을 한 바퀴 돌기도 하고 킬리만자로 봉우리에도 오르는 등 그의 탐험 기록은 하나하나 꼽기도 힘들 정도이다. 또한 고다드는 인류학자로, 영화 제작자로서도 명성을 쌓았다. 그런데 고다드의 이 모든 일들은 이미 열다섯 살 때인 1940년에 계획된 것이었다.

어느 날 고다드는 할머니와 숙모가 대화를 나누는 것을 듣게 되었다. '이것을 내가 젊었을 때 했으면 좋았을 텐데.'라고 말하는 할머니와 숙모의 이야기를 듣던 중 문득 어떤 생각이 들었다.

고다드는 곧 수첩을 꺼내 자신이 하고 싶은 것을 적기 시작했다. 그가 적은 것은 모두 127개였다. 그가 적은 것 중에는 나일 강과 아마존 강 탐험하기, 에베레스트 산 오르기, 타잔 영화 출연하기, 셰익스피어와 플라톤과 아리스토텔레스의 책 읽기, 성경 읽기, 브리태니커 사전 읽기 등이 있었다.

고다드는 열다섯 살에 아버지와 함께 조지아 주 오커퍼스키소택지를 탐험하는 것을 시작으로, 1972년 47세가 되었을 때 자신이 기록했던 127가지의 목표를 모두 이루었다.

지혜의 한 줄___
그게 무엇이든 실행하지 않으면 아무것도 아니다.

여몽의 변신

오나라 왕인 손권의 휘하에는 여몽이라는 장수가 있었다. 그는 전쟁에서 공을 쌓아 장군이 되었으나 학식이 부족해 다른 장군과 신하들에게 무시를 당하곤 했다.

이를 안타깝게 여긴 손권은 여몽에게 학식을 쌓으라고 충고했다. 그러자 여몽은 전쟁터에서조차 책을 손에서 놓지 않고 학식을 쌓아갔다.

어느 날 전장을 시찰하던 재상 노숙이 그의 학식이 놀랍게 발전한 것에 감탄하며 말했다.

"여보시게. 자네의 학식이 예전 같지 않구만. 이렇게 달라진 모습을 보니 예전의 자네가 아니군 그래."

"선비란 헤어진 지 사흘 만에 다시 만나더라도 눈을 비비고 볼 정도로 달라져야 하는 법이지요."

여몽은 노숙의 뒤를 이어 재상의 자리에까지 올랐고, 촉나라의 명장인 관우를 사로잡는 큰 공을 세우게 되었다.

지혜의 한 줄___

진심으로 변화하길 바라는 사람은 쓴소리도 고맙게 여기고 바로 실행한다.

딜버트의 노트

If you can dream it, you can do it. Your limits are all within yourself.
꿈꿀 수 있다면, 이룰 수 있다. 당신의 한계는 당신 자신 안에 있다.

브라이언 트레이시 Brian Tracy

세계적인 만화가인 스코트 애덤스는 한때 낮은 임금을 받는 공장의 말단 직원이었다. 하지만 그런 생활 속에서도 그는 자신의 노트에 하루에도 몇 번씩 다음과 같이 썼다.

'나는 신문에 연재만화를 그리는 유명한 만화가가 될 거야.'

그는 자신이 그린 만화를 수많은 신문사들에 보냈지만 계속 거절당하고 있었다. 그러나 그는 포기하지 않았고, 계속 만화를 그렸으며, 그린 만화를 신문사에 보냈다. 그리고 마침내 한 신문사와 만화 연재 계약을 맺게 되었다.

꿈이 이루어지자 그는 다음과 같은 문장을 쓰기 시작했다.

'나는 세계 최고의 만화가가 될 거야.'

그는 매일 노트에 이 문장을 열다섯 번씩 썼다.

시간이 흘러 그의 만화 '딜버트'는 전 세계 2천 종의 신문에 연재되었고, 홈페이지를 찾는 사람이 하루에 10만 명이 넘는 유명 만화가가 되었다. 뿐만 아니라 그의 '딜버트' 캐릭터로 장식된 커피 잔, 마우스 패드, 탁상 다이어리와 캘린더를 전 세계 어디서나 찾아볼 수 있게 되었다.

지혜의 한 줄___
자기 확신은 더 큰 꿈을 꾸게 하는 원동력이다.

스승의 지혜

In order to attain the impossible, one must attempt the impossible.
불가능한 것을 손에 넣으려면 불가능한 것에 도전해야 한다.

세르반테스 Miguel de Cervantes

한 제자가 스승에게 물었다.

"스승님, 지혜를 얻으려면 어떻게 해야 합니까?"

잠시 생각하던 스승은 제자를 데리고 강으로 갔다.

"얼굴을 물속에 넣어 보거라."

스승의 말에 제자는 엎드려 머리를 강물 속으로 집어넣었다. 그런데 그 순간 옆에 있던 스승이 제자의 뒷머리를 눌렀다.

제자는 깜짝 놀라서 스승의 손에서 벗어나려고 발버둥을 쳤다. 제자가 숨을 쉬지 못해 거의 기절할 정도가 되자, 스승은 제자의 뒷머리를 누르고 있던 손에서 힘을 뺐다.

스승의 손에서 빠져나온 제자는 어이없다는 듯이 불만스러운 표정을 지으며 스승을 바라보았다.

그 모습을 보고 스승이 제자에게 물었다.

"물속에 있을 때 가장 간절했던 것이 무엇이냐?"

스승의 질문에 제자가 황당하다는 듯이 답했다.

"물론 수, 숨을 쉬는 것이었습니다만."

"모르겠느냐? 지혜란 그런 간절함이 있어야만 얻을 수 있는 것이란다."

 지혜의 한 줄___
목표를 이루기 위한 인내는 간절함에서 나온다.

두 개의 노

If you believe you can, you probably can.

If you believe you won't, you most assuredly won't.

Belief is the ignition switch that gets you off the launching pad.

할 수 있다고 믿으면 분명 할 수 있을 것이다. 할 수 없다고 믿으면

분명 할 수 없을 것이다. 믿음은 당신을 발전하게 만드는 점화 스위치다.

데니스 웨이틀리 Denis Waitley

호수에서 작은 배로 사람들을 실어 나르는 늙은 뱃사공이 있었다. 그 뱃사공의 한쪽 노에는 '믿음', 다른 쪽 노에는 '실천'이라는 글자가 새겨져 있었다. 한 사람이 호기심이 생겨 뱃사공에게 물었다.

"왜 노에 두 글자를 새긴 겁니까?"

그러자 노인이 대답과 동시에 노를 젓기 시작했다.

"자, 한번 보십시오."

뱃사공은 먼저 '믿음'이라는 노를 힘차게 저었다. 배는 앞으로 나아가지 못하고 원을 그리며 제자리에서 맴돌았다.

이번에는 '실천'이라는 노를 저었다. 역시 이번에도 배는 앞으로 나아가지 못하고 반대 방향으로 원을 그리며 맴돌았다.

"잘 보십시오."

뱃사공은 두 개의 노를 함께 힘껏 저었다. 그러자 배는 물살을 가르며 쏜살같이 앞으로 나아가기 시작했다.

뱃사공은 그에게 미소를 지었고, 배는 호수 위를 미끄러지듯 달려갔다.

 지혜의 한 줄___
믿음과 실천은 성공으로 날아가는 두 개의 날개이다.

부자가 되는 비결

The secret of success is this. There is no secret to success.
성공의 비밀은 '성공에 이르는 비법은 없다.'는 것이다.

엘버트 허버드 Elbert Hubbard

물방앗간의 심부름꾼으로 시작해 온갖 고생을 겪은 뒤 큰 부자가 된 사람이 있었다. 어느 날 그에게 어떤 사람이 찾아와 물었다.
"특별한 성공의 비결이 있습니까?"
그러자 부자가 말했다.
"물론 있지요. 첫째, 술을 마시지 말 것, 둘째, 힘든 일이라도 피하지 말고 최선을 다해 일할 것, 셋째, 자신을 믿고 미래를 걱정하지 말 것, 이 세 가지가 오늘의 저를 만든 비결입니다."
고개를 갸우뚱거리며 그가 다시 물었다.
"부자가 되기 위한 특별한 비결이라고 하기에는 너무도 평범하네요. 말씀하신 게 비결이 맞습니까?"
부자가 웃으면서 말했다.
"맞아요. 누구나 알고 있고 별다를 게 없는 것들이죠. 하지만 이 비결을 알고 있다고 해서 누구나 성공하는 것은 아닙니다. 성공의 특별한 비결은 사실 누구나 다 아는 이 평범한 비결을 행동으로 옮기고 꾸준하게 지속하는 것입니다. 진리를 알기는 쉽지만 진리를 행동으로 옮기는 것은 어려운 법이지요."

지혜의 한 줄___
성공은 평범하고 사소한 것을 소중하게 생각하는 데서 시작된다.

롱거버거의 바구니

Man is so made that when anything fires his goal, impossibilities vanish!

인간은 무언가가 목표에 불을 당겨주면 불가능도 가능케 하는 그런 존재다.

장 드 라퐁텐 Jean De La Fontaine

유명한 수공예 바구니 제작회사인 롱거버거 사의 창업자 데이브 롱거버거. 그의 집안은 할아버지의 뒤를 이어 아버지가 바구니 짜는 일을 하고 있었다.

롱거버거는 선천적으로 간질이 있었고, 글을 제대로 읽지 못하는 난독증까지 있었는데, 말도 더듬었다. 그래서 그는 어린 시절에 다른 아이들에게 놀림을 받던 열등생이었다.

어느 날 롱거버거는 '나도 잘할 수 있는 일이 있지 않을까.' 하고 생각했다. 곰곰이 생각하던 그는 생각 외로 자신이 잘할 수 있는 일들이 있다는 것을 발견했다.

'나는 다른 아이들보다 눈도 잘 치우고 잔디도 예쁘게 깎을 수 있어. 그리고 바구니 만드는 일이라면 누구보다 잘할 수 있어.'

고등학교를 졸업한 그는 바구니 만드는 일을 시작했다. 그리고 얼마 후 회사를 세웠다. 롱거버거 사의 아름다운 수공예 바구니는 사람들의 입소문을 타고 날개 돋친 듯 팔려나갔다.

회사가 커지자 롱거버거는 바구니 모양의 건물을 지어 견학을 할 수 있는 작업장과 골프장, 레스토랑 등 편의시설과 오락시설을 갖추게 되었다. 그 덕분에 오하이오의 조그만 시골마을은 관광명소가 되었다.

지혜의 한 줄___
누구라도 잘하거나 좋아하는 것은 있다.

늪에 빠진 친구

독일의 초대 재상이자 철혈재상으로 불렸던 비스마르크는 젊은 시절 사냥을 무척 좋아했다. 그날도 그는 친구와 함께 산길을 오르내리며 짐승을 쫓아 정신없이 숲을 헤치고 뛰어다녔다.

그러던 중 친구가 그만 늪에 빠지고 말았다. 친구는 빠져 나오려고 허우적거렸지만, 그럴수록 점점 더 깊이 빨려 들어갔다. 비스마르크는 친구를 구할 방도를 찾았지만 총을 내밀어도 닿지 않는 거리라 도와줄 수가 없었다. 친구의 몸은 이미 목까지 잠기고 있었다.

친구가 애타는 목소리로 비스마르크에게 도움을 청했다.

"여보게, 어서 나 좀 살려주게! 제발 좀 살려주게!"

그런데 갑자기 그가 손에 쥐고 있던 총을 들어 친구를 겨누었다.

"아니, 무슨 짓인가? 날 죽일 작정인가?"

"자네를 구하려고 손을 내밀었다가는 함께 죽고 말 것이네. 손을 내밀 수도 없고 그냥 내버려 둘 수도 없으니 친구로서 자네의 고통이라도 덜어주려는 것이니 죽어서라도 내 우정을 잊지 말게."

비스마르크는 당장이라도 방아쇠를 당길 것 같았다. 그는 친구의 갑작스런 행동에 놀라 있는 힘을 다해 늪을 헤치기 시작했고 마침내 늪에서 빠져 나오게 되었다. 그제서야 비스마르크가 친구에게 다가가 친구를 끌어안으며 이렇게 말했다.

"오해하지 말게. 내가 겨눴던 것은 자네의 머리가 아니고 자네의 살려고 하는 의지였네."

> 지혜의 한 줄___
> 때로는 지식보다 지혜가 더 필요할 때가 있다.

크림 통의 개구리

If I have the belief that I can do it, I shall surely acquire the capacity
to do it even if I may not have the capacity at the beginning.
할 수 있다는 믿음을 가지면 처음에는 할 수 있는 능력이 없어도
결국에는 그런 능력을 확실히 갖게 된다.

간디 Mahatma Ghandi

개구리 두 마리가 놀다가 크림이 든 통에 빠져버렸다. 개구리들에게
크림 통은 너무 깊었고 벽은 미끄러웠다.
첫 번째 개구리는 깊은 절망에 사로잡혀 도망갈 시도도 해보지 못하
고 체념하고 말았다. 잠시 휘적거리며 몸부림치던 개구리의 몸은 크
림 속으로 잠겨버렸다.
두 번째 개구리는 발버둥 치며 온 힘을 다해 크림 통 안을 휘저었다.
그러나 시간이 지나자 힘은 빠지고 아무런 희망도 없어 보였다. 그래
도 개구리는 포기하지 않고 계속 팔과 다리를 저으며 죽음에 맞섰다.
그러기를 몇 시간, 통 속의 크림은 개구리의 필사적인 발버둥으로 인
해 버터로 변해갔다. 결국 이렇게 해서 두 번째 개구리는 무사히 크림
통에서 빠져나올 수 있었다.

지혜의 한 줄___
포기하면 편하지만 아무것도 얻을 수 없다.

데이비드 모린의 선택

To move the world, we must first move ourselves.
세상을 움직이려면 먼저 나 자신을 움직여야 한다.
소크라테스 Socrates

데이비드 모린은 순서를 기다리고 있는 다른 배우들을 보고는 기운이 빠졌다. 그들은 이름만 들어도 알 수 있을 정도로 널리 알려진 쟁쟁한 배우들이었다. 그곳은 더스틴 호프만과 함께 출연할 배우를 뽑는 오디션이 열리는 곳이었다. 모린은 주눅이 들어 계속 대기해야 할지 아니면 그냥 가야할지 확신이 서지 않았다.

그때 10여 년 전의 일이 떠올랐다. 법대에 다니고 있을 때였고, 그날은 중요한 시험이 있는 날이었다. 모린은 시험지를 받아들고 눈앞이 캄캄해졌다. 아는 게 없었던 것이다.

'아! 이 시험을 망치게 되면 낙제하고, 졸업도 못 할 텐데…….'

답답한 마음에 모린은 슬그머니 일어나 시험장 밖으로 나갔다. 그때 누군가 그를 부르는 소리가 들렸다. 복도에 있던 담당교수였다.

"자네는 왜 시험을 치르지 않고 나오는 거지?"

모린은 풀이 죽은 채 아무 말도 할 수가 없었다.

"낙제하지 않을까 하는 걱정은 접어두고 당장 눈앞에 있는 일부터 해결하는 게 어떻겠나?"

모린은 담당교수의 말에 정신이 번쩍 들어 아는 문제만이라도 최선을 다해 풀어야겠다고 생각했다. 모린은 낙제를 하지 않고 법대를 무사히 졸업할 수 있었다.

오디션장에서 모린을 부르는 소리가 들렸다. 모린은 주먹을 꽉 움켜쥐고 당당하게 오디션장으로 들어갔다.

지혜의 한 줄___
성공의 시작은 당장 눈앞의 일을 잘 해결하는 것이다.

파레토의 법칙

The secret to success is to do common things uncommonly well.
성공의 비결은 평범한 일을 비범하게 하는 것이다.

존 D. 록펠러 John D. Rockefeller

파레토의 법칙이이란 빌프레도 파레토(Vilfredo Pareto)가 발견한 법칙으로, '전체 결과의 80%가 전체 원인의 20%에서 발생한다.'는 법칙이다. 이 법칙은 매우 다양한 분야에서 그 위력을 발휘하고 있다.

이 법칙의 예는 다음과 같다.

'일개미 집단에서는 20%의 일개미만 일하고, 나머지 80%는 놀고 있다. 이중 열심히 일하는 20%의 일개미를 따로 모아 집단을 만들면 그 집단 안에서도 열심히 일하는 20%의 일개미와 놀고 있는 80%의 일개미가 존재한다.'

'전체 매출액 중 80%의 매출은 상위 20%의 우수 제품에서 나온다.'

'20%의 고객이 백화점 전체 매출의 80%에 해당하는 쇼핑을 한다.'

'성과의 80%는 근무시간 중 집중력을 발휘한 20%의 시간에 이루어진다.'

'80%의 가치 있는 인간관계는 20%의 인간관계에서 나온다.'

우리는 일하는 시간의 80%는 일과 관련이 없는 일을 하고 있거나, 당장 하지 않아도 되는 일을 하고 있다.

지혜의 한 줄___
선택과 집중은 성공의 기본 법칙이다.

과거와 미래

기억상실증에 걸린 한 남자가 병원을 찾아갔다.

의사가 그를 보고 말했다.

"선생님의 기억을 되찾을 수 있습니다. 하지만 기억을 되찾게 되면 시력이 손상될 수 있습니다. 선생님은 기억을 되찾기 위해 시력을 잃을 수도 있는 치료를 원하십니까? 아니면 잃어버린 기억은 그대로 두고 건강한 두 눈으로 살아가기를 원하십니까? 판단은 선생님께서 하셔야 합니다."

남자는 잠시 동안 깊은 생각에 잠겼다. 그리고 대답했다.

"제 시력을 그대로 유지하고 싶습니다. 과거에 어디에 있었는지 알게 되는 것보다 앞으로 어디로 가게 될지 보는 게 더 중요한 것 같습니다."

지혜의 한 줄___

과거에 발목 잡히면 미래를 준비하지 못하는 실수를 범하게 될 수도 있다.

긍정의 힘

Regardless of how you feel inside, always try to look like a winner.
Even if you are behind, a sustained look of control and confidence can
give you a mental edge that results in victory.

항상 승자처럼 보이도록 노력하라. 비록 남보다 뒤쳐져 있더라도
항상 자신감을 가지고 자기관리를 잘하는 것처럼 행동하면
결국에는 승리하리라는 정신적인 힘이 생길 것이다.

아서 애시 Arthur Ashe

유명한 영국의 정신병리학자 J. A. 하드필드는 악력계를 사용해서 암시가 육체에 미치는 영향을 실험했다. 그런데 그 결과가 매우 흥미로웠다.

실험 대상인 세 남자에게 아무런 암시도 주지 않은 상태에서 악력계를 쥐게 했다. 그들의 평균 악력은 101파운드였다.

그런데 그들에게 '당신은 약하다.'는 암시를 준 후 다시 악력을 측정했더니 겨우 29파운드밖에 되지 않았다. 악력 평균이 3분의 1 이하로 떨어진 것이다.

마지막으로 '당신은 강하다.'는 암시를 준 후 다시 악력을 측정했다. 그러자 142파운드를 기록했다. 자신감이 넘치는 상태에서는 소극적이고 부정적인 상태였을 때보다 무려 다섯 배나 악력이 증가했던 것이다.

지혜의 한 줄___
할 수 있다고 생각하다 보면 정말로 할 수 있게 된다.

도끼와 바늘

The difference between a successful person and the others is not
a lack of strength and not a lack of knowledge, but a lack of will.
성공하는 사람과 실패하는 사람의 차이점은
능력이나 지식의 부족이 아니라 의지력의 부족이다.

빈스 롬바르디 Vince Lombardi

당나라의 시인이던 이백은 시선(詩仙)이라고 불릴 정도로 문장이 뛰
어난 사람이었다. 그가 어렸을 때의 일이다.
산에 들어가 공부를 하던 이백은 어느 날 심하게 공부에 싫증을 느끼
게 되었다. 그래서 공부를 그만둘 마음을 먹고 주위 사람들에게도 알
리지 않은 채 산에서 내려갔다.
터벅터벅 집을 향하던 이백은 냇가를 지나가다가 이상한 광경을 보게
되었다. 어떤 노파가 정성을 다해서 바위에 도끼를 갈고 있었던 것이
다. 그 모습이 너무 이상해서 잠시 발걸음을 멈추고 노파에게 다가가
물었다.
"지금 무얼 하고 계십니까?"
"바늘을 만들려고 도끼를 갈고 있소."
노파의 말에 이백이 고개를 갸웃거리며 다시 물었다.
"그렇게 큰 도끼를 갈아서 바늘이 되기는 할까요?"
그러자 노인이 대답했다.
"암, 되고말고. 그만두지만 않으면 언젠가는 바늘을 만들 수 있지."
노파의 말에 이백은 머리를 '쿵' 하고 맞은 것처럼 뭔가 느껴지는 게
있었다. 이백은 노파에게 큰절을 올리고 발걸음을 돌려 다시 산으로
향했다.

지혜의 한 줄___
성공을 이루기 위해서는 오랜 시간 노력과 인내가 필요하다.

자기 암시

Do a little more each day than you think you possibly can.
매일 할 수 있다고 생각하는 것보다 조금씩 더 하라.

로웰 토머스 Lowell Thomas

매일 아침 잠자리에서 일어나기 전과 매일 저녁 잠자리에 들기 전에 나지막하게 다음의 주문을 숫자를 세어가며 스무 번 반복한다.
'나는 날마다, 모든 면에서, 점점 더 좋아지고 있다.'
특별한 것에 관심을 두어 말하지 말고, 모든 면에서 좋아지고 있다고 생각하며 반복한다.
믿음과 자신감, 그리고 원하는 것을 이룰 수 있다는 확신을 가지고 한다. 믿음이 크면 클수록 원하는 결과 또한 더 빠르고 강하게 나타나기 때문이다.
몸이나 마음의 고통이 있을 때는 혼자 있을 수 있는 곳을 찾아 눈을 감고 이마에 손을 얹은 뒤 다음의 주문을 소리 내어 아주 빠르게 반복한다.
'곧 사라진다. 곧 사라진다. 곧 사라진다.'
충분하다고 느껴질 때까지 반복하면, 사소한 증세는 20초나 25초 정도면 사라지게 된다. 필요한 경우 다시 반복한다.

-에밀 쿠에의 자기 암시 수행법 중에서

지혜의 한 줄___
가짜 믿음도 때로는 큰 힘이 된다.

사파리의 탄생

If we are to achieve results never before accomplished,
we must expect to employ methods never before attempted.
누구도 해낸 적 없는 성취는, 누구도 시도한 적 없는 방법을 통해서만 가능하다.

프랜시스 베이컨 Francis Bacon

동물들의 천국 탄자니아에 천혜의 조건을 갖춘 동물원이 있었다. 하지만 이 동물원은 경영난에 빠져 있었다.

어느 날 동물원의 직원이 우연히 신문을 읽다가 기발한 생각을 떠올리게 되었다. 기사의 내용은 다음과 같았다.

'탄자니아의 마을들은 야생 동물들의 잦은 공격으로 골머리를 앓고 있었다. 어른들이 있을 때는 그나마 괜찮았지만 아이들만 집에 있을 때는 안심할 수가 없었다. 그런데 어느 마을에서 한 여인이 좋은 생각을 해냈다. 철창으로 문을 만들어 어른들이 있을 때는 열어 두고 아이들만 있을 때는 잠가 두었던 것이다. 그러자 야생동물들이 집 안으로 들어가지 못하고 주위만 맴돌았다.'

이 기사를 본 직원은 사람들이 동물들을 구경할 때 동물을 가두는 게 아니라 사람을 가두면 어떨까 하는 생각을 하게 된 것이다. 관람차를 철창으로 둘러 야생 상태 그대로의 동물들을 관람할 수 있다면 분명 인기가 있을 것이라고 생각한 것이다.

이 직원의 아이디어는 곧바로 실행되었고, 동물원은 엄청난 수익을 올리게 되어 동물들을 계속 돌볼 수 있었다.

지혜의 한 줄___
실행하지 않은 생각은 누구도 알지 못한다.

바보가 된 청년

If you always do what you've always done.
you'll always be what you are now.

항상 해왔던 것만 한다면 당신은 항상 지금 그대로일 것이다.

데니스 웨이틀리 Denis. E. Waitley

옛날 어떤 마을에 특이한 맛을 내는 샘물이 있었다. 그런데 왕이 그 소문을 듣고 마을 사람들에게 매일 그 샘물을 바치라고 명했다. 마을은 왕이 사는 성으로부터 60리나 떨어져 있었다.

매일 물을 길어 멀리 있는 왕에게 바치는 일이 마을 사람들에게는 큰 부담이 되었다. 결국 한두 사람씩 마을을 떠나기 시작했고 사람들이 점점 줄어들면서 샘물을 길어 보내는 일이 더욱 힘들어졌다.

마을의 형편이 이 지경에 이르자 마을의 촌장이 마을 사람들을 모이게 한 후 이렇게 말했다.

"여러분! 거리가 멀어 샘물을 바치는 게 힘들다는 것을 저도 알고 있습니다. 제가 왕께 부탁해서 60리를 30리로 고쳐 드릴 테니 마을을 떠나지 않으셔도 됩니다."

왕은 촌장의 말대로 60리를 30리로 고쳐주었고 이 소식을 들은 마을 사람들은 매우 기뻐했다.

그때 마을에서 살던 한 청년이 큰 소리로 외쳤다.

"여러분! 60리를 30리로 고친다고 실제로 거리가 가까워집니까? 왕과 촌장에게 속지 마십시오. 그들은 여러분을 속이고 있습니다."

하지만 마을 사람들은 청년의 말에 귀 기울이지 않았다. 그리고 30리가 된 그 길을 따라 매일 물을 길어 왕에게 바쳤다.

 지혜의 한 줄___
사람들은 때로 말도 안 된다는 것을 알면서도 그 말에 따른다.

주름치마와 콜라병

There is always a better way.
언제나 더 나은 방법은 있기 마련이다.

토머스 에디슨 Thomas Edison

1905년 미국 조지아 근교에서 가난한 농군의 아들로 태어난 루드는, 어린 나이에 도시로 가서, 신문배달, 사환 등의 일을 하다가 병을 만드는 공장에 취직하게 되었다.

루드에게는 주디라는 여자 친구가 있었는데, 어느 날 그녀가 신문광고를 오려서 보여주었다. 광고는 코카콜라의 병 모양을 현상공모한다는 내용이었다. 병 모양의 첫째 조건은 모양이 예쁘고, 둘째는 물에 젖어도 미끄러지지 않으며, 셋째는 보기보다 양이 적게 들어가야 한다는 것이었다.

루드는 6개월간 휴직을 하고 오로지 병 모양을 구상하는 데 심혈을 기울였다. 그러나 6개월이라는 시간은 순식간에 흘러가버렸고 마감이 코앞이었지만 그의 작업에는 진전이 없었다.

그런데 6개월째 되는 날 마침내 그의 모든 고민이 한꺼번에 해결되었다. 루드는 주디가 입고 있던 옷을 본 순간 '이거다! 이거야, 주디!' 하고 소리를 지르며 병 모양을 그리기 시작했다. 그때 주디가 입고 있던 치마는 당시에 유행하던 긴 주름치마였다.

루드는 주디가 입고 있던 주름치마의 주름을 강조한 병을 디자인해서, 무려 600만 달러의 거금을 받고 코카콜라와 계약을 하게 되었다.

 지혜의 한 줄___
꿈이 있는 사람은 남들이 보지 못하는 곳에서도 기회를 본다.

이상한 빗자루

Imagination rules the world.
세계를 지배하는 것은 상상력이다.

오래 전 일본에 이마이즈미라는 사람이 있었다. 그는 고향에 다녀 올 일이 생겨 기차를 타고 여행길에 나섰다. 고향은 기차로 열일곱 시간이나 걸리는 먼 곳에 있었다. 그래서 여행을 떠나기 전에 뭔가 심심풀이가 될 만한 재미있는 책이 없을까 하고 친구에게 물었다.

"이번 여행길에는 책보다는 노트와 연필을 가지고 가면 어떻겠나? 연필에 고무지우개를 붙이는 아이디어로 큰돈을 번 사람도 있다지 않나. 그러니 자네도 기차를 타고 가면서 돈벌이 궁리를 해보는 게 어떤가?"

친구의 대답은 엉뚱하기 짝이 없어 그냥 웃고 말았다.

기차가 시즈오카에 닿을 무렵 청소부가 좌석 밑을 청소하기 시작했는데 그게 여간 힘들어 보이지 않았다. 그때 문득 친구가 했던 말이 떠올랐다.

'청소를 쉽게 할 수 있는 빗자루를 생각해볼까?'

그는 기차가 고향 역에 도착할 때까지 열 개가 넘는 이상한 모양의 빗자루를 노트에 그렸다. 그리고 여행이 끝난 후 노트에 그렸던 그림 중 '솔에 긴 막대기를 단 것 같은 모양을 한 빗자루'의 실용특허를 출원했다. 그의 아이디어는 상품화되었고 매상의 5%라는 엄청난 로열티를 받게 되었다.

그는 그 후에도 수십 가지의 실용특허를 받아 사업가로 변신했다.

지혜의 한 줄___
의외로 평범한 풍경 속에 많은 기회가 있다.

두 개의 의자

To become different from what we are,
we must have some awareness of what we are.
지금의 나와 다른 나가 되고 싶다면, 지금의 나에 대해서 알아야 한다.

에릭 호퍼 Eric Hoffer

오페라의 거장 루치아노 파바로티는 사람들이 성공의 비결을 물을 때마다 그의 아버지가 했던 이야기를 들려주었다.

사범학교를 졸업할 무렵 파바로티가 아버지에게 물었다.

"아버지! 제가 교사가 되는 게 좋을까요, 아니면 오페라 가수가 되는 게 좋을까요?"

그는 교육을 전공했지만 노래하는 것을 훨씬 좋아했기 때문에 도대체 무엇을 선택해야 할지 쉽게 결정을 내리지 못하고 있었다. 사람들은 교사가 되어 제자들을 가르치면서 취미로 노래를 계속 하는 것이 어떻겠느냐고 말했다. 하지만 파바로티에게는 쉽게 결정할 수 있는 문제가 아니었다.

그의 이야기를 듣고 잠시 깊은 생각에 잠겼던 아버지가 말씀하셨다.

"두 개의 의자에 앉으려고 하면 결국 어느 하나에도 제대로 앉지 못하고 두 의자 사이로 떨어지고 말지. 인생도 마찬가지란다. 그러니 신중하게 생각해서 네가 앉아야 할 단 하나의 의자를 선택하거라."

 지혜의 한 줄___
선택보다 중요한 것은 선택 이후에 어떻게 하느냐이다.

어머니의 한 마디

I am the captain of my soul. I am the master of my fate.
나는 내 영혼의 선장이며, 내 운명의 주인이다.

윌리엄 헨리 William Henry

미국의 흑인 여배우 우피 골드버그는 뉴욕의 빈민가에서 자랐다. 그녀는 히피풍에 매료되어서 나팔바지를 즐겨 입었고, 아프로 스타일(고수머리를 짧게 말아 올려 컬을 만든 흑인풍의 헤어스타일)의 머리와 짙은 색조화장을 고집했다. 그녀는 이런 스타일 때문에 주변 이웃들의 따가운 시선을 받아야 했다.

어느 날 그녀는 친구와 함께 영화를 보러 가기로 했다. 그녀는 땅에 끌리는 멜빵바지에 화려하게 염색한 셔츠를 입고 약속 장소에 나타났다. 그러자 그녀의 친구가 그녀를 위아래로 훑어보며 말했다.

"미안하지만 옷 좀 갈아입고 오면 안 되겠니?"

"왜?"

"창피해서 너랑 같이 못 다니겠어."

예상치 못한 친구의 반응에 그녀가 대답했다.

"갈아입으려거든 너나 갈아입어."

그러자 친구는 그녀를 혼자 두고 가버렸다.

마침 우연히 이 광경을 목격한 어머니가 그녀에게 말했다.

"네가 옷을 갈아입으면 다른 사람들과 같아지겠지. 하지만 네가 그렇게 하고 싶지 않으면 하지 않아도 된단다. 그런데 이것만은 알아 두거라. 원래 남들과 다르게 사는 것은 쉽지 않은 일이란다."

지혜의 한 줄___
누구도 내 인생을 대신 살아주지 않는다.

너무 바쁜 왓슨 씨

IBM의 총재 토마스 왓슨은 심장병을 앓고 있었다. 한번은 병세가 너무 심각해서 입원 치료가 꼭 필요했다.

"나, 바쁜 사람입니다. 그렇게 마음대로 시간을 낼 수 있는 사람이 아니란 말입니다."

하지만 의사는 왓슨의 말에도 흔들리지 않고 입원을 권유했다.

왓슨은 의사의 말에 안절부절못했다.

"이봐요, 의사 선생. IBM은 작은 가게가 아닙니다. 매일 얼마나 많은 결재 서류들이 나를 기다리고 있는 줄이나 아십니까? 내가 없으면 그 많은 일을 누가 감당하겠습니까?"

왓슨의 말에 의사는 더 이상 입원 치료를 권하는 말을 하지 않았다. 대신 그에게 잠시 함께 바람을 쏘일 시간을 가지자고 했다. 의사는 왓슨을 자신의 차에 태우고 운전을 시작했다. 잠시 후 차는 도시 외곽에 있는 공동묘지에 이르렀다.

"왓슨 씨. 당신이나 나도 언젠가는 이곳에 누워 있게 되겠지요. 당신이 없어지면 당신이 해왔던 그 일들을 다른 누군가가 대신하게 될 겁니다. 그리고 당신이 사라진 뒤에도 회사는 그대로 남아 있을 것입니다. 그렇지 않습니까?"

지혜의 한 줄___
건강을 잃으면 성공도 행복도 모두 사라진다.

자유와 구속

최고의 신인 제우스가 프로메테우스를 불러 '자유'와 '구속'이라는 두 길을 만들도록 명령했다.

제우스의 명을 받은 프로메테우스는 혼신의 힘을 쏟았고 마침내 두 개의 길을 완성했다.

자유의 길은 들어가는 입구가 매우 좁다. 그리고 입구를 통과하면 점점 더 험난한 길이 펼쳐진다. 그 길 위 어느 곳에서도 마실 물을 찾을 수 없고, 가시덤불로 덮인 길의 곳곳에는 위험과 장애가 숨어 있다. 하지만 그곳을 지나게 되면 평지가 펼쳐지고 과실을 매단 나무들과 시원한 물이 있다.

구속의 길은 입구에 화사한 꽃들이 만발해 있다. 일단 입구를 통과하면 두 눈을 감고도 걸을 수 있을 정도로 순탄한 길이 펼쳐진다. 그 길을 더 나아가면 험난한 산을 넘어야 하고 깎아지른 절벽이 나타나는데 그 절벽을 내려가면 사방이 꽉 막혀 앞으로 나갈 수도 뒤로 돌아설 수도 없게 된다.

지혜의 한 줄___
맛있게 익은 열매는 따기 힘든 곳에 있는 법이다.

우공이산

기주의 남쪽과 하양의 북쪽 사이에는 태형과 왕옥이라는 커다란 산이 있었다. 이 산들은 넓이가 700리나 되었고, 그 높이도 1만 길이나 되었다. 그런데 이 두 산이 집의 앞뒤를 막고 있어서 우공이라는 노인은 길을 나설 때마다 괴롭기 짝이 없었다. 우공의 나이 이미 아흔을 바라보고 있었다.

어느 날 우공이 가족들을 불러 모아 놓고 말했다.

"우리가 언제까지 저 산 때문에 괴로움을 당해야 할지 모르겠구나. 우리 가족이 힘을 모아서 저 산을 깎아 평지로 만드는 게 어떻겠느냐?"

그러자 우공의 아내가 펄쩍 뛰며 반대했다.

"아니, 우리 힘으로 어느 세월에 저 큰 산을 깎을 것이며, 또 그 흙은 어디에다 버린단 말이오. 말도 안 되는 소리 하지도 마세요."

하지만 우공은 세 아들과 손자들을 데리고 다음날 새벽부터 산에 있는 돌을 깨고 흙을 파냈다. 그리고 그 흙과 돌을 삼태기에 담아 발해의 끝머리인 은토의 북쪽에 버리기 시작했다. 그곳은 한 번 다녀오면 1년이 걸리는 먼 곳이었다.

어느 날 우공의 친구인 지수가 그 모습을 보고는 어이없다는 듯이 껄껄 웃으며 말렸다. 그러자 우공이 정색하며 말했다.

"내가 죽더라도 내 자식이 있고, 내 자식이 없어지면 또 그 자식이 그렇게 대를 이어 하면 못할 게 있겠는가. 산은 자라지 않으니 언젠가는 평평해져서 살기도 좋고 다니기도 좋지 않겠는가?"

> 지혜의 한 줄___
> 큰일을 하는 사람은 멀리 내다보고 큰 그림을 그린다.

습관의 속성

A habit is like a cable. We weave a thread of it everyday, and at last we cannot break it. So we must from good, positive, and productive habits.
습관은 동아줄과도 같다. 한 올 한 올 날마다 엮다보면 결국 끊지 못하게 된다.
따라서 우리는 훌륭하고 긍정적이며 생산적인 습관을 형성해야 한다.

호레이스 만 Horace Mann

한 청년이 스승을 찾아가서 물었다.
"어떻게 하면 바른 생활을 할 수 있겠습니까?"
그러자 스승은 젊은이를 산으로 데리고 갔다.
"따라 오너라."
산으로 간 스승은 제자에게 갓 심어진 나무를 뽑아 보라고 했다. 제자가 힘을 주자 나무는 금방 뽑혔다.
스승은 좀 더 깊이 심어진 나무를 뽑아보라고 했다. 힘들긴 했지만 그 나무도 뽑아낼 수 있었다.
그러자 스승이 이번엔 오래된 나무를 뽑아 보라고 했다. 청년이 사력을 다해 힘을 썼지만 그 나무는 도저히 뽑을 수가 없었다.
땀으로 범벅이 된 제자를 보며 스승이 말했다.
"습관이란 이런 것이란다. 나쁜 습관이 오래 되면 버릴 수 없게 되어 버리지. 바른 생활은 좋은 습관을 들이는 것부터 시작되는 것이다."

지혜의 한 줄____
습관을 바꾸는 것은 생각이 아니라 행동이다.

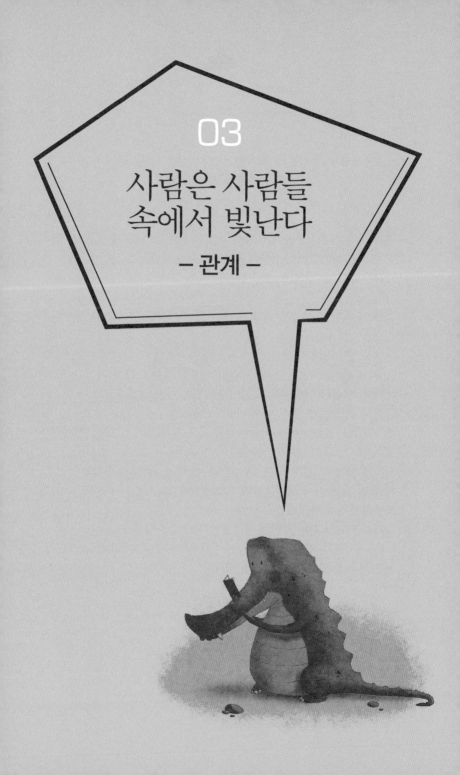

03

사람은 사람들
속에서 빛난다

- 관계 -

생쥐와 고양이

Has fortune dealt you some bad cards?
Then let wisdom make you a good gamester.

운명이 당신에게 나쁜 카드를 주었는가? 그렇다면 지혜를 발휘해 이겨내라.

프랜시스 퀄스 Francis Quarles

생쥐는 세상에서 고양이가 가장 제일 무서웠다. 너무 무서워서 고양이 울음소리만 들려도 집안에서 오들오들 떨었다.

그러던 어느 날 생쥐는 더는 이렇게 살 수 없다고 생각해서 신을 찾아가 빌었다.

"무서워서 살 수가 없습니다. 그러니 제발 저를 고양이로 만들어주세요."

생쥐를 불쌍하게 여긴 신은 소원을 들어주었다. 고양이로 변한 생쥐는 신이 나서 돌아다녔는데, 그러다가 그만 개를 만나게 되었다. 고양이가 된 생쥐는 너무 무서워 집안에서 나올 수가 없었다.

그래서 또 신에게 개가 되게 해달라고 빌었다. 너그러운 신의 도움으로 개가 된 생쥐는 이제 세상에서 무서울 게 아무것도 없을 것이라고 생각했다.

하지만 개가 된 생쥐는 무서운 사자를 만나게 되었다. 생쥐는 무서워서 벌벌 떨며 신에게 달려갔다. 그리곤 마지막 소원이니 사자가 되게 해달라고 울며 매달렸다.

그러자 신은 생쥐를 가엾게 바라보면서 이렇게 말했다.

"네가 생쥐의 마음을 없애지 않는 이상, 내가 아무리 도와주어도 너에게는 아무 도움도 될 것 같지 않구나."

 지혜의 한 줄___
두려움은 누구에게나 있다. 그것을 이기는 것은 자신감이다.

술주정꾼의 두 아들

What a man thinks of himself is what determines,
or rather indicates his fate.
자신에 대해 어떻게 생각하느냐가 운명을 결정한다.

헨리 데이비드 소로 Henry David Thoreau

술주정꾼 아버지 밑에서 자란 형제가 있었다. 그런데 한 아들은 아버지처럼 술주정꾼이 되고, 다른 아들은 아버지와 반대로 성자가 되었다.
술주정꾼이 된 아들에게 물었다.
"왜 술주정꾼이 되었습니까?"
그가 대답했다.
"그럴 수밖에 없지 않습니까?"
성자가 된 아들에게 물었다.
"당신의 아버지는 술주정꾼인데 당신은 어떻게 성자가 되었습니까?"
그가 대답했다.
"그럴 수밖에 없지 않습니까?"

지혜의 한 줄___
타고난 조건이 모든 것을 결정하지는 않는다.

친구

True friendship consists not in the multitude of friends,
but in their worth and value.
진정한 우정은 친구들의 수가 아니라 그 깊이와 소중함으로 판단할 수 있다.
벤 존슨 Ben Jonson

이단자로 몰린 사람이 잔뜩 화가 난 사람들에게 둘러싸여 있었다. 사람들은 그에게 욕을 하고 돌을 던지고, 몽둥이를 휘둘렀다. 하지만 그는 묵묵히 눈을 감고 그들의 분노를 견디고 있었다. 마침내 한 사내가 칼을 들고 달려들어 그의 팔 한쪽을 잘라내고 말았다. 그럼에도 그는 아픈 기색 없이 이 모든 것을 참고 있었다.

그의 이런 모습을 지켜보고 있던 한 사람이 있었다. 그는 바로 모진 고통을 당하고 있는 남자의 친구였다. 군중들은 곧 그가 친구 사이라는 것을 알아내고 의심을 눈초리를 보냈다.

그러자 그는 이제 막 길가에 피어난 한 송이 꽃을 꺾어 친구에게 다가갔다. 그리곤 그 꽃을 들어 친구를 향해 내리쳤다.

그러자 모진 고초를 미동도 없이 견디던 남자가 갑자기 고통에 겨워 비명을 지르며 몸부림치기 시작했다.

 지혜의 한 줄___
친구란, 세상 모든 사람이 나를 믿지 않을 때도 끝까지 나를 믿어 주는 사람이다.

농부

As long as you keep a person down, some part of you has to be down there
to hold him down, so it means you cannot soar as you otherwise might.

다른 사람을 성장하지 못하게 막으면 우리 자신도 성장할 수 없다.
이를 주의할 때 자신의 가치가 높아진다.

메리언 앤더슨 Marian Anderson

한 농부가 황무지를 개간하기 시작했다. 밤낮없이 일한 보람이 있어
마침내 황무지는 논으로 바뀌었고, 농부는 볍씨를 뿌려 온갖 수고로
움도 마다하지 않고 정성을 다해 농사를 지었다. 그리고 가을이 되자
넘치도록 풍성한 결실을 얻게 되었다.

그런데 농부는 자신의 논 바로 아래에 있는 다른 사람의 논도 풍년이
든 것이 이상했다.

'나보다도 한참이나 늦게 개간했는데 왜 풍년이 들었지?'

농부는 곰곰이 생각한 끝에 한 가지 생각이 떠올랐다.

'분명 내가 개간한 논에서 아래의 논으로 좋은 것들이 흘러내려가서
풍년이 든 게 틀림없어.'

농부는 자신의 논에서 남의 논으로 좋은 것들이 흘러가는 게 영 못마
땅했다. 그래서 그는 겨울 동안 자신의 논에서 아래의 논으로 물이 한
방울도 흘러내려가지 않도록 단단하게 준비를 했다.

다음 해가 되자 농부의 논에서는 벼들이 서로 키 자랑이라도 하듯이
쑥쑥 자라기 시작했다. 하지만 여름이 시작된 지 얼마 되지도 않아 벼
들은 갑자기 시들시들해지기 시작했다. 논에 고인 물이 썩기 시작하
면서 결국 벼들도 모두 썩기 시작한 것이다. 하지만 돌이키기에는 이
미 늦어버렸다.

 지혜의 한 줄___
모든 것을 독차지하려고 하면 결국 모든 것을 잃게 될 수도 있다.

사람의 가치

What we must decide is how we are valuable,

rather than how valuable we are.

우리가 반드시 결정해야 하는 것은, 우리가 얼마나 가치 있는 존재인지가 아니라
어떻게 하면 가치 있는 존재가 될 수 있는가이다.

F. 스콧 피츠제럴드 F. Scott Fitzgerald

어떤 젊은이가 현자를 찾아가 사람의 진정한 가치를 알고 싶다고 물
었다.

"현자님, 사람의 가치는 도대체 얼마나 되는 걸까요?"

젊은이의 질문에 현자는 잠시 생각에 빠져드는 것 같았다.

현자에게는 아주 귀한 보석이 있었다. 현자는 그 보석을 꺼내 젊은이
에게 주며 말했다.

"이 보석을 시장에 가지고 가 이곳저곳에서 값을 물어보시오."

청년은 현자의 말대로 보석을 가지고 시장으로 갔다. 먼저 과일가게
에 들러 값을 물었다. 그러자 만 원이라고 했다. 다음으로 채소가게에
가서 물었더니 2만 원이라고 했다. 철물점에 가자 3만 원이라고 했다.
청년은 이렇게 시장 곳곳을 돌며 보석의 값을 물어보았다. 그들이 말
하는 값은 달랐지만 크게 차이가 나지는 않았다. 청년은 마지막으로
보석 가게에 가서 물어보기로 했다.

"허허, 이거 참으로 귀한 보석이구려. 값으로 따질 물건이 아니오. 당
신이 얼마를 불러도 좋으니 당신이 값을 불러보시오. 내가 사리다."

젊은이는 현자에게 시장에서 겪었던 일을 모두 상세하게 이야기했다.
그러자 현자가 젊은이에게 말했다.

"보석도 이러한데 사람의 가치는 어떻겠소. 어떤 것의 가치는 그것을
제대로 알 수 있는 사람만이 알 수 있는 것이오."

지혜의 한 줄___
세상에 가치 없는 사람은 없다. 그러니 스스로를 소중히 여겨라.

메뚜기와 하루살이와 개구리

Never express yourself more clearly than you are able to think.
생각할 수 있는 것 이상으로 자기 자신을 표현하려고 하지 말라.

닐스 보어 Niels Bohr

어느 날 들판에서 메뚜기와 하루살이와 개구리가 친구가 되어 재미있게 놀았다. 그리고 밤이 되자 메뚜기가 하루살이에게 말했다.
"하루살이야. 날이 어두워졌으니 우리 내일 다시 만나서 놀자."
그러자 하루살이가 고개를 갸우뚱거리며 메뚜기에게 물었다.
"메뚜기야, 내일이 뭐냐?"
메뚜기는 하루살이에게 이 밤이 지나가면 오늘 같은 날이 또 오는데 그게 내일이라고 설명해주었다.
하지만 하루살이는 내일 같은 것은 없다면서 오히려 메뚜기에게 화를 냈다.
하루살이가 사라지자 메뚜기와 개구리는 서로 사이좋게 오랫동안 함께 놀았다. 그리고 겨울이 가까워지자 개구리가 메뚜기에게 말했다.
"메뚜기야, 이제 겨울이 오니 그만 놀고 내년에 만나서 다시 놀자."
그러나 메뚜기는 내년이라는 걸 알 수가 없었다.
"개구리야, 내년이 뭐냐?"
개구리가 겨울이 지나면 올해 같은 한 해가 또 온다고 설명했지만 메뚜기는 오히려 개구리가 거짓말을 하고 있다고 버럭 화를 냈다.

지혜의 한 줄___
많은 사람들이 자신이 알지 못하는 것은 거부하는 경향이 있다.

천막 밖의 낙타

To enjoy freedom we have to control ourselves.

자유를 만끽하려면 자기 관리를 잘해야 한다.

버지니아 울프 Virginia Woolf

한 남자가 낙타를 타고 사막을 건너와 스승이 머물고 있는 마을에 도착했다. 그는 스승이 거주하고 있는 천막 앞에 다다르자 낙타에서 내려 천막 안으로 들어갔다.

남자가 천막 안으로 들어가자 스승이 물었다.

"낙타는 어떻게 하였느냐? 제대로 묶어두었느냐?"

남자가 대답했다.

"타고 온 낙타는 밖에 그냥 두었습니다. 스승님 저는 신을 믿습니다. 신은 인간뿐만 아니라 낙타와 같은 동물들까지도 아끼시기에 제가 신경 쓰지 않더라도 보호해주실 것이라고 생각합니다."

그러자 스승이 크게 화를 내며 소리쳤다.

"썩 나가서 낙타를 제대로 묶어두어라. 신께서 자네가 묶어놓지 않은 낙타 신경 쓰시느라고 정작 자네에게는 신경을 쓰실 여력이 없으시다."

지혜의 한 줄___

스스로 하지 않으면 아무것도 이루어지지 않는다.

키 큰 나무와 키 작은 나무

Not everything that is faced can be changed,
but nothing can be changed until it is faced.

똑바로 본다고 해서 모든 것이 변하지는 않는다.
그러나 똑바로 보지 않는다면 아무것도 바꿀 수 없다.

제임스 볼드윈 James Baldwin

아주 키가 크고 잎이 무성한 멋진 나무가 있었다. 그리고 그 나무 아래에는 작고 볼품없는 나무가 한 그루 자라고 있었다. 작은 나무는 자기 옆에 있는 키 큰 나무가 항상 불만스러웠다.

'내가 이렇게 작은 것은 저 큰 나무가 나에게 올 햇빛을 가리기 때문이야. 뿐만 아니라 내가 먹을 영양분도 모두 저 큰 나무가 빨아들이기 때문이야. 아! 저 큰 나무만 없으면 나도 저렇게 크게 자랄 수 있을 텐데.'

그러던 어느 날, 나무꾼이 숲을 지나가다가 큰 나무를 발견하고는 도끼질을 하기 시작했다. 한참 동안의 도끼질이 끝나자 큰 나무가 천둥소리를 내며 쓰러졌다.

작은 나무는 속으로 노래를 불렀다.

'아! 드디어 나에게도 빛이 드는구나.'

그런데 큰 나무가 사라지자 뜨거운 햇빛과 강한 바람을 견딜 수가 없었다. 결국 큰 나무가 사라진 숲에서 작은 나무도 살 수가 없게 되었다.

지혜의 한 줄___
나보다 뛰어난 사람을 없앴다고 해서 내가 뛰어난 사람이 되지는 않는다.

꼬리와 머리

뱀의 꼬리는 항상 머리가 가는 대로 따라다니는 게 불만스러웠다.

"어째서 나는 항상 네 꽁무니만 무조건 따라다녀야 하고 너는 항상 네 마음대로 나를 끌고 다닐 수 있는 거지? 이건 공평하지 않은 것 같아."

그러자 머리가 대꾸했다.

"너에게는 앞을 볼 수 있는 눈도 없고, 위험을 알아차릴 귀도 없고, 행동을 결정할 두뇌도 없잖아. 우리는 각자의 할 일을 하고 있는 것뿐이야."

꼬리가 큰 소리로 비웃으며 말했다.

"그럴 듯한 말이긴 하지만 사실은 네 마음대로 하고 있는 거잖아."

꼬리의 불평에 머리가 할 수 없다는 듯이 말했다.

"그렇게 원한다면 네가 한번 앞장서 볼래?"

그러자 꼬리는 신이 나서 앞장서기 시작했다. 하지만 얼마 가지 못해 도랑으로 떨어졌다. 또 얼마 가지 않아 가시투성이 덤불 속으로 들어가고 말았다. 다행히 머리의 도움으로 위기를 벗어날 수 있었다. 그런데 머리가 한숨을 돌리고 있는 동안 꼬리는 불길 속으로 들어가고 있었다. 머리가 온 힘을 다해 말렸지만 꼬리의 고집을 꺾을 수가 없었다.

지혜의 한 줄___
시기와 질투는 자신까지도 불행하게 만든다.

세 친구

Friendship makes prosperity more shining and lessens adversity
by dividing and sharing it.

우정이란 나눔과 공유를 통해 우리의 성공을 더욱 빛나게 하고, 고난을 덜어준다.

키케로 Cicero

어느 날 왕이 한 사람에게 전령을 보내 즉시 대령하라고 명령했다. 갑작스런 왕의 부름에 그는 혹시 자신이 모르는 무슨 잘못이라도 해서 벌을 받게 되는 것은 아닐까 겁이 났다. 그는 친구들과 함께 가면 덜 무서울 것 같아서 같이 가 달라고 부탁을 했다.

그에게는 세 친구가 있었는데 그들 중에서도 첫 번째 친구를 가장 소중히 여기고 있었기 때문에, 자기의 가장 좋은 친구라고 여기고 있었다. 두 번째 친구 역시 사랑하고 있었지만 첫 번째 친구처럼 소중하게 여기고 있지는 않았다. 세 번째 친구도 친구이기는 했지만 큰 관심은 가지고 있지 않았다.

그는 첫 번째 친구에게 함께 가 줄 수 있느냐고 부탁했지만, 그 친구는 아무 이유도 말하지 않고 거절했다. 두 번째 친구에게 부탁하자, 궁전 문 앞까지는 함께 가 줄 수 있지만 그 이상은 갈 수 없다고 거절했다. 세 번째 친구에게 부탁하자 이렇게 말했다.

"함께 가세나, 자네는 나쁜 짓을 할 사람이 아니니 조금도 두려워하지 말게. 함께 가서 임금님께 잘 말씀드려 주겠네."

첫 번째 친구는 재산이다. 아무리 소중히 여기고 사랑하더라도 죽을 때에는 그대로 남겨두고 가야 한다. 두 번째 친구는 친척이다. 친척은 무덤까지도 따라가 주지만 그를 그곳에 혼자 남겨두고 돌아간다. 세 번째 친구는 선행이다. 평소에는 눈에 띄지 않지만 죽은 뒤에는 영원히 그와 함께 남아 있다.

지혜의 한 줄___
진정한 친구는 어려움에 처했을 때 알 수 있다.

한유와 유종원

I'm treating you as a friend, asking you to share my present minuses
in the hope that I can ask you to share my future pluses.
나중에 찾아올 기쁨을 함께 나눌 수 있기를 바라면서,
나는 친구에게 현재의 어려움을 함께 나누자고 부탁한다.

캐서린 맨스필드 Katherine Mansfield

한유와 유종원은 절친한 사이였고 당나라를 대표하던 문인들이었다. 헌종 때 유주자사로 좌천되어 지내던 유종원이 죽자 한유는 그의 묘지에 묘지명을 썼다.

유종원은 자신이 불우한 처지가 되었음에도, 늙은 어머니를 두고 변경인 파주자사로 좌천되었던 유몽득을 매우 안타깝게 여겼다. 한유는 이런 유종원의 진정한 우정을 기림과 함께 당대의 가벼운 벗 사귐을 비판하며 이렇게 썼다.

'무릇 사람이란 어려울 때에야 비로소 절개와 의리가 드러나게 된다. 평소에는 서로 그리워하고 만나면 즐겁다. 또 때로는 술자리를 마련해 서로 초대한다. 서로 양보하고 손을 잡기도 한다. 뿐만 아니라 간과 쓸개를 서로 꺼내 보이며 생사를 떠나 서로 배신하지 않을 것을 맹세한다. 하지만 이익과 손해가 생기는 이해관계가 걸리면 서로 눈을 부라리며 모르는 사람처럼 쳐다본다.'

 지혜의 한 줄___
친구란 기쁨도 슬픔도 즐거움도 어려움도 함께 할 수 있어야 한다.

아버지와 아들

It is our attitude at the beginning of a difficult task which,
more than anything else, will affect its successful outcome.
무엇보다도 어려운 일을 시작할 때 취하는 태도에 따라 그 성패가 달라진다.

윌리엄 제임스 William James

가난하지만 성실하게 살아가던 한 농부가 있었다. 그는 땔감을 팔아서 일부의 돈으로는 양식을 사고, 일부의 돈으로는 아들의 뒷바라지를 했다.

어느 날 그 아들이 여름방학을 맞아 집으로 왔다. 농부는 아들에게 힘든 생활을 가르치고 싶었다. 그래서 자기 대신 땔감을 팔아오라고 했다. 아들은 내키지 않는 일이었지만 어쩔 수 없이 땔감을 지고 산을 넘어갔다. 하지만 땔감이 너무 무거워서 도저히 할 수가 없을 것 같았다. 결국 아들은 이틀 만에 지쳐버리고 말았다. 다시 땔감을 산 너머 장에 파는 일은 아버지의 몫이 되었다.

그런데 얼마 지나지 않아 아버지는 그만 과로로 쓰러지고 말았다. 아버지가 쓰러지자 생계가 막막해졌고 아들은 스스로 땔감 파는 일을 떠맡았다. 그런데 이상하게도 전과 다르게 땔감 지는 일이 못 견딜 정도로 힘들지가 않았다. 그래서 아버지에게 물었다.

"아버지, 이상하지요. 아버지가 시켜서 나무를 질 때는 너무 힘들었는데, 지금은 땔감이 더 많아도 그때처럼 힘들지가 않습니다."

아버지가 고개를 끄덕이며 대답했다.

"아들아! 네가 그 일을 원해서 했기 때문에 힘이 들지 않은 것이란다. 스스로 결정한 일을 할 때는 어려움도 두려움도 생각했던 것보다 적어지는 법이란다."

지혜의 한 줄___
스스로 원하는 일을 할 때 책임감과 용기가 생기는 법이다.

완벽한 여자

Everything's got a moral, if only you can find it.
당신이 찾을 수만 있다면 모든 것에서 교훈을 얻을 수 있다.

루이스 캐럴 Lewis Carroll

두 남자가 인생과 사랑에 대해 이야기를 나누고 있었다.

한 남자가 다른 남자에게 물었다.

"자네는 왜 아직 결혼을 하지 않았나?"

다른 남자가 대답했다.

"나 말이지 실은 완벽한 여자를 찾고 있었다네. 많은 여자를 만났지만 늘 뭔가 부족한 게 있었어. 그러다가 한 여자를, 정말 완벽한 여자를 만났지."

"그래서 어떻게 되었나?"

"그 여자는 지적이고 지혜로웠으며, 성품도 온화했다네. 정말 완벽한 여자였지. 그 여자와 나는 거의 모든 면에서 서로 통하는 게 많았다네."

"그런데 왜 결혼하지 않았나?"

"그게 말이지, 그 여자도 완벽한 남자를 찾고 있더라고."

 지혜의 한 줄___
누구나 다 비슷한 생각을 하며 살아간다.

부자 아버지의 유산

Knowledge can be communicated but not wisdom.
지식은 다른 사람과 나눌 수 있지만 지혜는 그렇지 않다.

헤르만 헤세 Hermann Hesse

한 부자가 나이가 들자 아들에게 재산을 물려줄 때가 되었다고 생각했다. 그래서 아들에게 돈의 가치를 가르쳐 주어야겠다고 마음먹었다. 부자는 아들에게 돈을 벌어오라고 말했다. 아들은 재산을 물려받고 싶었기 때문에 어쩔 수 없이 아버지의 명을 따랐다. 하지만 아무리 궁리하고 돌아다녀도 돈을 벌 수가 없었다. 그래서 그는 도둑질을 해서 돈을 만들어 아버지에게 갔다. 하지만 이야기를 들은 아버지는 그 돈을 받자마자 벽난로 속으로 던져버렸다.

"아들아! 이 돈은 네가 번 돈이 아니다!"

다음 날 다시 돈을 벌기 위해 나간 아들은 이번에는 다른 사람을 속여서 벌어왔다. 하지만 아들의 이야기를 들은 아버지는 또 아들이 벌어온 돈을 벽난로 속으로 던져버렸다.

다음날이 되자 아들은 어쩔 수 없이 막노동판에 가서 힘들게 땀을 흘리며 일을 했다. 고생해서 번 돈은 매우 적어서 아버지에게 보여주기도 부끄러웠다. 아들의 말을 들은 아버지는 이번에도 벽난로 속으로 돈을 던져버렸다.

그러자 아들이 벽난로로 달려가 불타고 있는 돈을 끄집어냈다.

"이 돈은 제가 힘들게 일해서 번 소중한 돈입니다."

이 모습을 지켜보던 아버지가 아들의 등을 토닥거리며 말했다.

"이제야 내 아들이 진정한 돈의 가치를 알게 되었구나."

지혜의 한 줄___
때로는 그 결과보다 과정이 더 가치있을 때도 있다.

꿈을 예언한 랍비

Consistency is the last refuge of the unimaginative.
일관성은 상상력 없는 사람들의 마지막 피난처이다.
오스카 와일드 Oscar Wilde

로마의 어떤 장교가 랍비를 만났다. 그리고는 다짜고짜 랍비에게 물었다.

"당신들은 매우 현명하다는 말을 많이 들었소. 그러니 오늘 밤에 내가 어떤 꿈을 꾸게 될지 알려주시오."

그러자 랍비가 한 치의 주저함도 없이 대답했다.

"당신은 오늘 밤 페르시아군이 로마를 공격하는 꿈을 꿀 것입니다. 페르시아군은 로마군을 대파하고 로마 사람들을 노예로 삼을 것입니다."

당시 로마의 가장 큰 적은 페르시아였다.

다음날 로마의 장교가 다시 랍비를 찾아와서 말했다.

"아니 대체 어떻게 내가 꾸게 될 꿈을 미리 알 수 있단 말입니까?"

그 장교는 꿈이라는 게 암시에서 비롯된다는 것을 모르고 있었다. 뿐만 아니라 랍비가 말을 하는 순간 벌써 그가 암시에 걸렸다는 것을 몰랐다.

지혜의 한 줄___
사람들은 가끔 원인과 결과를 혼동한다.

사자와 학

I don't know the key to success,
but the key to failure is trying to please everybody.

나는 성공의 비결을 모른다. 하지만 모든 사람을 만족시키려고 애쓰는 것이
실패의 비결이라는 것은 안다.

빌 코스비 Bill Cosby

백수의 왕인 사자의 목구멍에 뼈가 걸렸다. 사자는 자기의 목에 걸린 뼈를 빼주는 자에게 큰 상을 내리겠다고 했다. 하지만 동물들은 사자의 무서움을 알고 있었기 때문에 누구도 선뜻 나서지 않았다.

그때 학 한 마리가 날아와 자기가 도와주겠다고 나섰다. 학은 사자의 입을 크게 벌리게 하고 긴 부리를 집어넣어 뼈를 꺼냈다. 그리고는 사자에게 말했다.

"이제 뼈가 없어졌습니다. 제게 어떤 상을 내리실 건가요? 설마 백수의 왕 답지 않게 상을 내리지 않고 없던 일로 하실 건 아니죠?"

사자는 학에게 고마운 마음을 가지고 있었지만 그의 태도가 마음에 들지 않았다. 그래서 버럭 화를 내며 말했다.

"내 입안에 부리를 집어넣고도 살아서 돌아가는 게 가당키나 한 일이냐. 내가 너에게 주는 상은 바로 너의 목숨이다. 그러니 이만 물러가라."

지혜의 한 줄___
좋은 일을 하고도 지나치게 자랑하면 외면받게 된다.

위대한 스승

The real voyage of discovery consists not in seeking
new landscapes but in having new eyes.

진정한 탐험은 새로운 풍경을 찾는 것이 아니라 새로운 눈으로 여행하는 것이다.

마르셀 프루스트 Marcel Proust

어떤 스승의 제자들이 한자리에 모였다. 제자들은 위대했던 옛 스승
들에 대한 이야기를 나누었다. 그들의 위대함은 시간과 공간을 뛰어
넘어 몇 백 년이 흐른 뒤에도 빛을 발하고 있었다.

한 제자가 일어나 말했다.

"정말로 안타깝지 않습니까? 도대체 요즘 세상에 그런 위대한 스승을
어디서 찾을 수 있단 말입니까?"

그의 말에 다른 제자가 말을 이었다.

"그러게 말입니다. 어쩌면 그래서 사람들은 위대한 스승을 만나기 위
해 전 세계를 여행하는 것인지도 모르겠습니다."

제자들은 하나같이 입을 모아 위대한 스승이 없음을 한탄했다.

그런데 제자들이 나누는 이야기를 옆방에서 듣고 있던 스승이 제자들
에게 다가왔다.

"어리석기 짝이 없구나. 위대한 스승이 없다고 한탄하지 말고 너희들
의 눈과 마음을 탓하거라. 위대한 스승은 어느 시대에나 있는 법이다.
단지 너희들의 어리석음 때문에 보지 못할 뿐이다."

지혜의 한 줄____
위대한 것은 그것을 알아보는 사람이 있기 때문에 존재한다.

3일의 소원

The truth of the matter is that you always know the right thing to do.
The hard part is doing it.

분명한 사실은, 어떤 상황에서 어떻게 해야 옳은지 당신은 잘 알고 있다는 것이다.
그러나 그것을 하기는 어렵다.

노먼 슈워츠코프 Norman Schwarzkopf

어떤 교수가 강의 시간에 학생들을 향해 물었다.

"만약 사흘 후에 죽게 된다면 여러분은 무엇을 하고 싶습니까? 하루에 하나씩 세 가지를 잠시 동안 생각해보세요."

잠시 생각할 시간을 가진 뒤 교수가 다시 물었다.

"자, 생각이 끝났으면 어디 한번 들어볼까요?"

한 학생이 손을 들고 말했다.

"일단 첫 번째 날엔 고향에 계신 부모님을 뵙고, 두 번째 날에는 여자 친구와 여행을 가고 싶어요. 그리고 마지막 세 번째 날에는 사랑하는 사람들에게 편지를 쓰고 싶어요."

그 학생의 뒤를 이어 다른 학생이 대답했다.

"저는 먼저 첫째 날에는 부모님과 이별 여행을 가고 싶습니다. 그리고 둘째 날에는 평소에 꼭 가고 싶었는데 못 가봤던 아주 비싼 레스토랑에서 저녁을 먹고 싶습니다. 마지막 날에는 그 동안의 삶을 정리하는 유서를 쓸 생각입니다."

예상 외로 가족 여행, 친구들과 저녁 식사, 편지, 기념사진 등 평범한 대답이 이어졌다.

학생들의 답변을 모두 듣고 난 교수가 칠판으로 가더니 이렇게 썼다.

'Do it now.'

 지혜의 한 줄___

오늘 하지 못하면 내일도 하지 못한다.

아빠의 시간

Most of us are just as happy as we make up our minds to be.
우리는 행복하기로 마음먹은 만큼 행복하다.

에이브러햄 링컨 Abraham Lincoln

한 아이가 일을 마치고 밤늦게 돌아온 아빠에게 물었다.

"아빠는 한 시간에 돈을 얼마나 벌어요?"

아빠는 아이가 별걸 다 묻는구나 하고 대수롭지 않게 대답했다.

"글쎄다. 한 시간에 20달러 정도 되지 않을까?"

그러자 아이가 아빠에게 부탁을 했다.

"아빠! 죄송하지만 10달러만 주세요."

아빠는 어이없다는 표정으로 아이를 쳐다보았다.

"뭐라고? 돈을 달라고? 이런 엉뚱한 녀석!"

아이는 아빠의 대답에 실망한 표정을 지으며 자기 방으로 갔다. 아빠는 아이의 행동이 이상하기는 했지만 내심 걱정이 되었다. 그래서 아이의 방으로 가서 물었다.

"자, 여기 10달러. 혹시 무슨 문제가 있는 거니? 혼자 해결할 수 없는 문제가 있거든 꼭 말해주럼."

그러자 아이는 아빠가 주는 돈을 받더니 얼른 베개 아래 손을 넣어 숨겨두었던 지폐 몇 장을 꺼냈다. 아이는 액수를 확인하더니 얼굴이 환해져서 아빠를 바라보며 말했다.

"아빠! 아빠는 항상 바쁘시잖아요. 그러니 여기 20달러로 아빠의 시간을 딱 1시간만 사고 싶어요. 내일 저녁에 함께 밥 먹어요."

> 지혜의 한 줄___
> 우리는 가끔 무엇을 위해 일하는지 잊어버릴 때가 있다.

어른이 된다는 것

시간이 해결해 준다는 말이 있지만,
실제로 일을 변화시켜야 하는 것은 당신 자신이다.

앤디 워홀 Andy Warhol

체로키 인디언 부족의 사내아이들은 어른이 되기 위해서는 전통적인 성인식 의례를 통과해야 한다.

아버지는 아들의 눈을 가리개로 가린 채 숲으로 데려간다. 아이는 눈가리개를 한 채 밤새 혼자 나무 밑에 앉아 아침을 알리는 첫 번째 햇빛을 기다려야 하는데 그때까지는 절대로 눈가리개를 벗어서는 안 된다. 아이는 무슨 일이 일어나도 누군가에게 도움을 요청하거나 울어서는 안 된다.

아이는 숲에서 들려오는 온갖 들짐승과 날짐승의 울부짖음을 들으며 두려움 속에서 하룻밤을 보내야만 한다. 풀밭 위로 세차게 불어대는 바람 때문에 앉아있는 나무 그루터기가 흔들리고 수많은 짐승들의 숨소리가 당장이라도 달려들 것처럼 바로 코앞에서 들린다.

그렇게 하룻밤을 보낸 뒤 무사히 살아남아야만 부족에서 인정하는 진정한 남자가 되는 것이다. 공포의 밤이 지나고 어둠을 밀어내는 첫 번째 햇빛이 눈으로 들어오면 비로소 아이는 눈가리개를 벗고 안도의 숨을 내쉬게 된다.

그리고 바로 옆 나무 그루터기에 앉아 아들을 지키며 함께 밤을 보낸 아버지를 보게 된다.

지혜의 한 줄___
한 사람이 어른이 된다는 것은 그의 뒤에서 많은 사람들의 도움이 있었다는 것이다.

잘못된 믿음

Life is an adventure in forgiveness.
인생은 용서와 함께 하는 모험이다.
노먼 커즌스 Norman Cousins

도적 무리가 권력을 잡자 가장 먼저 수피들을 잡아들이기 시작했다.
그들은 한 수피를 잡아들여 회유하기 시작했다.
"당신은 틀리고 우리가 맞소. 그러니 우리를 따르시오."
하지만 수피가 단칼에 거절하자 그들은 수피를 감옥에 가두고 고문을
가했다. 마침내 수피가 거의 죽을 지경에 이르자 그들은 수피를 풀어
주었다.
수피의 제자가 수피의 소식을 듣고 찾아가 물었다.
"스승님께서는 저 포악한 자들을 어떻게 생각하십니까? 왜 아무 말씀
도 하지 못하셨습니까?"
수피가 대답했다.
"저들이 나를 때리고 고문한 것은 자기들이 옳고 내가 틀렸다고 믿었
기 때문이다. 그들이 그렇게 군건하게 자신들이 옳다고 믿고 있는데,
내가 그들에게 어떤 말을 한들 소용이 있었겠나?"

지혜의 한 줄___
귀를 막고 있는 사람을 설득할 수 있는 방법은 없다.

세상에서 가장 위대한 사람

What lies behind us and what lies before us are tiny matters
compared to what lies within us.

우리 뒤에 놓인 것과 우리 앞에 놓인 것은
우리 안에 놓인 것과 비교하면 사소한 것들이다.

랠프 월도 에머슨 Ralph Waldo Emerson

한 소년이 세상에서 가장 위대한 사람을 만나기 위해 여행을 떠났다.
소년은 몇 년 동안 깊은 숲과 계곡, 모래사막을 헤매고 다녔지만 위대
한 사람을 찾을 수 없었다. 마침내 소년은 어떤 산길을 헤매다가 지쳐
서 주저앉아버렸다.

바로 그때 한 노인이 나타났다. 큰 키에 흰 수염을 기른 노인의 풍모
는 한눈에 보기에도 범상치 않은 사람 같았다.

"얘야, 무엇 때문에 그리 주저앉아 있는 것이냐?"

소년은 혹시 이 노인이 그렇게 애타게 찾던 위대한 사람이 아닐까 하
고 생각했다.

"어르신, 제 소원은 세상에서 가장 위대한 사람을 만나는 것입니다."

소년의 대답을 들은 노인이 빙그레 웃었다.

"내가 그 사람이 어디 있는지 가르쳐 주마. 지금 곧장 집으로 가거라.
그러면 너희 집에서 신발을 신지 않은 한 사람이 뛰어 나올 것이다.
그 사람이 바로 세상에서 가장 위대한 사람이다."

거의 5년 만에 집으로 돌아온 소년은 가슴이 뛰었다.

'과연 누구일까?'

그가 집안으로 들어가자 정말로 누군가가 맨발로 뛰어나왔다. 얼굴은
웃고 있었지만 눈에서는 하염없이 눈물을 흘리고 있는 세상에서 가장
위대한 사람은 바로 소년의 어머니였다.

지혜의 한 줄___
부모는 조건 없이 마지막의 마지막까지 내 편이 되어주는 유일한
존재이다.

관중과 포숙

When a good man is hurt, all who would be good must suffer with him.
좋은 사람이 다쳤을 때 그 아픔을 함께 할 수 있는 사람들 역시 좋은 사람이다.

에우리피데스 Euripedes

제나라에 관중과 포숙이라는 친구가 있었다. 둘은 어릴 때부터 친한 사이였는데 포숙은 관중의 현명함을 누구보다 잘 알고 있었다.

관중은 집이 가난해서 포숙을 자주 속였지만 포숙은 그것을 알고 있으면서도 항상 호의로 대하고 자신을 속인 것에 대해서는 한 번도 입밖에 꺼내지 않았다.

어른이 된 후 관중이 왕에 반대하는 세력에 가담한 죄로 목숨이 위태롭게 되었을 때도 오히려 포숙은 왕을 설득해서 그를 등용하게 했다.

관중은 포숙의 우정에 대해 이렇게 말했다.

"한때 포숙과 함께 장사를 한 적이 있었다. 그런데 이익을 나눌 때 내가 더 많이 가져가도 포숙은 내게 욕심이 많다고 하지 않았다. 포숙은 내 집안이 가난하다는 것을 알고 있기 때문이었다. 내가 장사를 하다가 실패해서 더 가난해졌을 때도 포숙은 나에게 어리석다고 말하지 않았다. 장사란 시류에 따라 잘될 수도 잘되지 않을 수도 있다는 것을 포숙은 이해하고 있기 때문이었다. 내가 세 번 벼슬에 나가 세 번 쫓겨났을 때도 포숙은 나를 부덕하다고 하지 않았다. 포숙은 내가 때를 만나지 못했다는 것을 알고 있기 때문이었다. 또 세 번 전쟁에 나가 세 번 도망쳤을 때도 포숙은 나를 비겁하다고 욕하지 않았다. 포숙은 내게 늙으신 어머니가 계시다는 것을 알고 있기 때문이었다. 나를 낳아준 사람은 내 부모님이시지만 정말로 나를 알고 이해해준 사람은 포숙뿐이다."

지혜의 한 줄___
어떠한 상황에서도 나를 이해해줄 수 있는 사이가 친구이다.

당나귀와 염소

어떤 농부가 당나귀와 염소를 기르고 있었다. 당나귀는 열심히 일한 대가로 언제나 맛있는 먹이를 배부르게 먹을 수 있었다. 염소는 언제나 주인의 사랑을 독차지하는 당나귀가 미웠다. 당나귀가 없어지면 주인의 사랑을 모두 자기가 받을 수 있을 것이라고 생각했다. 마침내 염소는 당나귀를 쫓아버릴 좋은 생각이 떠올랐다.

"당나귀야, 너는 사는 게 참 힘들어 보이는구나. 방앗간에서 곡식을 가는 일도 힘든데, 날마다 무거운 짐까지 지고 다녀야 하다니."

"염소야, 고마워! 사실 가끔은 힘들어서 그만두고 싶을 때도 있단다."

당나귀의 대답에 염소는 잘 됐다 싶어 말을 이었다.

"쉽진 않지만 한 가지 방법이 있단다. 열심히 일하는 척하다가 구덩이에서 넘어져봐. 다쳐서 아프면 나을 때까지 쉴 수 있잖아."

당나귀는 염소가 하는 말에 귀를 쫑긋 세웠다.

다음날 염소의 말대로 당나귀는 구덩이 옆을 지날 때 일부러 구덩이로 떨어졌다. 그러자 깜짝 놀란 주인이 허겁지겁 수의사를 불러왔다. 한참동안 나귀의 상태를 살펴보던 수의사가 입을 열었다.

"이 녀석의 상처에는 염소의 허파가 특효입니다. 염소의 허파를 달여서 상처에 발라 주세요."

지혜의 한 줄___
시기와 질투는 그 칼끝이 어디로 향할지 알 수 없다.

'친구'의 정의

A true friend is the greatest of all blessings,
and that which we take the least care to acquire.
진정한 친구는 가장 큰 축복이다.
그러나 우리는 진정한 친구를 얻기 위해서 적은 노력을 기울일 뿐이다.

프랑수아 드 라로슈푸코 François de La Rochefoucauld

영국의 어떤 출판사에서 '친구'라는 단어에 대한 정의를 공모했다. 그리고 예상했던 것보다 많은 사람들에게서 응모 엽서가 날아들었다.

'기쁨은 더해주고 고통은 나눠 갖는 사람'

'나의 침묵을 이해해 주는 사람'

'많은 동정이 쌓여서 옷을 입고 있는 것'

사람들의 눈을 사로잡는 좋은 글들이 각지에서 도착했다. 그중 대상을 차지한 글은 이것이었다.

'친구란 온 세상이 다 내 곁을 떠났을 때, 나를 찾아오는 사람이다.'

지혜의 한 줄___
진정한 친구 사이에도 노력과 희생이 필요하다.

최고의 용기

Victory is always possible for the person who refuses to stop fighting.
승리는 언제나 싸움에서 물러서길 거부하는 사람의 몫이다.

나폴레온 힐 Napoleon Hill

로빈 커즌즈는 영국의 국가대표 스케이트 선수로 많은 대회에서 우수한 성적을 거두었다.

그가 스케이트를 시작한 지 얼마 안 되었을 때의 일이다. 그는 국내외 대회에서 주목을 받기 시작하자, 보다 나은 기술을 익히기 위해 미국으로 유학을 떠났다.

영국에 있는 동안 우승의 기쁨을 제법 맛본 그는 미국인 코치 앞에서 자신 있게 스케이트를 탔다. 그러나 코치는 그의 모습을 보고 냉정하게 말했다.

"형편 없구만. 발전 가능성도 그다지 있어 보이지 않고. 그냥 일찌감치 포기하고 돌아가는 게 어떤가?"

자존심이 상한 커즌즈가 발끈해서 물었다.

"아니 도대체 어떤 게 그렇게도 형편없다는 겁니까?"

코치는 대답 대신 그에게 물었다.

"최고의 스케이트 선수가 되고 싶은가?"

"그야 물론이죠."

"그런데 왜 그렇게 넘어지지 않으려고 몸을 사리나? 그렇게 몸을 사리면서 어떻게 최고가 되겠다는 것인가?"

지혜의 한 줄___

최고가 되기 위해서는 두려움에 맞서는 용기가 필요하다.

세상에서 가장 쉬우면서도 어려운 것

Nothing is particularly hard if you devide it into small jobs.
무슨 일이든 조금씩 차근차근 하다 보면 그리 어렵지 않다.

헨리 포드 Henry Ford

"오늘은 세상에서 가장 쉬우면서도 가장 어려운 것에 대해 이야기해 보겠다. 자, 모두들 어깨를 최대한 앞을 향해 흔들어 보아라. 그 다음엔 다시 최대한 뒤로 흔들어 보아라."

소크라테스는 제자들에게 시범을 보이며 계속 말했다.

"오늘부터 매일 이렇게 300번을 해라. 모두들 할 수 있겠지?"

제자들이 웃으며 말했다.

"스승님! 이거 너무 쉬운 것 아닙니까?"

그러자 소크라테스가 말했다.

"이놈들아! 웃지 말거라. 세상에서 가장 어려운 일은 가장 쉬운 일을 지속적으로 하는 것이다."

한 달 후 소크라테스가 제자들에게 물었다.

"매일 어깨를 300번씩 흔들고 있는 사람이 있는가?"

제자들 가운데 90%가 자랑스러운 듯 손을 들었다. 다시 한 달이 지나 소크라테스가 똑같이 물었다. 그러자 80% 정도가 손을 들었다.

일 년이 지나 소크라테스가 다시 제자들에게 물었다.

"아직도 어깨 흔들기 운동을 하고 있는 사람이 있느냐?"

이때 제자들 중 단 한 사람만이 손을 들었는데, 그가 바로 훗날 고대 그리스의 대철학자가 된 플라톤이었다.

 지혜의 한 줄___
큰일을 하기 위해서는 먼저 작은 일들을 중요하게 여겨야 한다.

아버지의 약속

Though no one can go back and make a brand new start,
anyone can start from now and make a brand new ending.
어느 누구도 과거로 돌아가서 새롭게 시작할 순 없지만,
누구나 지금부터 시작해서 새로운 결말을 맺을 순 있다.

카를 바르트 Carl Bard

한 아버지가 있었다. 어느 날 그는 정원에 있는 낡은 오두막을 허물어야겠다고 생각했다. 그런데 오두막을 허무는 것을 보고 싶었던 아들이 아버지에게 부탁했다.

"아버지, 저도 낡은 오두막을 어떻게 허무는지 꼭 보고 싶어요. 제가 학교에서 돌아온 후에 작업을 시작하면 안 될까요?"

아버지는 아들의 부탁을 들어주기로 약속했다.

그러나 아들이 학교에 간 후 일꾼들이 도착했고 그들은 곧 오두막을 허물어버렸다.

학교에서 돌아온 아들은 정원의 낡은 오두막이 이미 사라진 것을 보고는 낙담하여 아버지에게 말했다.

"아버지, 제게 거짓말을 하신 거예요? 제가 학교에서 돌아오면 오두막을 허물기로 약속하셨잖아요?"

뒤늦게 상황을 파악한 아버지가 아들에게 말했다.

"아들아, 내가 잘못했구나. 아무리 작은 약속이라도 약속은 약속이니 반드시 지켜야 하는 것인데 말이다."

아버지는 일꾼들을 불러 낡은 오두막을 다시 짓게 했다. 오두막이 완성되자 아들을 부른 후 일꾼들에게 말했다.

"자, 지금부터 이 오두막을 허물어 주시오."

지혜의 한 줄___
약속을 자주 어기는 사람 주위에는 약속을 잘 지키는 사람이 모이지 않는다.

루소와 밀레

A friend is a gift you give yourself.
친구는 자기 자신에게 주는 선물이다.

프랑스의 화가 밀레는 젊은 시절 파리 근교의 농촌에서 가난한 창작생활을 하고 있었다. 당시만 해도 그는 무명화가였기 때문에 그림이 팔리지 않아 아내와 어린 아이들이 배고픔과 추위로 고생하고 있었다.

어느 날 신진화가로 이름을 날리고 있던 그의 친구 루소가 집으로 찾아왔다. 루소는 밀레의 온기 없는 화실을 둘러보더니 여러 작품들 중 '접목하는 사나이'라는 그림을 집어 들었다.

"이 그림 참 좋네 그려. 내가 알고 있는 화상이 자네 그림 한 점을 꼭 구해달라고 하는데 이 그림을 주지 않겠나?"

밀레는 절친한 친구의 부탁에 쾌히 승낙을 했다. 그러자 루소가 잠시 머뭇거리더니 조심스럽게 말했다.

"화상이 그림 값을 미리 주더군. 얼마나 되는지는 모르겠지만 날 봐서 그냥 넣어두게."

"고맙네. 나는 단지 내 그림을 팔 수 있게 되어서 다행일 뿐이네."

루소가 돌아간 뒤 봉투를 열어본 밀레는 심장이 멎는 것 같았다. 그 봉투에는 500프랑이라는 큰돈이 들어있었던 것이다. 밀레의 가족이 걱정 없이 겨울을 보낼 수 있을 만큼 큰 금액이었다.

몇 년이 지난 후 밀레는 루소의 집을 방문하게 되었다. 그런데 루소의 집 거실에 자신의 그림인 '접목하는 사나이'가 중앙 자리를 차지하고 걸려 있었다.

 지혜의 한 줄___
나의 가치를 알아주는 친구 한 명만 있어도 세상은 살 만하다.

두 친구

두 친구가 길을 걷다가 길 위에 버려진 도끼를 발견했다.

그러자 한 친구가 말했다.

"이봐 친구. 우리가 도끼를 발견했네."

그러자 다른 친구가 이렇게 말했다.

"여보게, 친구. 이 도끼를 발견한 사람은 나야. 그러니 우리가 발견했다는 말은 하지 말게."

그리고선 도끼를 집어 들고 함께 다시 걷기 시작했다.

그런데 잃어버린 도끼를 찾으러 다니던 주인이 두 사람을 발견하고는 허겁지겁 쫓아왔다.

"거기 서라. 이 도둑놈들아!"

그러자 자기가 발견했다고 말하고 도끼를 들고 있던 친구가 말했다.

"친구, 우리 큰일 난 것 같은데?"

그러자 옆에 있던 친구가 말했다.

"자네가 발견하고 자네가 들고 있지 않나? 이번에는 왜 우리라고 하는 것인가? 내 생각에는 우리가 아니고 자네에게 큰일이 난 것 같은데."

지혜의 한 줄___

진정한 친구는 좋은 것은 함께 하고 힘든 것은 혼자 하려고 하는 친구이다.

주머니 속의 송곳

You can do what you want to do,
and sometimes you can do it even better than you thought you could.
우리는 원하는 것을 이룰 수 있다.
그리고 때로는 우리가 생각했던 것보다 훨씬 더 훌륭하게 이뤄내기도 한다.

지미 카터 Jimmy Carter

조나라 혜문왕은 진(秦)나라의 공격을 받자 평원군을 초나라에 보내 구원군을 요청하기로 했다. 명을 받은 평원군은 문무를 겸비한 스무 명의 인재를 모아 함께 가기로 결정했다. 그런데 열아홉 명의 인재는 구했는데 마지막 한 명의 인재를 찾을 수가 없었다.

그때 모수라는 사람이 평원군을 찾아와 지원했다.

"저를 수행원으로 써 주십시오."

호기심이 생긴 평원군이 그에게 물었다.

"그대는 내 문하에 들어온 지 얼마나 되었소?"

"3년째입니다."

그러자 평원군이 다시 물었다.

"현명한 인재는 주머니 속에 있는 송곳과 같아서 그 끝이 드러나 반드시 눈에 띄는 법이오. 그대가 내 문하에 들어온 지 3년이 되었는데 어찌 내가 그대의 이름조차 알 수 없는 것이오?"

평원군의 물음에 모수가 대답했다.

"그러니 바로 지금 주머니 속에 넣어주시기를 바라는 것입니다. 만일 저를 더 일찍 주머니에 넣으셨다면 이미 송곳 자루까지 드러나 보였을 것입니다."

모수의 대답을 들은 평원군은 그의 인물됨을 알아보고 마지막 한 명의 수행원이 되어 달라고 말했다.

 지혜의 한 줄___
자신에게만 기회가 오지 않는다고 생각될 때가 스스로 기회를 만들어야 할 때다.

지금 해야 할 일

To become different from what we are,
we must have some awareness of what we are.
지금의 나와 다른 내가 되고 싶다면, 지금의 나에 대해서 알아야 한다.
에릭 호퍼 Eric Hoffer

세 명의 수행자가 서로 수행에 대해 대화를 나누고 있었다.
첫 번째 수행자가 말했다.
"나는 세상의 경전을 모두 읽어서 깨달음을 얻는 가장 빠른 길을 찾아낼 것이네."
두 번째 수행자가 그의 말을 받았다.
"나는 자네가 지름길을 발견하기를 기다려 그 길을 따라 가겠네."
세 번째 수행자가 그들의 말을 받았다.
"나는 자네들이 지름길로 가서 깨달음을 얻는지 못 얻는지 지켜볼 것이네."
기분이 좋아진 세 수행자는 자신들의 생각에 뿌듯해 하며 스승을 찾아갔다. 그리고 스승에게 물었다.
"스승님께서는 저희들의 계획에 대해 어떻게 생각하십니까?"
스승이 대답했다.
"너희들은 모두 훗날의 이야기만 하고 있구나. 나라면 그 시간에 지금 해야 할 일에 대해 이야기하겠다. 너희들은 말만 하고 있구나. 나라면 말할 시간에 수행에 더 힘쓸 것이다. 너희들은 바깥에만 관심을 가지고 있구나. 나라면 그 시간에 나 자신에 대해 관심을 가지겠다."

지혜의 한 줄___
어떤 사람들은 눈앞의 일도 해내지 못하면서 멋진 미래를 자랑한다.

농부와 종다리

Adversity draws men together and produces beauty and
harmony in life's relationships, just as the cold of winter produces ice
-flowers on the windowpanes, which vanish with the warmth.
따뜻할 때는 그 모습을 볼 수 없지만 겨울의 혹한 속에서 피는 얼음꽃처럼,
역경 속에서 우리는 더욱 화합하고 조화로워진다.

쇠렌 키르케고르 Søren Kierkegaard

늙은 농부의 보리밭에 종다리 가족이 둥지를 만들었다. 그런데 아기 종
다리들이 아직 날기도 전에 보리가 누렇게 익어 수확할 때가 되었다.
어미 종다리는 먹이를 찾기 위해 둥지를 떠날 때마다 아기 종다리들
에게 늙은 농부가 하는 말을 잘 기억해 두라고 일렀다.
어느 날 아침 농부가 아들과 함께 보리밭을 둘러보며 이렇게 말했다.
"아들아, 수확할 때가 되었구나. 내일은 친구들에게 추수를 도와달라
고 해야겠다."
이 말을 들은 아기 종다리들이 농부의 말을 엄마에게 전했다. 그러자
엄마 종다리는 아직 걱정하지 말라고 아기들에게 말했다.
며칠 뒤 엄마 종다리가 먹이를 찾아 나가 있는 동안 늙은 농부와 아들
이 찾아왔다.
"아들아, 내일은 친척들에게 추수를 도와달라고 해야겠구나."
이 말을 엄마 종다리에게 전했지만 아직 안심해도 된다고 말했다.
또 며칠이 지나 늙은 농부와 아들이 찾아왔다.
"아들아, 안 되겠다. 내일은 우리들끼리 수확을 하자꾸나."
이 말을 전하자 어미 종다리가 아기 종다리들에게 말했다.
"이제 정말 떠날 때가 되었구나. 어서 떠날 준비를 하자."

지혜의 한 줄___
누구나 일이 목전에 닥치면 스스로 나서게 된다.

이웃집 개

Don't bother just to be better than your contemporaries or predecessors.
Try to be better than yourself.

동료나 선배들보다 더 잘하려고 애쓰지 말라. 더 나은 자신이 되도록 노력하라.

윌리엄 포크너 William Faulkner

어느 날 새끼를 낳을 때가 된 어미 개 한 마리가 이웃집 개를 찾아가서 부탁했다.

"죄송하지만 여기에서 아기들을 낳아도 될까요? 부탁드립니다."

이웃집 개는 어미 개의 형편이 어려운 것을 보고 흔쾌히 부탁을 들어주었다. 어미 개는 이웃집에서 무사히 아기들을 낳았고 모두 건강하게 태어났다.

시간이 어느 정도 흐르자 이웃집 개가 말했다.

"이제 아기들도 어느 정도 성장했으니 집을 비워주시면 안 될까요? 집이 너무 좁아져서 불편하군요."

"죄송합니다만 혼자서 걸을 수 있을 때까지만 기다려주시면 감사하겠습니다. 정말 죄송합니다."

어미 개의 사정이 딱하고 아기들의 모습을 보니 도저히 쫓아낼 수가 없어 이웃집 개는 다시 마음이 약해졌다.

마침내 아기들이 부쩍 성장해서 걸을 수 있을 뿐만 아니라 날카로운 이빨까지 자라고 나자, 원래 주인인 이웃집 개에게 이제는 집을 비워줄 때가 된 것 같다고 말했다.

그러자 어미 개가 아기들과 함께 이빨을 드러내고 으르렁거리며 말했다.

"우리를 쫓아낼 수 있으면 그렇게 해보시지."

 지혜의 한 줄___
호의와 동정은 때로 자신을 착한 바보로 만들기도 한다.

한 배에 탄 원수

Each friend represents a world in us,
a world possibly not born until they arrive.

친구들을 보면 우리가 살고 있는 세상을 알 수 있고, 친구들 없이는 세상도 없다.

아나이스 닌 Anais Nin

서로 원수지간인 두 사람이 한 배에 타게 되었다. 둘은 서로 얼굴도 마주치기 싫었기 때문에 한 사람은 뱃머리 쪽에 앉고 다른 한 사람은 뱃고물 쪽으로 자리를 잡고 앉았다.

그런데 배가 떠난 지 얼마 되지 않아 심한 폭풍우가 몰아쳤다. 금방이라도 배가 뒤집힐 것 같았다. 겁에 질린 두 사람은 눈만 꿈벅거리며 어쩔 줄 몰라 했다.

잠시 후 배의 뒤쪽에 앉아 있던 남자가 선장에게 물었다.

"여보시오, 선장님! 혹시 이 배가 가라앉게 된다면 배의 앞부분이 먼저 가라앉소, 아니면 배의 뒷부분이 먼저 가라앉소?"

그러자 선장이 말했다.

"그야 무론 뱃머리가 먼저 가라앉지요."

선장이 대답하자 배의 뒤쪽에 앉아있던 남자가 크게 웃으며 말했다.

"오늘 원수가 죽는 것을 보게 되겠구나."

지혜의 한 줄___
복수를 하려면 나의 희생까지도 각오해야 한다.

당나귀의 선택

It is not the mountain we conquer, but ourselves.
우리가 정복하는 것은 산이 아니라 우리 자신이다.

에드먼드 힐러리 경 Sir Edmund Hillary

한 노인이 당나귀를 끌고 마을 밖으로 나갔다. 그런데 갑자기 멀리서 도적떼가 달려오는 게 보였다. 노인은 겁이 나서 당나귀에게 어서 도 망치자고 말했다.

그런데 노인의 외침에도 당나귀는 자리에서 꼼짝도 하지 않았다.

"이 녀석아! 어서 도망쳐야 해. 그렇지 않으면 저 도둑들이 널 끌고 갈 거다."

그러자 당나귀가 노인에게 물었다.

"혹시 도둑들에게 잡혀가면 지금보다 짐을 두 배로 지울까요?"

당나귀의 뜬금없는 질문에 노인이 대답했다.

"아마도 지금보다 더 많은 짐을 싣지는 못할 것 같구나."

그러자 잠시 생각하던 당나귀가 말했다.

"그럼 도망갈 필요가 없을 것 같네요. 어차피 지는 짐, 누구의 짐을 진 들 무슨 상관이 있겠어요."

지혜의 한 줄___
내가 그를 믿지 않으면 그도 나를 믿지 않는다.

늙은 사냥개

We judge ourselves by what we feel capable of doing,
while others judge us by what we have already done.

우리는 우리가 할 수 있으리라고 생각하는 것을 기준으로 스스로를 평가한다.
이와 달리 다른 사람들은 우리가 했던 것을 기준으로 우리를 평가한다.

헨리 워즈워스 롱펠로 Henry Wadsworth Longfellow

젊은 시절에는 주인을 도와 용맹하게 사냥을 하던 사냥개가 있었다. 하지만 이제는 늙어서 힘도 빠지고 이빨도 날카로움이 사라져버렸다. 어느 날 주인을 따라 사냥을 나선 늙은 사냥개는 멧돼지를 발견하고 맹렬하게 추격하기 시작했다. 마침내 멧돼지가 지쳐서 도망가기를 멈추고 사냥개를 향해 몸을 돌렸다. 사냥개는 달리던 속도 그래도 멧돼지에게 달려들었다. 그리고 목덜미를 물었다. 그런데 늙은 사냥개의 이빨이 흔들거려 힘이 없어 꽉 물 수가 없었다. 그 순간 멧돼지는 다시 힘을 얻어 도망쳐버렸다.

뒤쫓아 오면서 이 장면을 본 사냥꾼이 늙은 개를 나무라며 몽둥이를 휘둘렀다. 한참 동안 주인에게 혼이 난 늙은 개가 주인에게 사정했다.

"주인님, 너무하시네요. 제가 젊었을 때는 주인님을 위해 많은 동물들을 사냥해서 드리지 않았습니까. 제가 늙은 게 어디 제 탓이겠습니까?"

지혜의 한 줄___
실패의 원인을 알지 못하면 같은 실패를 반복하게 된다.

두 병사와 도적들

Few things help an individual more than to place responsibility upon him,
and to let him know that you trust him.

책임감을 부여하고 상대에 대한 믿음을 보여 주는 것만큼 큰 도움은 없다.

부커 T. 워싱턴 Booker T. Washington

두 명의 병사가 길을 가다가 도적떼와 마주치게 되었다. 한 병사는 도적떼를 보자마자 뒤도 안 돌아 보고 도망쳤고, 한 병사는 살기 위해 칼을 빼들고 도적떼와 맞붙어 싸웠다. 병사의 저항이 예상보다 강하자 도적들은 병사를 두고 물러갔다.

그런데 꽁지가 빠지게 도망쳤던 병사가 그 모습을 보고 다시 돌아왔다. 그리고는 갑자기 칼을 빼들고 당장이라도 도둑들을 쫓아갈 것처럼 외쳤다.

"야, 이 도둑놈들아! 도망가지 말고 덤벼라. 감히 우리에게 달려들다니 간도 큰 놈들이구나."

도둑들과 싸우느라 지쳐 쓰러져 있던 병사가 그 병사에게 말했다.

"참으로 용기가 가상하구나. 그 용기를 조금만 일찍 발휘했다면 아마도 나는 너를 존경하게 되었을 것이다."

 지혜의 한 줄___
다른 사람의 업적에 업혀가려는 행동은 비난하지 않더라도 모두가 알고 있다.

원수의 추천

I pay no attention whatever to anybody's praise or blame.
I simply follow my won feelings.
나는 다른 사람이 칭찬을 하든 비난을 하든 신경 쓰지 않는다.
단지 나의 감정을 충실히 따를 뿐이다.

볼프강 아마데우스 모차르트 Wolfgang Amadeus Mozart

진(晉)나라의 평공이 기황양에게 물었다.
"여보시오. 남양 현령 자리에 누구를 보내는 것이 좋겠소?"
그러자 기황양이 대답했다.
"해호를 보내시면, 훌륭하게 수행할 수 있을 것이옵니다."
평공은 그의 대답에 의아한 표정으로 다시 물었다.
"해호는 그대와 원수지간이 아니오. 어찌 그런 자를 추천하시오?"
기황양이 대답했다.
"누가 적임자인지 물으셔서 마땅한 사람을 이야기드렸을 뿐입니다."
그리고 세월이 한참 지난 뒤 어느 날 평공이 다시 물었다.
"조정에 법관 자리가 비어 있소. 누구를 임명하는 게 좋겠소?"
기황양은 잠시의 망설임도 없이 기오라는 사람을 추천했다.
그의 대답에 평공이 물었다.
"잠깐! 기오는 그대의 아들이지 않소?"
이에 기황양이 대답했다.
"저에게 물으신 것은 적임자가 누구인가 하는 것입니다. 저는 마땅한 사람을 추천드린 것뿐이옵니다."

 지혜의 한 줄___
대범함과 큰 아량은 스스로를 높이는 것이다.

왕의 총애를 받던 미자하

Grant that we may not so much seek to be consoled as to console.

To be understood as to understand.

다른 사람을 위로한 만큼 위로받으려고 하지 말라.

다른 사람을 이해해 주는 만큼 이해받으려고 하지 말라.

아시시의 성 프란체스코 St. Francis of Assisi

옛날 위나라 왕에게 예쁨을 받고 있는 미자하라는 소년이 있었다.
어느 날 미자하는 어머니가 편찮으시다는 연락을 받고 허락도 받지
않은 채 왕의 수레를 타고 집으로 달려갔다. 당시 위나라의 법에 따르
면 왕의 수레를 몰래 타는 자에게는 다리를 자르는 형벌에 내려졌다.
하지만 왕은 그가 몰래 자신의 수레를 탔다는 것을 알고도 용서해주
었다.

"너는 참으로 효자로구나. 어머니를 걱정하는 마음이 수레를 몰래 타
면 어떤 벌을 받게 되는지도 잊게 만들었구나."

또 어느 날 미자하는 왕과 함께 정원을 거닐다가 탐스럽게 생긴 복숭
아를 따서 먹었다. 그런데 복숭아의 맛이 기가 막히게 좋아 먹던 복숭
아를 왕에게 주었다. 그러자 복숭아를 받아든 왕이 말했다.

"맛있는 복숭아를 나누어주다니, 나를 생각하는 마음이 고맙구나."

하지만 세월이 흘러 미자하는 나이를 먹고 미자하를 아끼던 왕의 마
음도 시들었다.

그리고 어느 날 미자하는 사소한 죄를 짓게 되었다. 그러자 왕이 미자
하를 크게 꾸짖었다.

"여봐라! 저놈은 내 수레를 몰래 타기도 하고, 먹던 복숭아를 나에게
준 일도 있는 발칙한 놈이다. 어서 저놈을 끌고 나가거라!"

지혜의 한 줄___

마음이 식으면 모든 게 불만스럽게 보인다.

웅덩이의 붕어 한 마리

You can get everything you want
if you help enough others get what they want.
다른 사람들이 원하는 것을 얻도록 충분히 도와주면
당신이 원하는 모든 것을 얻을 수 있다.

지그 지글러 Zig Ziglar

어느 날 장자가 쌀을 빌리기 위해 어떤 관리의 집으로 찾아갔다. 그 관리는 쌀을 빌려주기 싫어서 이렇게 핑계를 댔다.
"내가 나중에 영지에서 많은 돈이 생길 것이니 그때 300금을 빌려주겠소. 그러니 그때 오시오."
그러자 장자가 버럭 화를 내며 말했다.
"어제 길을 가는데 나를 애타게 부르는 소리가 들렸소. 그래서 소리가 나는 곳을 보니 수레바퀴가 지나간 웅덩이에 붕어 한 마리가 있더군요. 그 붕어는 자신이 동해왕의 신하라고 하며 나에게 물을 달라고 하더군요. 그래서 붕어에게 내가 이렇게 말했소. '내가 지금 오나라와 월나라로 가는 길이니 오는 길에 서강(西江)의 물을 떠다 주겠소.' 그러자 붕어가 화를 내며 '지금 저에게는 약간의 물만 있어도 됩니다. 그런데 당신이 주는 물을 기다리다가는 목숨이 붙어 있을 리가 없겠지요.' 하고 말했답니다."

지혜의 한 줄___
누군가를 도와줄 때도 때가 있는 법이다.

죽음의 질주

It is not the man who has too little,

but the man who craves more, that is poor.

가난한 사람은 너무 적게 가진 사람이 아니라 너무 많은 것을 갈망하는 사람이다.

세네카 Seneca

양들은 무리를 지어 풀을 뜯는다. 양의 숫자가 적을 때는 양들이 어울려 풀을 뜯는 모습이 무척이나 평화롭게 보인다. 하지만 양의 숫자가 늘어나면 뜯어먹을 풀의 양이 적어진다.

그러면 풀이 없는 곳에 있는 양들이 풀이 있는 곳의 양들을 밀고 들어가 자리를 빼앗고 풀을 차지한다. 하지만 점점 더 풀을 차지하기 위한 경쟁이 치열해지면 풀이 있는 곳으로 양떼들이 조금씩 이동을 하기 시작한다. 그리고 조금씩 무리 전체가 이동을 하는데 점차 그 속도가 빨라지기 시작한다. 그러다 한 마리가 갑자기 풀이 있는 곳으로 달리기 시작하면 주위의 양들도 풀밭을 향해 함께 달리기 시작한다.

마침내 무리의 양들이 모두 파도처럼 한 방향으로 달리기 시작하면 미처 풀을 뜯을 새도 없이 뒤쪽의 양떼들에 떠밀려서 달리게 된다. 이렇게 한번 시작된 무리의 질주는 밤낮으로 계속되고 절벽이 앞을 가로막고 있어도 뒤쪽의 무리에 밀려 아래로 떨어져 죽고 만다.

하지만 뒤쪽의 양 무리는 앞에 절벽이 있는지도 모른 채 앞쪽의 무리를 절벽 아래로 몰아붙이며 스스로도 죽음의 수렁으로 빠져들게 된다.

지혜의 한 줄____

가끔은 멈춰 서서 무엇을 하고 있는지 생각하는 시간을 필요하다.

닮아간다는 것

A 'no' uttered from deepest conviction is better and greater than a
'Yes' merely uttered to please, or what is worse, to avoid trouble.
확신을 가지고 '아니오'라고 말하는 편이 단순히 남을 기분 좋게 해주려고,
혹은 문제를 일으키지 않기 위해 '예'라고 말하는 것보다는 훨씬 더 낫다.

마하트마 간디 Mahatma Gandhi

공자가 말했다.
"무릇 선한 사람과 함께 있으면 지초와 난초가 있는 방으로 들어가는
것과 같아서 시간이 흐르면 향기를 맡지 못한다. 그것은 그 향기에 동
화되기 때문이다.
선하지 않은 사람과 함께 있으면 생선 가게에 들어간 것과 같아서 오
래 있으면 그 악취를 맡지 못한다. 그것은 그 냄새에 동화되기 때문
이다.
붉은 비단을 가지고 있으면 붉어지는 것이고 검은 옷을 가지고 있으
면 검어지게 된다.
그러니 군자는 함께 있을 자를 신중하게 가늠해야 한다."

지혜의 한 줄___
어떤 사람을 평가할 때 그의 친구들을 보면 그를 알 수 있다.

198

주처의 변신

진(晉)나라 양흠에 주처라는 사람이 살고 있었다. 주처는 열 살에 아버지를 잃었는데 그때부터 빈둥거리며 방탕하게 살았다. 작은 일에도 불같이 화를 내며 싸움을 해댔다.

하지만 나이가 들면서 철이 들자 방탕했던 생활을 반성하고 새로운 마음으로 살기로 결심했다. 그러나 마을 사람들은 그의 마음을 몰라주고 그를 보면 뒷걸음쳐서 피해버렸다. 아무리 자신이 달라졌다고 말해도 믿어주는 사람이 없었다. 답답한 마음에 그가 마을 사람들에게 물었다.

"도대체 어떻게 해야 제가 변했다는 것을 믿어주시겠습니까?"

그러자 마을 사람들이 대답했다.

"정말로 자네가 변했다면 남산의 호랑이와 다리 밑에 있는 교룡(蛟龍, 모양이 뱀과 같고 몸의 길이가 한 길이 넘으며 넓적한 네발이 있다는 상상의 동물)을 죽이게. 그렇게 한다면 자네 말을 믿어주겠네."

마을 사람들의 속마음은 주처가 호랑이나 교룡에게 죽기를 바라는 것이었다.

하지만 주처는 사람들의 믿음을 얻기 위해 목숨을 걸고 싸워서 호랑이와 교룡을 죽이고 돌아왔다. 하지만 그의 마음을 믿어주는 사람도, 그를 반갑게 맞아주는 사람도 없었다.

> 지혜의 한 줄___
> 한번 잃어버린 신뢰를 다시 얻기는 너무도 어렵다.

바구니 속의 게들

Do not let what you cannot do interfere with what you can do.
당신이 할 수 없는 일이 당신이 할 수 있는 일을 방해하지 못하게 하라.

존 우드 John Wooden

세 명의 정치가가 바닷가를 걸으며 정치적인 적들과 어떻게 싸울 것인지 전략을 세우고 있었다. 열띤 토론을 하던 그들은 마침 그곳에서 게를 잡고 있는 어부를 보게 되었다.

어부는 게를 잡아 버드나무 가지로 엮은 바구니에 넣었다. 그런데 그 바구니에는 뚜껑이 닫혀 있지 않았다. 이를 본 정치가 한 명이 어부에게 다가가 바구니를 가리키며 말했다.

"어부 양반, 바구니 뚜껑을 닫는 걸 깜빡한 것 같소. 그러다가 잡아놓은 게들이 다 도망치겠소."

그러자 어부가 대답했다.

"말씀은 고맙습니다만 뚜껑 같은 건 없어도 됩니다요."

어부의 말에 정치가가 황당하다는 듯이 대꾸했다.

"게들이 다 도망가 버려도 괜찮다는 말이오?"

하지만 어부는 바구니에는 눈길도 주지 않고 계속 게를 잡으며 말했다.

"이 게들은 정치가로 태어났는데 한 마리가 기어오르려고 하면 다른 게들이 가만 두고 보지 못하지요. 기어오르려는 놈을 반드시 끌어내리고야 말지요. 허허허."

 지혜의 한 줄___

모두 사는 길을 택하기는 어렵고, 모두 죽는 길을 택하기는 쉽다.

황금 물고기의 비늘

A certain amount of opposition is a great help to a man.
Kites rise against. not with, the wind.
적당한 반대는 큰 도움이 된다.
연이 바람을 타고 날지 않고 바람을 거슬러 날아오르는 것처럼.

존 닐 John Neal

어떤 연못에 황금 비늘을 가진 물고기가 살고 있었다. 다른 물고기들이 부러워하며 황금 물고기와 친해지고 싶어 했다. 하지만 황금 물고기는 다른 물고기들이 다가올 때마다 자신의 황금 비늘에 상처가 생길까 봐 가까이 다가오지 못하게 했다. 그렇게 시간이 흘러 마침내 다른 물고기들은 황금 물고기와는 말도 나누지 않게 되었다. 황금 물고기는 외로워서 슬펐지만 어쩔 수 없다고 생각했다.

그러던 어느 날 다른 연못에서 온 물고기 한 마리가 황금 물고기에게 다가왔고 서로 친해지게 되었다.

"황금 물고기야! 네 아름다운 황금 비늘 하나만 내게 주지 않을래? 너를 보는 것처럼 소중하게 간직할게."

황금 물고기는 황금 비늘 하나를 떼어 친구에게 주었다. 비늘보다는 친구가 더 소중하다고 생각했기 때문이었다.

그것을 본 다른 물고기들도 황금 물고기에게 비늘을 하나씩 부탁했다. 황금 물고기는 다른 물고기들에게 자신의 황금 비늘을 떼어 나누어주었다. 그리고 황금 물고기는 결국 황금 비늘이 하나도 없는 보통의 물고기가 되어버리고 말았다.

하지만 황금 물고기는 하나도 슬프지 않았다. 모든 물고기들과 친구가 되었을 뿐만 아니라, 물고기들이 하나씩 가지고 있는 황금 비늘로 인해 연못이 황금빛으로 빛나고 있었기 때문이었다.

지혜의 한 줄___
베풀지 않으면 얻을 수도 없다.

강태공과 아내

Character builds slowly, but it can be torn down with incredible swiftness.
인격은 아주 천천히 형성되지만, 믿을 수 없을 정도로 한순간에 무너질 수도 있다.

페이스 볼드윈 Faith Baldwin

주나라의 문왕이 사냥을 나갔다가 우연히 강가에서 낚시하는 노인을 만났다. 노인의 차림은 남루했으나 그와 이야기를 나누다 보니 비범한 인물임을 알 수 있었다. 문왕은 곧 그 노인을 스승으로 모셨다. 그 노인의 이름은 여상, 나중에 강태공으로 불리게 된다.

여상은 문왕을 만나기 전까지는 어려운 가정형편을 돌보지 않고 책과 낚시로 시간을 보내고 있었다. 그래서 그의 아내는 궁핍한 가정을 돌보다 지쳐 친정으로 떠나 버렸다.

그러던 어느 날 여상이 문왕을 만나 높은 자리에 올랐다는 소식을 들은 아내가 여상을 찾아왔다.

"가세가 궁핍하여 견디지 못하고 당신을 떠났습니다. 하지만 이제는 그런 걱정을 하지 않아도 될 것 같아 다시 돌아왔습니다."

여상은 돌아온 아내의 말을 듣고 잠시 가만히 생각에 잠겼다. 그러더니 갑자기 앞에 놓여있던 그릇에 담긴 물을 바닥에 부었다.

"다시 돌아오고 싶거든 저 물을 다시 이 그릇에 담아보시오. 그러면 당신을 받아주겠소."

여상의 아내는 바닥에 흩뿌려진 물을 다시 그릇에 담으려 했지만 이미 쏟아진 물은 이미 바닥의 흙 속으로 스며들고 난 뒤였다.

지혜의 한 줄___
한번 깨져버린 믿음을 다시 돌리기는 어렵다.

고슴도치와 독사

고슴도치가 독사의 굴을 발견하고는 잠시 쉬어갈 수 있는지 부탁했다. 고슴도치의 불쌍한 모습을 보고 마음이 움직인 뱀은 기꺼이 굴속으로 들어와 쉬어가라고 말했다.

그런데 굴 안이 좁아서 고슴도치의 날카로운 가시가 계속 뱀의 몸을 찔러댔다. 어지간하면 참아보려고 했지만 고슴도치의 가시가 너무 아파서 뱀은 도저히 더 참을 수가 없었다.

"고슴도치야. 네 가시가 너무 아프구나. 미안하지만 내 굴에서 이만 나가주지 않을래?"

그러자 고슴도치가 몸에 난 가시를 더 날카롭게 세우며 대답했다.

"들어오라고 할 땐 언제고 조금 불편해지니 나가라는 거야? 내게 날카로운 가시가 있다는 걸 모르고 들어오라고 한 거냐고. 정 그렇게 참을 수 없을 정도로 불편하면 네가 나가면 되겠구나."

지혜의 한 줄___
호의를 베풀 때는 혹시 모를 불이익도 감당할 준비를 해야 한다.

행복한 민들레

Every achiever that I have ever met says,
'My life turned around when I began to believe in me'
내가 만났던 목표를 성취한 사람들은 하나 같이 이렇게 말했다.
'나 자신을 믿기 시작하자 내 인생이 바뀌었다.'

로버트 H. 슐러 Robert H. Schuller

어떤 나라에 아주 크고 화려한 정원이 있었다. 세상에 존재하는 온갖 아름답고 고귀한 식물들은 다 심어놓은 멋진 정원이었다.

민들레도 그 정원에서 자라고 있었다. 이 정원에 심어진 다른 식물들과 비교하면 정말 보잘 것 없는 모양을 하고 있었지만 민들레는 뭐가 그렇게 좋은지 항상 행복한 표정을 짓고 있었다.

그런데 어느 날부터인가 정원에 큰 변화가 생겼다. 정원에 있는 꽃과 나무들이 시름시름 말라 죽어가고 있었던 것이다. 깜짝 놀란 정원사가 키가 짤막한 참나무에게 왜 죽어가고 있느냐고 물었다. 그랬더니 참나무가 '전나무처럼 키도 늘씬하지 못한데 살아서 무엇 하겠느냐.'고 대답했다. 그래서 키가 큰 전나무를 찾아가 넌 왜 죽어가고 있느냐고 물었더니 '포도나무처럼 좋은 열매도 맺지 못할 바에야 차라리 죽는 게 낫다.'고 대답했다. 이번에는 포도나무를 찾아가 죽어가는 이유를 물었다. 그랬더니 포도나무는 '장미처럼 아름다운 꽃을 피울 수 없을 바에야 차라리 죽는 게 낫다.'고 이야기했다.

그런데 정원사의 눈에 싱싱하게 꽃을 피우며 행복해 보이는 민들레가 보였다. 궁금해진 정원사가 민들레에게 그 이유를 물었다.

"저는 이 세상에 단 하나밖에 없는 귀한 존재랍니다. 그리고 저는 제 자신과 이 정원을 사랑해요. 그래서 그냥 제가 할 수 있는 일에 최선을 다하고 있을 뿐이랍니다."

> 지혜의 한 줄___
> 자존감은 자신을 귀하게 여기는 마음에서 시작된다.

당나귀의 습관

한 농부가 당나귀를 사기 위해 장으로 갔다. 농부는 묶여 있는 당나귀
들을 살펴보다가 한 마리를 골라 집으로 데려갔다.

농부는 장에서 사온 당나귀를 집에 있던 다른 당나귀들과 한 우리에
넣어 놓았다. 그러자 그 당나귀가 다른 당나귀들은 본 척도 하지 않고
우리에 있는 당나귀들 중 가장 게으른 당나귀에게 다가갔다. 그리고
그 당나귀와 함께 여물을 먹었다.

그 모습을 본 농부는 다음날 아침 그 당나귀를 끌고 다시 시장으로 갔
다. 그리고는 당나귀를 팔았던 사람에게 다시 돌려주었다. 영문을 알
수 없었는지 전 주인은 당나귀를 제대로 살펴보긴 했느냐고 물었다. 하
룻밤 사이에 당나귀를 살펴보는 게 가능할 리가 없었기 때문이었다.

그러자 농부가 그에게 이렇게 말했다.

"일을 시키며 오래 지켜볼 필요도 없었습니다. 제가 산 당나귀가 어떤
당나귀인지 아는 데는 하룻밤도 짧지 않았습니다."

지혜의 한 줄___
내 주위에 있는 사람들을 살펴보면 내가 어떤 사람인지 알 수 있다.

못생긴 새끼 원숭이

Every man takes the limits of his own field of vision for
the limits of the world.
모든 사람은 제각기 자신만의 시야로 세상의 한계를 정한다.

아서 쇼펜하우어 Arthur Schopenhauer

올림포스 산에 살던 제우스신이 동물들에게 고했다.
"너희들 중 가장 예쁜 새끼를 낳은 동물에게 상을 내리겠다."
그러자 곰, 사자, 염소, 이리, 호랑이 등이 모두 새끼들을 끌어안고 제우스 신 앞으로 모여들었다. 제우스신은 동물들의 새끼를 하나하나 살펴보며 칭찬을 해주었다. 그리고 마지막으로 원숭이의 차례가 되었다.
그런데 원숭이는 코가 납작하고 털이 엉성한 새끼 원숭이를 안고 있었다. 너무도 못생긴 새끼 원숭이를 보고 동물들이 웃음을 터뜨렸다. 그러나 동물들의 웃음소리에도 어미 원숭이는 기죽지 않고 이렇게 말했다.
"신께서 제 새끼에게 상을 내릴지는 모르겠지만, 제 눈에는 이 아이가 세상에서 가장 소중하고 예쁘답니다."

 지혜의 한 줄___
부모는 대가 없이 희생하는 최고의 존재이다.

도둑이 된 아들

People are anxious to improve their circumstances,
but are unwilling to improve themselves. That is why they remain bound.

사람들은 자신의 환경이 나아지기를 바라면서도 자기 자신에 대한 개선에는
선뜻 나서지 않는다. 이것이 그들이 속박에서 벗어나지 못하는 이유다.

제임스 앨런 James Allen

어떤 아이가 친구 집에서 책을 훔쳐 집으로 돌아왔다. 아이의 어머니
는 혼을 내기는커녕 오히려 칭찬을 해주었다.

얼마 후 아이가 친구의 옷을 훔쳐 왔는데 이번에도 어머니는 혼을 내
지 않고 칭찬해주었다.

아이는 어른이 되자 보석이나 금덩이처럼 비싼 물건들을 도둑질하기
시작했다. 하지만 이때도 어머니는 아무 말도 하지 않았다.

결국 그는 오래 가지 않아 경찰에게 붙잡히고 말았다.

그는 두 손을 묶인 채 처형장으로 끌려가게 되었다. 아들의 마지막 모
습을 보려고 어머니는 사람들을 헤치고 그에게로 다가왔다. 그는 가
슴을 치며 슬퍼하고 있는 어머니의 모습을 보고 어머니를 불렀다. 그
리고 어머니에게 말했다.

"어머니, 마지막으로 어머니에게 드릴 말씀이 있으니 귀를 가까이 대
주세요."

어머니는 아들의 마지막 말을 듣기 위해 눈물을 훔치며 아들의 입술
가까이 귀를 가져갔다. 그 순간 아들이 어머니의 귀를 물어뜯어 버렸
다. 깜짝 놀란 어머니에게 아들이 말했다.

"제가 처음 물건을 훔쳤을 때 왜 혼내지 않고 저를 칭찬하셨어요. 그
때 어머니가 저를 엄하게 혼내셨다면 제가 오늘 같은 일을 당하지는
않았을 겁니다."

지혜의 한 줄___
잘못된 칭찬은 하지 않는 것보다 못하다.

죽마고우

예의라는 잘 정제된 기름을 우정이라는 기계에 바르는 사람은 현명하다.

콜레트 Colette

진(晉)나라의 간문제 때 촉나라를 평정하고 돌아온 환온은 점점 세력이 커지기 시작했다. 그러자 간문제는 환온을 견제하기 위해 은호를 양주자사에 임명했다. 은호는 어릴 때부터 환온과 절친했던 소꿉친구였으며 재능이 뛰어났다.

그런데 은호가 벼슬길에 나가자 둘은 서로 시기하고 미워하기 시작했다. 명필로 유명한 왕희지까지 나서서 두 사람을 화해시키려고 노력했지만 모두 허사였다.

그 무렵 후조(後趙)의 왕이 죽고 호족 사이에 내분이 일어나자, 진나라는 중원을 회복하기 위한 좋은 기회라고 여겨 은호를 장군으로 삼아 출병하게 했다. 그러나 은호는 중원으로 향하는 중에 말에서 떨어져 다치는 바람에 제대로 싸우지도 못하고 패하고 말았다.

환온은 이를 좋은 기회로 여겨 그를 비난하는 상소를 올렸고, 결국 은호는 변방으로 귀양을 가는 신세가 되었다.

환온은 세상 사람들에게 이렇게 말했다.

"어릴 때 같이 대나무 말을 타고 놀던 친구였지만, 내가 대나무 말을 버리면 은호가 가져가곤 했다. 그러니 당연히 은호가 내게 머리를 숙여야 하는 게 아닌가?"

은호는 결국 죽을 때까지 변방의 귀양지에서 지내야 했다.

지혜의 한 줄___
친구란 질투가 아니라 부러움, 시기가 아니라 존경이 앞서는 사이다.

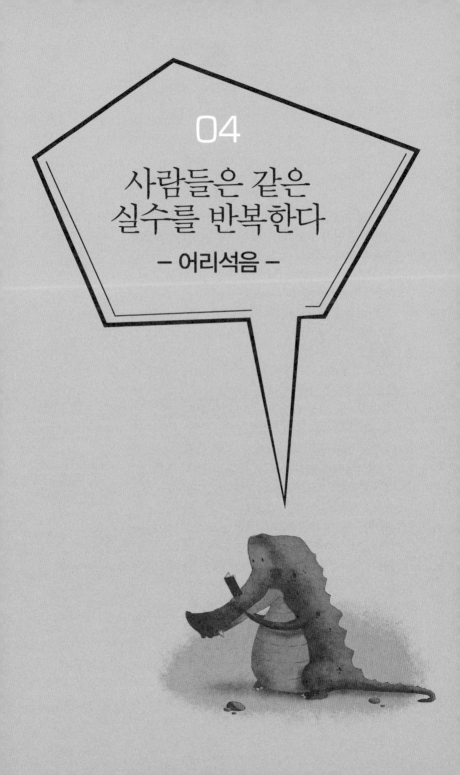

어둠 속의 그림자

한 사람이 있었다. 그리고 그에게는 그를 한시도 떨어지지 않고 붙어 다니는 그림자가 있었다. 그는 그림자에게 친절했고 그림자는 조용히 그를 지켰다.

그러던 어느 날, 질투심이 많은 바람이 그의 귓가에 속삭였다.

"왜 그림자에게 잘해주시나요?"

그가 대답했다.

"그림자는 언제나 내 곁을 지켜주니까요."

바람이 다시 말했다.

"그렇지 않아요. 그림자는 당신이 기쁘고 밝은 날에는 잘 보이지만, 슬프고 어두운 날에는 당신 곁에 있지 않지요."

잠시 생각에 잠겨 있던 그는 바람의 말이 맞다고 생각했다. 그래서 그림자에게 화가 나서 소리쳤다.

"자기 기분대로만 하는 그림자야! 썩 꺼져버려라."

그는 그림자를 쫓아버리고 바람과 친하게 지냈다. 하지만 바람은 바람일 뿐 잠시 곁에 있는 듯하더니 어느 순간 사라지고 없었다.

혼자가 된 그는 다시 그림자가 그리워졌다.

"어디 있니, 그림자야. 다시 와주면 안 되겠니?"

그때 그림자가 낮은 목소리로 이렇게 말했다.

"난 항상 당신 곁에 있었어요. 슬프고 어두울수록 나는 당신과 더 가까이 있었기 때문에 보지 못한 것뿐이에요."

 지혜의 한 줄___
  항상 곁에 있는 것은 잃은 후에야 비로소 소중함을 알게 된다.

우물에 사는 개구리

Great minds have purpose, while others just have wishes.
위대한 인물은 목적을 갖지만 다른 보통사람들은 그저 소망만 갖는다.

워싱턴 어빙 Washington Irving

깊고 넓은 강에서 살던 개구리 한 마리가 길을 나섰다.

무더운 날씨 때문에 목이 말랐던 개구리는 우물을 발견하고 뛰어들었다. 그런데 그 우물에는 먼저 살고 있던 개구리가 있었다. 우물 개구리가 깜짝 놀라 물었다.

"누구요?"

나그네 개구리가 대답했다.

"안녕하시오. 나는 큰 강에서 온 나그네요."

"큰 강이라고요? 그게 뭐요?"

"그건 이 우물과는 비교할 수 없을 정도로 넓고 큰 것이오. 그렇지만 제대로 설명하기가 힘드오."

그러자 우물 개구리가 얼굴을 찡그리며 물었다.

"세상에 이 우물보다 큰 게 있다니, 그 말을 나보고 믿으란 말이오?"

"정말이오. 이 우물에서 나가기만 하면 내 말을 믿을 수 있을 것이오."

하지만 이 말에 우물 개구리가 버럭 화를 내며 소리쳤다.

"예끼 여보쇼. 당신은 이상한 말로 개구리들을 속이고 다니는 사기꾼이거나 거짓말쟁이가 틀림없소. 썩 꺼지시오."

지혜의 한 줄___
생각의 그릇이 작으면 다른 생각을 인정하려고 하지 않는다.

불행을 부른 신문 기사

People don't just get upset. They contribute to their upsentness.

사람들이 저절로 실의에 빠지는 것은 아니다.

그들은 실의에 빠지는 데 스스로 기여한다.

앨버트 엘리스 Albert Ellis

한 프랑스 초상화가가 단골 술집에서 술잔을 기울이다 우연히 신문에서 '불황이 오고 있다.'는 기사를 보게 되었다. 그래서 그는 한 병 더 마시려고 주문했던 술을 취소했다.

그러자 술집 주인이 술맛이 좋지 않느냐고 물었고, 화가는 불황이 닥칠 것이니 돈을 아껴야겠다고 대답했다. 술집 주인은 화가의 말을 듣고 주문했던 비단옷을 사지 않기로 했다.

그런데 재단사는 마침 사업을 확장하려고 준비 중이었는데, 재단사는 불황이 온다는 술집 주인의 말을 듣고 새로운 계획들을 뒤로 미루기로 했다.

재단사가 사업 확장을 포기하면서 가게를 지을 계획도 없어지자 건축가도 덩달아 계획을 바꾸어야 했다. 뿐만 아니라 불황이 온다는 재단사의 말도 있었던 터였다.

그래서 건축가는 걱정스런 표정으로 한숨을 쉬며 말했다.

"불황이 온다고? 그러면 아내의 초상화 부탁했던 일을 다음으로 미뤄야겠군."

초상화 작업이 취소되자 초상화가는 단골 술집에서 술잔을 기울이다 얼마 전 자신이 본 신문을 다시 보게 되었다.

그 신문은 10년 전에 발행된 것이었다.

 지혜의 한 줄____

때때로 큰 불행은 아주 사소한 실수로부터 시작되기도 한다.

물고기 세 마리

*Humor is our way of defending ourselves from life's absurdities
by thinking absurdly about them.*

유머는 삶의 부조리를 비웃으며 우리를 보호하는 수단이다.

루이스 멈퍼드 Lewis Mumford

한 늙은 수행자가 갯바위에 앉아 낚시를 하고 있었다. 그때 지나가던 이웃 사람이 그에게 물었다.

"어르신, 낚시는 잘 되십니까?"

늙은 수행자는 대수롭지 않다는 듯이 고개를 돌려 한번 쳐다보고는 다시 낚싯대를 바라보았다.

마을 사람이 다시 물었다.

"낚시 잘 되시냐고요. 몇 마리나 잡으셨어요?"

그러자 늙은 수행자가 잠시 뭔가 생각하는 듯이 고개를 갸웃거리더니 마을 사람에게 대답했다.

"지금 입질을 하고 있는 놈을 잡고 두 마리를 더 잡으면 세 마리요."

지혜의 한 줄___

내 손 안에 있지 않은 것은 나의 것이 아니다.

암탉과 제비

If you think you can or if you think you can't: either way you are right.
할 수 있다고 생각하든 할 수 없다고 생각하든, 어느 쪽이든 당신이 옳다.

앤서니 로빈스 Anthony Robbins

가을이 다가오자 제비들은 농가의 지붕에 한 줄로 앉아 따뜻한 남쪽에 대해 이야기하기 시작했다. 그리고 찬바람이 불기 시작하자 제비들은 그들이 말하던 남쪽 하늘로 사라졌다.

농가에 있던 동물들은 제비가 날아갔다는 남쪽에 대해 이야기하기 시작했다. 하지만 아직까지 그 남쪽을 여행해 본 동물은 아무도 없었다. 그때 마당에 있던 암탉 한 마리가 소리쳤다.

"내가 남쪽을 보고 오겠소!"

암탉은 다른 동물들에게 큰소리치고는 제비들이 날아간 남쪽 방향을 향해 날개를 퍼덕이며 달리기 시작했다. 이를 지켜보던 동물들은 이 암탉의 용기에 박수와 환호를 보냈다.

암탉은 온힘을 다해 남쪽으로 달렸지만 그래 오래지 않아 지쳐 쓰러지고 말았다. 그가 쓰러진 곳에는 사람들이 사는 마을과 아름다운 정원과 온갖 곡식이 자라는 들판이 있었다.

암탉은 지친 몸을 이끌고 농가로 돌아와 다른 동물들에게 남쪽의 풍경에 대해 이야기했다. 동물들은 암탉의 용기에 다시 한 번 감탄하며 환호성을 보냈다.

다시 봄이 돌아왔고 제비들은 자신들이 본 바다에 대해 이야기했다. 그러나 제비들의 말을 믿는 동물은 아무도 없었다.

지혜의 한 줄___
낯선 진실보다는 그럴 듯한 거짓말의 힘이 더 강하다.

웃음 금지

We're all of us guinea pigs in the laboratory of God.

Humanity is just a work in progress.

우리는 모두 신의 실험실에서 사용되는 기니피그이다.

인간은 진보 중인 하나의 작품이라 할 수 있다.

테너시 윌리엄스 Tennessee Williams

옛날에 세상이 온통 어둠에 싸인 때가 있었다. 사람들을 지배하게 된 신은 그가 다스리는 백성들에게 인사를 하기 위해 천사들을 인간 세계에 내려 보냈다.

사람들은 신에 대해 궁금했기 때문에 천사에게 물었다.

"천사님, 신이 가장 좋아하는 것은 무엇입니까?"

천사가 대답했다.

"웃음입니다. 신은 웃음을 좋아하십니다."

하지만 사람들은 천사의 말을 믿지 않았기 때문에 아무도 웃지 않았고 세상은 여전히 어두웠다.

신은 고민 끝에 엄격한 규칙과 규정, 도덕과 윤리와 관련된 목록을 만들었다. 그리고 천사를 불러 말했다.

"가서 사람들에게 전해라."

천사는 곧바로 인간 세계로 내려가 사람들에게 신의 뜻을 전했다.

"인간들은 들으시오. 여기 이 모든 것들을 행하는 것이 금지됩니다. 이를 생각해서도, 말해서도, 행해서도 안 됩니다."

천사가 말을 마치고 돌아가자, 사람들은 약속이라도 한 듯이 그들에게 금지된 이 모든 것들을 행하기 시작했다. 그리고 웃기 시작했다.

 지혜의 한 줄___
허락된 것에 대한 유혹보다는 금지된 것에 대한 유혹이 더 달콤하다.

지렁이와 바꾼 깃털

A human being has a natural desire to have more of
a good thing than he needs.
인간은 천성적으로 필요한 것보다 더 많은 것을 바란다.

마크 트웨인 Mark Twain

새 한 마리가 나무 위에서 신나게 노래를 부르고 있었다. 그때 한 사람이 작은 상자를 들고 나무 밑을 지나갔다. 새는 그 작은 상자가 궁금해서 그 사람을 불러 무엇인지 물었다.
"저기요, 그 상자 안에 무엇이 들어있나요?"
그러자 그 사람이 대답했다.
"그야, 네가 좋아하는 지렁이가 가득 들어있지."
새는 입맛을 다시며 다시 물었다.
"어떻게 하면 제가 그 지렁이를 맛볼 수 있을까요?"
그러자 그 사람이 상자를 감싸 쥐고는 대답했다.
"글쎄. 마음 같아서는 그냥 주고 싶긴 한데, 그러면 너에게 예의가 아닌 것 같구나. 네 예쁜 깃털 하나와 지렁이 한 마리를 바꾸는 건 어떨까?"
새는 그 사람의 말을 듣고 생각했다.
'깃털 몇 개 정도야 그냥 줄 수도 있지.'
새는 자신의 깃털을 뽑아 지렁이와 바꾸었다.
'이렇게 편하게 지렁이를 먹을 수 있는 방법이 있었다니.'
새는 자꾸자꾸 깃털을 뽑아 주고 지렁이를 배부르게 먹었다. 그런데 갑자기 그 사람이 새를 붙잡았다. 새는 도망치려고 했지만 이미 깃털을 너무 많이 뽑아서 날 수가 없었다.

지혜의 한 줄___
세상에 공짜는 없다.

빨리 자라는 벼

We must not, in trying to think about how we can make a big difference,

ignore the small daily differences we can make which, over time,

add up to big differences that we often cannot foresee.

큰 변화를 추구할 때 일상의 작은 변화를 무시해서는 안 된다.

작은 변화들이 쌓이고 쌓여서 예기치 못한 큰 변화가 이루어진다.

메리언 라이트 에덜먼 Marian Wright Edelman

송나라에 어떤 농부가 있었는데, 이 농부는 심어놓은 벼가 빨리 자라지 않아 불만이었다. 모를 심은 지 얼마 되지 않았기 때문에 키가 자라지 않는 것처럼 보였던 것이다.

성미가 급했던 농부는 논에 나갈 때마다 벼를 조금씩 위로 뽑아 올렸다. 그리고는 만족스러운 표정으로 집으로 돌아왔다.

"벼를 자라게 하는 일은 참 힘들구나. 아이고, 힘들다."

다음날 아버지의 행동이 이상하다는 것을 느낀 농부의 아들이 무슨 일인가 싶어 논으로 달려갔다. 하지만 이미 논에서 자라고 있어야 할 벼들이 모두 말라죽어버린 후였다.

공자의 제자인 지하가 공자에게 정치에 대해 물었을 때 이렇게 말했다.

"빨리 이루어지기를 바라지 마라. 빨리 되기를 바라면 이르지 못할 것이다. 작은 이익에 한눈팔지 마라. 작은 이익에 눈이 멀면 큰일을 이룰 수 없는 법이다."

지혜의 한 줄___

작은 이익에 눈이 멀면 일 전체를 망칠 수도 있다.

어떤 명예

People grow through experience
if they meet life honestly and courageously.
정직하고 용기 있게 산다면 경험을 통해 성장할 수 있다.
일리노어 루스벨트 Eleanor Roosevelt

한 수행자가 고민에 찬 표정으로 스승을 찾아와 물었다.

"스승님, 제가 어떻게 해야 될지 몰라 스승님을 찾아왔습니다. 많은 사람들이 저의 제자가 되겠다고 찾아옵니다. 하지만 저는 스승이 되려고 수행을 한 것도 아니고, 그런 명예 따위는 안중에도 없습니다. 찾아오는 사람들의 요청을 정중하게 거절할 좋은 방법이 없을까요? 하도 고민이 되어 요즘 잠도 제대로 이루지 못할 정도입니다."

수행자의 고민을 듣고는 스승이 말했다.

"좋은 약이 있기는 하지. 어차피 자네는 명예 따위는 먼지처럼 생각하는 사람이니, 조금 미친 짓을 해서 찾아오는 사람들을 쫓아버리는 게 어떤가?"

그러자 수행자가 깜짝 놀라며 대답했다.

"비록 가짜이기는 하지만 제가 어떻게 미친 짓을 할 수 있겠습니까? 그래도 지금까지 제가 쌓아 온 위치와 명성이 있는데요?"

지혜의 한 줄___

상반된 두 가지를 동시에 얻을 수 있는 방법은 없다.

포도밭의 여우

It is no sin to attempt and fail. The only sin is not to make the attempt.
시도했다가 실패하는 것은 죄가 아니다.
유일한 죄악은 시도조차 하지 않는 것이다.
수엘렌 프리드 Suellen Fried

한 마리의 여우가 포도밭 주위를 맴돌면서 어떻게든 그 안으로 숨어 들어가려고 애를 썼다. 하지만 울타리 때문에 아무리 해도 안으로 들어갈 수 없었다.

여우는 고심 끝에 사흘을 굶어서 몸을 마르게 한 뒤 가까스로 울타리 사이로 난 틈으로 들어가는 데 성공했다. 포도밭 안으로 들어간 여우는 신이 나서 맛있는 포도를 실컷 따 먹었다. 배불리 포도를 먹고 난 여우는 포만감에 잠까지 한숨 자고 일어났다.

"이제 배도 부르니 슬슬 나가볼까?"

그런데 울타리 사이의 틈으로 다시 나오려고 하자 배가 불러서 빠져나올 수가 없었다. 여우는 눈물을 머금고 다시 굶기 시작했다. 그리고 마침내 사흘이 지나자 틈으로 빠져나올 수 있었다.

"아이고, 포도밭으로 들어갈 때나 나올 때나 배가 고프기만 마찬가지구나."

지혜의 한 줄___
내 손안에 있다고 해서 언제까지나 내 것은 아니다.

난파선

항해를 하던 배가 갑자기 심한 폭풍우에 휘말려 길을 잃고 말았다. 아침이 되자 바다는 다시 잔잔해졌고 배는 아름다운 섬에 닿아 있었다. 그 섬에는 아름다운 꽃들이 가득 피어 있었고, 맛있는 과일들이 나무마다 주렁주렁 열려 있었다.

이 섬에서 배에 탄 사람들은 다섯 그룹으로 나뉘었다.

첫째 그룹은 섬에 있는 동안 순풍이 불어 배가 떠나 버릴지도 모른다는 걱정 때문에 아예 배에서 내리지도 않았다.

둘째 그룹은 서둘러 섬으로 올라가 향기로운 꽃향기를 맡고 나무 그늘 아래에서 맛있는 과일을 먹고 기운을 되찾아 배로 돌아왔다.

셋째 그룹은 섬에 오래 있다가 순풍이 불어오자 배가 떠나는 줄 알고 당황하여 돌아왔다. 하지만 서두르느라 귀중품을 잃어버렸고 배 안의 좋은 자리를 놓쳐 버렸다.

넷째 그룹은 순풍이 불어오고 선원들이 닻을 올리는 것을 보았지만, 선장이 자기들을 남겨 두고 떠나지는 않을 것이라고 생각했다. 하지만 정말로 배가 섬으로부터 멀어지기 시작하자 허겁지겁 헤엄을 쳐서 배로 올라갔다. 그들이 바위나 뱃전에 부딪쳐 입은 상처는 항해가 끝날 때까지도 아물지 않았다.

다섯째 그룹은 너무 많이 먹은 데다가 아름다운 경치에 도취되어, 배의 출항을 알리는 소리조차 듣지 못했다. 그래서 맹수들의 밥이 되거나 독이 있는 열매를 먹고 병이 들어 모두 죽고 말았다.

지혜의 한 줄___
위기를 만나면 사람들의 진면목을 볼 수 있다.

글공부하는 형제

Opportunity is missed by most people because it is dressed in
overalls and looks like work.

기회는 작업복을 입고 찾아온 일감처럼 보여서
사람들 대부분이 이를 놓치고 만다.

토머스 에디슨 Thomas Edison

글공부를 하던 형제가 오리 고기가 먹고 싶어 활을 들고 호숫가로 갔다. 때마침 살찐 오리 떼가 물 위에서 헤엄치고 있었다.
오리 떼를 발견하자 형이 말했다.
"아우야! 저 녀석을 잡아서 삶아 먹으면 맛있겠구나."
그러자 곁에 있던 동생이 말했다.
"형님! 물에 떠 있는 녀석은 삶아 먹고 날아가는 녀석은 구워 먹는 게 도리 아닐까요?"
"그게 무슨 소리냐? 떠 있는 놈이나 날아가는 놈이나 그놈이 그놈이지. 자고로 오리는 삶아 먹는 게 도리네."
"형님, 그렇지가 않습니다. 무릇 음양의 이치를 잘 살펴야만 합니다."
이렇게 형제가 옥신각신 다투고 있는 동안 오리 떼는 소리도 없이 사라져버리고 없었다.

지혜의 한 줄___
지혜가 없는 사람은 행동해야 할 때와 생각해야 할 때를 구별하지 못한다.

두 명의 나무꾼

성공하려면 정확히 무엇을 달성하고 싶은지 결정하고
그것을 얻기 위한 대가를 치를 결심을 해야 한다.

벙커 헌트 Bunker Hunt

두 나무꾼이 나무를 하고 내려오던 길에 오솔길에 목화솜이 담긴 큰 포대 두 개를 발견했다. 두 나무꾼은 그동안 고생하며 살았던 자신들에게 하늘이 내린 선물이라고 생각했다. 그들은 콧노래를 부르고 흥이 나서 지게에 진 나무를 버리고 목화솜 자루를 지게에 얹었다.

그런데 조금 더 내려가자 길가에 비싼 비단이 놓여 있었다. 나무꾼들은 어떻게 해야 할지 잠시 망설였다. 잠시 후 한 나무꾼은 지게에서 목화솜 자루를 내리고 비단을 올렸다. 하지만 다른 나무꾼은 '지금까지 힘들게 목화솜을 지고 왔는데 버릴 수 없어!' 하고는 그냥 지나쳤다.

한참을 더 내려가자 이번에는 길모퉁이에 황금덩이가 있었다. 비단을 지고 있던 나무꾼은 신이 나 어쩔 줄 몰라 하며 비단을 내려놓고 황금을 지게에 올렸다. 하지만 이번에도 목화솜을 지고 왔던 나무꾼은 또 그냥 지나쳤다.

"이것은 분명 신의 장난일 거야! 계속 욕심을 냈다가는 분명 안 좋은 일이 생길 거야. 틀림없어."

두 나무꾼은 어쨌든 좋은 일이 생겼다고 생각하며 흡족한 얼굴로 마을을 향해 걸어갔다.

그런데 갑자기 소나기가 쏟아졌다. 그러자 물을 먹은 목화솜이 너무 무거워져 나무꾼은 목화솜 자루마저 놓아두고 가야 했다.

> 지혜의 한 줄___
> 기회가 와도 잡지 못하는 사람은 착한 게 아니라 어리석은 것이다.

가장 강한 수탉

어느 농가에 수탉 두 마리가 살고 있었다. 이 수탉들은 서로 자기가 더 강하다며 매일 아웅다웅하며 싸웠다.

그러던 어느 날 드디어 두 마리의 수탉이 정식으로 거름더미 위에서 누가 더 강한지 겨루었다. 싸움은 한참 동안 계속되었고 마침내 한 수탉이 다른 수탉을 거름더미 위에서 밀어내며 최고의 수탉으로 등극했다.

싸움이 끝나자 농가에 있던 모든 암탉들이 힘 센 수탉 주위에 모여들어 승리를 축하했다. 우쭐해진 수탉은 헛간 지붕으로 날아 올라가 날개를 활짝 펴서 퍼덕이며 큰소리로 외쳤다.

"잘 봐라. 내가 세상에서 가장 강한 수탉이다. 이 세상 어디에도 나보다 강한 수탉은 없다. 만약 있다면 당장 나와 봐!"

그런데 마침 높은 하늘을 날며 먹이를 노리고 있던 독수리 한 마리가 있었다. 독수리는 헛간 지붕에서 날개를 퍼덕이고 있는 수탉을 발견하고는 날카로운 발톱으로 채어 날아올랐다.

지혜의 한 줄___
성공 후의 자만은 화를 부를 뿐이다.

꿈보다 해몽

What is now proved was only once imagined.

지금 실제로 일어나고 있는 일은 이전에 상상했던 것에 불과하다.

윌리엄 블레이크 William Blake

옛날 어느 나라의 왕이 꿈을 꾸었는데 꿈속에서 그만 이가 몽땅 빠져 버렸다. 왠지 불길한 느낌이 든 왕은 기분이 찝찝해서 용하다는 해몽가를 불렀다. 해몽가는 왕의 꿈 얘기를 신중하게 듣고 나서 이렇게 말했다.

"왕이시여! 그 꿈이 의미하는 바는 친지들이 모두 죽고 오직 폐하 혼자만 남게 된다는 뜻입니다."

해몽가의 해몽을 들은 왕은 노발대발 화를 내며 해몽가를 당장 궁에서 쫓아내라고 명령했다.

왕은 더욱 불길한 느낌이 들어 다른 해몽가를 부르라고 명령했다. 왕의 앞에 서서 꿈 이야기를 모두 듣고 난 해몽가가 잠시 생각에 잠겼다가 다음과 같이 말했다.

"왕이시여! 경하드리옵니다. 폐하의 꿈이 의미하는 바는 바로 폐하께서 무병장수할 것이라는 뜻이옵니다. 폐하께서는 폐하의 다른 모든 친지들보다도 훨씬 오래 장수하실 겁니다. 그러니 폐하, 다시 한번 폐하의 장수를 경하드리옵니다."

왕은 해몽가의 말을 듣고 난 후 불안한 마음이 사라지고 안심이 되어 해몽가에게 상으로 많은 금을 하사했다.

지혜의 한 줄___

진실을 이야기할 때도 지혜가 필요하다.

마지막 유언

The desire of knowledge, like the thirst of riches,

increases ever with the acquisition of it.

지식에 대한 욕구는 재물에 대한 욕심과 마찬가지로 얻으면 얻을수록 더 커진다.

로렌스 스턴 Laurence Sterne

작은 가게를 운영하던 사람이 병이 깊어져 임종을 앞두고 있었다. 가족들이 그의 곁에 모여서 슬픔과 안타까운 마음으로 그를 지켜보고 있었다.

그가 물었다.

"여보, 당신 여기 있소?"

"예. 여기 당신 옆에 있어요."

가족들은 아버지의 마지막 유언이 있을 것이란 생각에 귀를 기울였다.

그가 다시 입을 열었다.

"사랑하는 딸아 너도 여기 있느냐?"

"예. 여기 있어요. 아버지."

그는 자신의 가족들을 하나하나 부르며 자신의 임종을 지키고 있는지 확인했다. 그리고 가족 모두가 그의 곁에 있다는 것을 확인하고는 갑자기 벌떡 일어나 소리쳤다.

"가게는 어찌 하고 다 여기 와 있는 것이냐?"

지혜의 한 줄___

사람의 본성은 쉽게 변하지 않는다.

병사들의 각오

Humor is our way of defending ourselves from life's absurdities
by thinking absurdly about them.
유머는 삶의 부조리를 비웃으며 우리를 보호하는 수단이다.
루이스 멈퍼드 Lewis Mumford

어떤 장군이 전쟁을 앞두고 부하들을 모이게 한 뒤 훈시를 하고 있었다.
"우리 병사의 수는 적다. 그러나 적의 병사들도 그 수가 많지 않다. 그
러니 여기 있는 여러분은 반드시 한 사람당 적군 한 명 이상을 상대한
다는 각오로 싸워야 할 것이야. 알겠나?"

그러자 모두들 '예'하고 큰소리로 대답했다.

그런데 맨 앞줄에 서 있던 씩씩한 병사가 손을 들더니 이렇게 말했다.

"장군님! 저는 반드시 한 놈이 아니라 두 놈의 적을 맡아 싸워 이길 것
입니다."

용감한 병사의 외침에 모두가 박수를 쳤고 장군도 그의 당당함을 칭
찬했다.

그런데 바로 그때 그 병사 옆에 있던 다른 병사가 앞으로 나서며 용감
하게 말했다.

"장군님! 그러면 저는 집으로 돌아가겠습니다."

지혜의 한 줄___
유머는 긴장의 순간을 풀어주는 마법의 도구이다.

뾰족한 수

일을 망치고 아무것도 배우지 못했다면, 당신은 실수를 저지른 것이다.
일을 망치고 무언가를 배웠다면, 당신은 경험을 한 것이다.

마크 맥파든 Mark McFadden

철이 지나 재고로 남은 옷을 놓고 사장과 담당직원이 머리를 맞대고 고민하고 있었다.

"이 많은 재고를 어떻게 하지? 무슨 좋은 방법 없겠나?"

사장의 물음에 직원은 앓는 소리만 내고 있었다. 그러다 갑자기 좋은 생각이 났는지 소리쳤다.

"사장님! 이 옷들을 지방으로 보내면 어떻겠습니까?"

그러자 사장이 되물었다.

"철이 지난 옷들인데 지방이라고 뾰족한 수가 있겠나?"

사장의 대꾸에 직원이 자기 생각을 털어놓았다.

"사장님, 그게 아니고요. 지방으로 보낼 때 10벌씩 포장해서 보내고 8벌이라고 써넣는 겁니다. 그러면 지방의 사장님들이 모른 척하고 받을 것 아닙니까? 대신 가격은 2벌 가격만큼 올려서 보내면 되지 않겠습니까?"

직원의 말에 사장을 무릎을 탁 치며 좋은 생각이라고 칭찬하면서 당장 진행하라고 지시했다.

그런데 몇 주가 지나자 사장이 직원을 불러 호통을 쳤다.

"이게 뭔가? 지방의 사장들이 박스에서 2벌을 빼내고 8벌이 들어있는 박스로 모두 반품을 했네. 자네 이 사태를 어떻게 할 텐가?"

 지혜의 한 줄___
어리석은 사람은 사람들이 모두 자신보다 어리석을 것이라고 생각한다.

청어와 손님

The philosophy of the rich versus the poor is this.
The rich invest their money and spends what is left.
the poor spends their money and invest what is left.
부자와 가난한 자의 철학은 이렇다. 부자는 먼저 투자를 하고 남은 돈을 쓰지만
가난한 자는 먼저 쓰고 남은 돈을 투자한다.
짐 론 Jim Rohn

생선 가게에서 주인과 생선을 사려는 손님 사이에 입씨름이 벌어졌다.
손님이 목소리를 높여 외쳤다.
"이봐요. 옆 가게에서는 청어를 2,000원에 파는데 왜 당신은 3,000원에
파는 것이오? 이거 너무 하는 것 아니오? 당신도 2,000원에 파시오."
그러자 생선 가게 주인이 어이없다는 듯 대꾸했다.
"허허, 정 그렇게 불만이면 옆 가게에 가서 사면 될 것 아니오. 왜 쓸
데없이 여기 와서 행패요, 행패가!"
주인의 대꾸에 손님이 안타까운 표정을 지었다.
"아니, 저기 옆 가게의 청어는 이미 다 팔려버렸는데 어찌 사란 말이
오? 그냥 2,000원에 파시오."
주인이 손님을 말을 다 듣고 나서 뭔가 결심했다는 듯한 비장한 표정
으로 입을 열었다.
"거 참 못 말리겠네. 좋소. 내 2,000원에 팔겠소. 대신 여기 있는 청어
가 옆 가게처럼 다 팔리고 나면 그때 2,000원에 팔겠소. 그러니 그때
다시 오시오."

지혜의 한 줄___
어리석은 사람은 자신이 어리석은 사람인지 모른다.

큰 지갑과 작은 지갑

A person with a clear purpose will make progress on even the roughest road.
A person with no purpose will make no progress even on the smoothest road.

명확한 목적이 있는 사람은 가장 험난한 길에서조차 앞으로 나아가고,
아무런 목적이 없는 사람은 가장 순탄한 길에서조차도 앞으로 나아가지 못한다.

토머스 카알라일 Thomas Carlyle

어떤 장사꾼이 도시에 물건을 사러갔는데 며칠 뒤에 할인 판매를 한다는 이야기를 들었다. 그래서 그때까지 기다렸다가 사기로 했는데 몸에 큰돈을 지니고 다니는 게 매우 불안했다. 그래서 그는 몰래 으슥한 곳으로 가서 가지고 있던 지갑을 땅에 묻었다.

며칠이 지나 그는 물건을 사기 위해 지갑을 묻어두었던 곳으로 갔다. 그런데 아무리 땅을 파고 돈이 나오지 않았다. 뭔가 잘못되었다고 판단하고 주변을 살펴보자 멀지 않은 곳에 집이 한 채 있었는데 그 집의 벽에 구멍이 나 있어서 밖을 볼 수 있었다. 그 집에는 늙은 노인이 혼자 살고 있었다. 노인이 의심스럽다고 생각한 그는 노인에게 이렇게 말했다.

"어르신은 도시에 사시니 저 같은 시골뜨기보다 훨씬 지혜로우시겠지요. 사실은 제가 이 도시에서 물건을 사려고 작은 지갑에는 은화 500개, 큰 지갑에는 은화 800개를 넣어서 가져왔습니다. 그런데 이 지갑들을 어떻게 보관해야 할지 몰라 작은 지갑은 아무도 모르는 곳에 묻어두었습니다만, 큰 지갑도 같이 묻어두어야 하는지 아니면 누군가에게 맡겨두어야 할지 잘 모르겠습니다."

그러자 노인이 말했다.

"나라면 같이 묻어두겠소. 사람을 함부로 믿으면 안 되지요."

노인은 밤이 되자 자기가 파낸 지갑을 다시 묻어두고 몰래 지켜보았는데, 새벽이 되자 장사꾼이 나타나 그 지갑을 가지고 떠났다.

지혜의 한 줄___
지혜로운 사람은 어떤 위기에서도 벗어날 방법을 찾아낸다.

하늘과 땅

두 사람이 길을 가고 있었다. 그들이 가야 할 길은 멀고도 험했다. 목적지까지 가려면 높은 산과 계곡을 넘고 넓은 바다를 건너야 했다.

길을 가던 도중 한 친구가 말했다.

"갈 길이 아직 멀지만 그래도 하늘을 보면서 가면 더 빨리 목적지에 닿을 수 있을 거야."

그러자 다른 친구가 말했다.

"무슨 소리를 하나? 길을 갈 때는 당연히 땅을 보고 가야지."

그러자 처음 말했던 친구가 버럭 화를 내며 말했다.

"어허! 하늘을 보면서 가야 방향을 제대로 알 수 있지. 나는 하늘을 보고 가겠네."

그러자 다른 친구도 화를 내면서 말했다.

"그럼 자네 마음대로 하게나. 나는 땅을 보면서 가겠네."

이렇게 두 친구는 자신의 생각만 옳다고 주장하다 서로 헤어지게 되었다. 이렇게 두 친구는 헤어져서 한 친구를 하늘만 보고, 또 다른 친구는 땅만 보면서 가게 되었다.

 지혜의 한 줄___
어리석은 사람은 자기가 보고 싶은 것만 보고 듣고 싶은 것만 듣는다.

스승과 두 제자

The principle of competing is a against yourself. It's about self
-improvement, and being better than you were the day before.

경쟁의 원칙은 자기 자신을 상대하는 것이다.
그것은 자기 개선과 예전의 자신보다 나아지는 것에 대한 것이다.

스티브 영 Steve Young

옛날 어떤 곳에 두 명의 제자를 둔 스승이 있었다. 스승은 나이가 들어서 다리를 앓고 있었다. 어느 날 스승은 제자들에게 각자 다리를 하나씩 맡아서 주무르도록 시켰다.

두 제자는 사이가 나빠 서로 싸우고 미워하며 시기하고 질투하는 사이였다. 그리고 한 제자가 이 기회에 다른 제자를 없애려고 마음먹었다. 그래서 스승의 오른쪽 다리를 주무르던 제자가 스승의 왼쪽 다리를 돌로 내리쳐 부러뜨렸다. 왼쪽 다리를 주무르던 제자에게 책임을 묻게 하려는 생각이었다. 그런데 이 예상치 못한 공격을 당한 왼쪽 다리를 주무르던 제자도 벌떡 일어나 스승의 오른쪽 다리를 돌로 내리쳤다.

결국 스승은 양쪽 다리가 다 부러져 움직일 수 없게 되어 버렸다. 때문에 제자들은 스승에게서 더는 아무것도 배울 수가 없게 되었다.

지혜의 한 줄___
경쟁 상대가 없어진다고 해도 내가 더 훌륭해지는 것은 아니다.

멋진 걸음걸이

The only way to discover the limits of the possible is to go beyond
them into the impossible.
가능성의 한계를 발견하는 유일한 방법은
한계를 뛰어넘어 불가능에 들어가 보는 것이다.

아더 C. 클라크 Arthur C. Clark

조나라의 한단에는 걸음걸이가 아주 멋진 사람들이 있었다. 당시 조
나라의 한단은 유행을 앞서가는 도시였다. 그래서 많은 사람들이 이
도시를 찾아왔다.

연나라 수릉에 살던 한 청년이 한단 사람들의 멋진 걸음을 배우기 위
해 한단을 찾았다. 그는 매일 거리로 나가 한단 사람들의 걸음걸이를
흉내 내며 시간을 보냈다. 하지만 아무리 따라 해도 잘 되지 않았다.

아무리 따라 해도 한단 사람들처럼 걸을 수가 없자 그는 곧 포기하고
다시 수릉으로 돌아가고 싶었다.

그런데 한단의 걸음걸이를 계속 따라 하다 보니 원래 자기가 걷던 걸
음걸이마저 잊어버려서 비틀거리며 기다시피 해서 고향으로 돌아가
게 되었다.

 지혜의 한 줄___
무턱대로 남들을 따라하면 결국 아무것도 남지 않게 된다.

원숭이 사냥

If only we'd stop trying to be happy, we'd have a pretty good time.
행복해지기 위해 노력하기를 멈춘다면, 정말 행복해질 수 있을 것이다.
에디스 와튼 Edith Wharton

아프리카 원주민들이 원숭이를 사냥하는 방법 중 재미있는 방법이 있다.

원주민들은 원숭이들이 다니는 길목의 나뭇가지에 열매를 넣은 조롱박을 매달아 놓는데, 그 조롱박에는 원숭이의 손이 겨우 들어갈 만한 작은 구멍이 뚫려 있다.

원숭이는 조롱박 안에 맛있는 열매가 들어있다는 것을 확인하고 먹기 위해 손을 집어넣는다. 그리고 한 움큼 열매를 움켜쥐고 다시 빼내려고 하는데 조롱박의 구멍이 너무 작아서 주먹을 쥔 채로는 손을 빼낼 수가 없다.

이때 원주민들이 다가가면 열매를 잡고 있는 손을 펴서 도망을 가야 하지만 원숭이는 끝까지 손 안의 열매를 놓지 않는다. 결국 원숭이는 한 손을 조롱박에 넣은 채 원주민들에게 붙잡히게 되는 것이다.

 지혜의 한 줄___
작은 것에 대한 욕심 때문에 큰 것을 잃을 수도 있다.

바다의 신

같은 고을에 살면서 장사를 하는 친구들이 함께 큰 바다로 나가게 되었다. 큰 바다로 나가려면 길잡이가 필요했기 때문에 그들은 길잡이를 구해서 항해를 떠났다.

그런데 배가 큰 바다 한복판으로 들어간 순간 갑자기 큰 파도를 만나게 되었다. 그곳은 옛날부터 바다의 신이 살아, 산 사람을 제물을 바치지 않으면 배를 난파시킨다는 전설이 있는 곳이었다. 사람들은 심한 파도에 겁을 먹었고 어떤 친구가 해신에게 제물을 바치자고 제안했다. 다른 친구들도 겁이 많이 났기 때문에 안색이 창백해져서 제사를 지내기로 결정했다.

그런데 어떤 사람을 제물로 바쳐야 할지 서로 의견이 분분했다. 배에 타고 있던 그 누구도 제물이 되겠다고 나설 리가 없기 때문이었다. 결국 친구들을 제물로 바칠 수는 없으니 바다 길잡이를 제물로 바치기로 결정했다.

신기하게도 길잡이를 해신에게 제물로 바치자마자 풍랑이 잦아들기 시작했다. 친구들은 천만다행이라며 서로 껴안고 기뻐했다. 그러나 그 기쁨은 오래 가지 않았다. 길잡이가 사라지자 배는 큰 바다의 한복판에서 방향을 잃었고, 친구들은 죽을 때까지 바다를 떠도는 신세가 되고 말았다.

지혜의 한 줄___
어리석은 사람은 자신이 무슨 일을 하고 있는지도 모른다.

결혼 연구

기회는 언제나 강력하다. 웅덩이에 고기가 조금이라도 있을 것 같다면
그곳에 항상 낚싯바늘을 드리우라. 그러면 고기를 잡을 수 있다.

오비드 Ovid

독일의 철학자인 칸트는 매우 논리적이고 신중한 사람이었다. 하지만 뒤집어 보면 그는 매사에 신속한 결단을 내리지 못하는 우유부단한 성격의 소유자였다.

칸트는 한 여인과 사귀고 있었는데, 그 여인은 칸트가 구혼을 하지 않고 계속 미루는 것에 화가 났다. 그래서 여인이 먼저 칸트에게 구혼을 했다.

"저와 결혼해 주세요."

그러자 칸트가 이렇게 대답했다.

"잠시만 생각할 시간을 좀 주시겠소?"

칸트는 그때부터 결혼에 대해 연구하기 시작했다. 결혼에 대한 자료들을 찾고 찬성하는 글과 반대의 글을 읽으며 장단점을 분석하고 어떻게 해야 할지 조사했다. 그리고 결혼에 대한 모든 연구가 끝나자 그는 결혼을 하기로 결정했다.

칸트는 기쁜 마음으로 여인의 집을 찾아가 문을 두드렸다. 그러나 여인은 나타나지 않고 그녀의 아버지가 문을 열어주었다. 그리고 이렇게 말했다.

"도대체 왜 이제야 온 것인가? 내 딸은 이미 세 아이의 어머니가 되었다네."

지혜의 한 줄___
모든 일에는 때가 있기 마련이다.

더러운 자동차 유리

Better keep yourself clean and bright;
you are the window through which you must see the world.

더 깔끔하고 밝은 사람이 되도록 노력하라. 자기 자신이 바로 세상을 보는 창이다.

조지 버나드 쇼 George Bernard Shaw

어떤 부부가 차에 기름을 넣기 위해 주유소에 들렀다. 기름이 들어가는 동안 주유소 직원이 차의 앞 유리를 닦아 주었다.

그런데 차에 타고 있던 남편이 불만스럽게 말했다.

"이봐요! 유리가 아직 더러우니 한 번 더 닦아줘요."

직원은 군말 없이 유리를 다시 닦았다. 이번에는 더 깨끗하게 닦았다. 하지만 이번에도 남편은 마음에 들지 않는지 직원에 화를 내며 말했다.

"이게 뭐요? 제대로 닦은 게 맞소?"

직원은 이해할 수 없었지만, 불평하지 않고 다시 한 번 정성껏 유리를 닦았다. 하지만 남편의 불평은 그치지 않았다.

그때 부인이 불평하는 남편의 말을 끊었다.

"여보, 당신 안경을 먼저 닦아야 할 것 같네요."

남편은 아내의 말대로 안경을 벗어 깨끗이 닦았다. 자동차 유리는 새 차처럼 깨끗했다.

 지혜의 한 줄___
내가 가진 편견은 다른 사람들은 다 알지만 나만 모르는 경우가 많다.

병사와 병든 말

Luck is when preparedness meets opportunity.
운이란 준비가 기회를 만나는 것이다.

얼 나이팅게일 Earl Nightingale

어떤 병사가 기마병으로 전쟁에 참가하게 되었다. 병사는 말에게 귀리와 건초를 푸짐하게 주며 매우 귀중하게 대했다.

그러나 전쟁이 끝나고 나자 병사는 나라에서 더는 돈을 받을 수가 없었다. 생활이 곤궁해진 병사는 더 이상 필요가 없어진 말에게 비싼 먹이를 먹일 엄두가 나지 않았다. 그래서 숲에 있는 무거운 통나무를 성까지 나르는 고된 일을 시켜야만 했다. 그러면서도 말에게는 질 나쁜 지푸라기밖에 먹이지 않았다.

그런데 얼마 후 전쟁이 다시 시작되었다. 왕은 병사들에게 방패와 칼과 말을 준비하라고 명령했다. 드디어 모든 병사들이 모이자 진군의 나팔소리가 울려 퍼졌다.

병사는 전쟁에 나가기 위해 말 위에 안장을 얹었다. 그러나 고된 노동으로 기운이 다 빠진 말은 안장의 무게도 이기지 못하고 쓰러질 정도로 약해져 있었다.

병사는 말을 보고는 자신의 신세를 한탄하며 말했다.

"이제 와서 후회해봐야 무슨 소용이 있을까? 전쟁터를 달려 다녀야 할 말을 당나귀 취급했으니. 이번에는 어쩔 수 없이 보병으로 참전해야겠구나."

지혜의 한 줄___
현명한 사람은 오늘만 생각하며 살지 않는다.

용감한 사마귀

Courage is doing what you're afraid to do.
There can be no courage unless you're scared.
용기란 자신이 두려워하는 것을 하는 것이다. 두려움이 없으면 용기도 없다.

에디 리켄배커 Eddie Rickenbacker

제나라 장공이 어느 날 수레를 타고 사냥터로 가고 있었다. 그런데 벌레 한 마리가 앞발을 휘두르며 수레를 향해 덤벼들었다. 그것을 본 장공이 마부에게 물었다.

"여봐라. 저것이 무엇이냐?"

그러자 마부가 대답했다.

"사마귀라는 놈인데, 앞으로 나갈 줄만 알지 뒤로 물러설 줄은 모르는 놈입니다. 그래서 자기 분수는 생각지 않고 자기보다 몇 배나 큰 적에게도 마구 덤벼들곤 합니다."

마부의 말을 들은 장공은 사마귀를 피해서 가라고 마부에게 지시했다.

"저 벌레가 인간이었다면 틀림없이 천하제일의 장수가 되었을 것 같구나. 비록 벌레이지만 그 용기가 참으로 가상하다. 수레를 돌려서 피해 가도록 하자꾸나."

장공은 사마귀의 무모한 행동이 안타까웠지만 한편으로는 그 거칠 것 없는 용기를 칭찬했다.

지혜의 한 줄___
어리석은 사람은 나설 때와 물러날 때를 알지 못한다.

목동의 호의

Living itself is a risky business.
If we spent half as much time learning how to take risks as we spend
avoiding them, we wouldn't have so much fear in life.

사는 것 자체가 리스크가 따르는 일이다. 리스크를 회피하는 데
소비하는 시간의 반만이라도 리스크를 감수하는 방법을 배우는 데 쓴다면,
우리는 인생에서 그렇게 많은 두려움을 갖지 않게 될 것이다.

E. 폴 토랜 E. Paul Torrance

어떤 목동이 염소 떼에게 풀을 먹이다가 갑자기 눈보라를 만났다. 염소 떼를 몰고 힘들게 눈보라를 헤치고 가던 목동은 어둠 속에서 꽤 넓은 동굴을 발견하게 되었다. 목동은 염소 떼들을 몰고 굴 안으로 들어가 눈보라를 피했다.

그런데 동굴에는 이미 눈보라를 피해서 대피를 한 야생 염소 무리가 먼저 자리 잡고 있었다. 한눈에 보기에도 야생 염소들은 목동의 염소들보다 덩치도 크고 강해 보였다. 목동은 야생 염소들을 보자 욕심이 생겼다. 그래서 자신의 염소들은 아랑곳하지 않고 야생 염소들만 배불리 먹이를 주고 쓰다듬어 주었다.

아침이 되자 동굴 밖에는 눈보라가 그치고 화창한 하늘이 펼쳐져 있었다. 목동은 설레는 마음으로 염소들을 몰고 동굴 밖으로 나갔다. 그런데 동굴 밖으로 나가자마자 야생 염소들이 순식간에 산을 향해 도망쳤다. 야생 염소들이 도망치는 모습을 넋을 잃고 바라보던 목동이 소리쳤다.

"이놈들아. 내가 너희들에게 얼마나 잘 해줬는데 이럴 수 있단 말이냐?"

그러자 도망치던 야생 염소 한 마리가 큰소리로 말했다.

"네, 바로 그것 때문이죠. 우리 때문에 당신의 염소들을 뒷전에 미뤄 두었으니 새 염소들이 생기면 우리에게도 그렇게 하지 않을까요?"

 지혜의 한 줄___

호의가 진심인지 아닌지 파악하는 데는 그리 많은 시간이 필요하지 않다.

신의 축복

If a person gets his attitude towards money straight,

it will straighten out almost every other area in his life.

만약 돈에 대한 태도만 올바르게 갖춘다면, 삶의 거의 전반이 바로 잡힌다.

빌리 그레이엄 Billy Graham

한 남자가 신의 축복을 받기 위해 매일 값비싼 제물을 바쳤다. 그는 주저함 없이 큰돈을 들여 정성스럽게 제물을 마련하고 제단에 올려 신의 가호를 빌었다.

그러던 어느 날 그의 꿈에 신이 나타나 한심하다는 듯이 말했다.

"이 사람아! 나에게 제물을 바치는 것이 나로서는 기쁘기 한량없지만 그렇게 돈을 흥청망청 써버리지는 말게나. 그러다가 자네가 가난해져 버리기라도 한다면 그 모든 원망이 나에게로 향할 게 아닌가."

 지혜의 한 줄___
기회의 신은 그 사람의 재물이 아니라 그 사람의 노력을 보고 있다.

당나귀와 사자

Faced with crisis, the man of character falls back on himself.

He imposes his own stamp of action,

takes responsibility for it, makes it his own.

위기에 처했을 때 인격자는 스스로 극복하려고 노력한다.

그는 스스로 행동을 결정하고 책임을 지며 그것을 자신의 것으로 만든다.

샤를 드골 Charles de Gaulle

수탉과 당나귀가 친구가 되어 여행을 떠났다. 그런데 얼마 지나지 않아 들판에서 사자를 만나게 되었다.

배고픈 사자는 먼저 당나귀에게 달려들었다. 그런데 그 순간 옆에 있던 수탉이 사납게 날개를 파닥거리며 '꼬꼬댁'하고 큰소리로 울어댔다.

사자는 수탉의 우는 소리에 깜짝 놀라 당나귀를 놓아두고 도망치기 시작했다. 갑자기 사자가 도망치는 것을 본 당나귀는 자신 때문에 사자가 도망치는 것이라고 생각했다. 그래서 도망가는 사자를 쫓아 달리기 시작했다. 당나귀는 도망치는 사자를 보며 신이 나서 멈출 생각을 하지 못했다.

그런데 수탉이 우는 소리가 안 들릴 정도로 멀어지자 사자가 도망치기를 멈추었다. 갑자기 사자가 멈추자 당나귀는 사자를 향해 달려들었다.

사자는 예상치 못했던 공격에 잠시 당황했지만 곧 정신을 차리고 혼자 쫓아온 당나귀를 잡아먹었다.

지혜의 한 줄___

사람들은 때때로 자신의 능력을 과대평가한다.

코끼리 신과 코끼리 몰이 신

어떤 숲속에 많은 제자를 둔 한 스승이 있었다. 스승은 제자들에게 날마다 깊은 가르침을 전하고 있었다. 스승이 말했다.

"신은 천지만물 속에 있다. 따라서 우리는 세상 모든 만물에 머리 숙여 감사드려야 한다. 알겠느냐?"

어느 날 제자들은 나무를 하기 위해 줄을 지어 숲속으로 들어갔다. 그때 제자 중 하나가 갑자기 비명을 질렀다.

"도망쳐! 모두 도망치라고! 성난 코끼리가 달려오고 있어!"

갑작스런 고함소리에 제자들은 코끼리를 피해 이리저리 흩어져 도망쳤다. 그런데 한 제자가 도망칠 생각은 하지 않고 그 자리에 박힌 듯이 제자리에 서서 미동도 하지 않았다. 제자는 다급한 순간에도 스승에게서 전수받은 지혜를 떠올렸다.

"신은 천지만물 속에 있어. 분명 저 성난 코끼리에게도 신성이 있으니 내가 도망치지 않아도 별일 없을 거야."

제자는 자신을 향해 달려오는 코끼리를 피하기는커녕 오히려 코끼리를 향해 기도를 올렸다.

그때 코끼리 몰이꾼이 다급하게 고함을 질렀다.

"빨리 피하시오! 빨리 피하란 말이오."

하지만 코끼리가 자신을 덮칠 때까지도 제자는 움직이지 않았고 결국 큰 상처를 입게 되었다.

그의 상처가 회복되고 정신이 돌아오자 그를 돌보던 동료들이 그에게 물었다.

"왜 도망치지 않았나? 그렇게 계속 피하라고 소리쳤는데도 움직이지 않은 이유가 뭔가?"

"스승님께서 말씀하신 것을 따른 것뿐이네. 그런데 이렇게 되고 보니 스승님의 말씀이 거짓이 아닌가 하는 생각도 든다네."

그의 말을 조용히 듣고 있던 스승이 제자를 향해 말했다.

"제자야! 신이 천지만물에 신으로 깃든다는 말은 사실이다. 그런데 왜 성난 코끼리가 신이라는 생각은 하면서 왜 코끼리 몰이꾼도 신일 것이라는 생각은 하지 못한 것이냐?

지혜의 한 줄___
편협한 신념을 가진 사람은 자기가 보고 싶은 것만 보게 된다.

비둘기들의 왕

It is not the strongest of the species that survive, nor the most intelligent,
but the one most responsive to change.

최후까지 살아남는 사람들은 가장 힘이 센 사람이나 영리한 사람들이 아니라,
변화에 가장 민감한 사람들이다.

찰스 다윈 Charles Darwin

숲속에 살던 비둘기 무리가 있었다. 이 숲에는 솔개도 함께 살고 있었는데 비둘기들은 시도 때도 없이 자신들을 노리는 솔개가 너무 무서웠다.

솔개는 비둘기들을 힘겹게 쫓아다녀야 하는 게 힘들어서 한 가지 꾀를 내었다.

그래서 비둘기들에게 가서 이렇게 말했다.

"비둘기 친구들, 너희들도 불안하고 나도 힘들게 살아가고 있으니 우리가 함께 잘 살아갈 수 있는 방법을 찾아보는 건 어떨까?"

솔개의 제안에 비둘기들은 조금씩 관심을 보였다. 비둘기들은 솔개가 있다는 것만으로도 불안한 나날을 보내야 했기 때문에 뭔가 방법이 있다면 받아들일 생각이었다.

"비둘기들아! 날 한번 믿어 봐. 나와 평화협정을 맺고 나를 왕으로 뽑아준다면 너희들의 안전은 내가 보장해줄게. 물론 이 숲에 다른 솔개들은 얼씬도 못하게 할 거야. 어때?"

비둘기들은 안전을 보장해준다는 말에 속아 넘어가 솔개를 왕으로 뽑았다. 하지만 왕이 된 솔개는 비둘기들에게 있지도 않은 죄를 씌워 한 마리씩 잡아먹었다.

지혜의 한 줄___
누가 보아도 거짓말인 게 분명하지만 그럼에도 속는 사람들이 꼭 있다.

246

나비와 말벌

Your talent is God's gift to you.
What you do with it is your gift back to God.

재능은 신이 당신에게 내린 선물이다.
당신이 해야 할 일은 당신의 선물을 신에게 돌려드리는 것이다.

레오 버스카글리아 Leo Buscaglia

나비 한 마리가 날아가는 말벌을 향해 말했다.
"세상은 참 불공평하단 말이지. 전생에 나는 뛰어난 웅변가였고, 패배를 모르는 장군이었고, 모든 기술에서 으뜸이었어. 하지만 지금은 그저 한 마리 팔랑거리는 나비에 불과해. 그런데 말이야. 너는 전생에 짐수레나 끄는 노새였는데 지금은 멋진 몸에 거기에다가 날카로운 침까지 갖게 되었다니 말이야. 세상이 평등하다는 것은 다 거짓말이야."
지나가던 말벌이 나비의 시샘 섞인 한탄을 듣고 말했다.
"전생에 무엇이었는지는 중요하지 않단다. 정말 중요한 것은 '지금 우리가 무엇인가'란다."

지혜의 한 줄___
현재 상태가 비참할수록 과거의 영화에 더욱 집착하게 된다.

집 지키는 개와 사냥하는 개

Everything's got a maral, if only you can find it.
노력만 하면 어떤 일에서든지 배울 점을 찾을 수 있다.

루이스 캐럴 Lewis Carroll

어떤 사냥꾼이 개를 두 마리 키우고 있었다. 사냥꾼은 한 마리에게는 사냥하는 법을 가르치고, 다른 한 마리에게는 집 지키는 법을 가르쳤다. 사냥꾼은 사냥개와 함께 사냥을 다녀오면 잡아온 고기를 집 지키는 개에게도 나누어 주었다. 사냥개는 늘 그게 불만스러웠다. 자신이 고생해서 잡아온 고기를 아무 수고도 하지 않은 집 지키는 개에게도 주는 게 말이 안 된다고 생각했다. 그래서 어느 날 사냥개가 집 지키는 개에게 버럭 화를 냈다.

"야! 너는 집에서 빈둥거리기만 할 뿐 고기를 사냥하는 데 아무 도움도 주지 않았어. 그렇게 아무 일도 하지 않은 녀석이 내가 힘들게 사냥한 고기를 먹을 자격이 있는 거야? 고기가 먹고 싶다면 앞으로 너도 사냥을 하도록 해. 사냥을 할 수 없다면 내가 잡아온 고기에는 입도 대지 말라고!"

화가 난 사냥개가 한바탕 불만을 퍼붓고 나자 집 지키는 개가 대답했다.

"이봐요, 사냥개 씨! 당신이 화를 내야 할 대상은 내가 아니야. 내게 사냥법이 아니라 집 지키는 법만 가르친 주인을 탓하라고."

 지혜의 한 줄___
많은 사람들이 종종 원인은 생각지 않고 엉뚱한 곳에 화풀이를 하곤 한다.

한 마리 개미의 죄악

Human beings, by changing the inner attitudes of their minds,

can change the outer aspects of their lives.

내면의 정신 태도를 바꾸면 삶의 외적 양상을 바꿀 수 있다.

윌리엄 제임스 William James

큰 배 한 척이 뭍에서 떠난 지 얼마 되지 않아 바다 밑으로 가라앉아 버렸다. 그 모습을 지켜보던 한 남자가 이렇게 말했다.

"참 안됐구만. 한 사람의 죄악 때문에 무고한 많은 사람들이 함께 죽게 되다니. 역시 신은 공평하지 않아."

남자가 안타까운 마음에 혼잣말을 하고 있을 때, 그의 손등 위로 개미들이 줄줄이 올라가 손에 붙어있던 밀 부스러기를 먹기 시작했다. 그런데 그만 개미들 중 한 마리가 남자의 손등을 깨물고 말았다.

"아야!"

화가 난 남자는 깜짝 놀라 손등 위에 있던 개미들을 털어냈다. 그리고는 자신의 주위에 있던 개미들을 모두 발로 밟아 죽여 버렸다.

 지혜의 한 줄___

다른 사람들의 행동을 비난하면서 자신도 그들과 똑같이 행동하는 사람이 있다.

당나귀와 말

More persons, on the whole, are humbugged by believing
in nothing than by believing in too much.
대체로 너무 많이 믿어서 속는 경우보다 전혀 믿지 않아서 속는 경우가 더 많다.

P. T. 바넘 P. T. Barnum

어떤 사람이 말과 당나귀에게 무거운 짐을 지우고 길을 떠났다. 당나귀는 들로 난 길을 걸을 때는 괜찮았는데 산길을 타고 오르기 시작하자 도저히 힘에 겨워서 버틸 수가 없었다. 그래서 말에게 부탁을 했다.
"저기, 오늘은 주인이 짐을 너무 많이 지게 한 것 같아. 이대로 계속 가다간 지쳐 쓰러져버리고 말 거야. 너는 힘이 세니까 내 짐을 조금만 네가 덜어서 지면 안 되겠니?"
하지만 말은 당나귀의 부탁을 단칼에 거절했다.
"네가 힘든 건 알겠는데 말이야, 그렇다고 해서 네 짐을 나에게 떠넘기려고 하면 안 되지. 나에게 피해 입힐 생각 말고 네 짐은 네가 끝까지 알아서 하라고. 알겠어?"
당나귀는 말의 거절에 속상했지만 어쩔 수 없었다. 그런데 당나귀는 얼마 더 가지 못하고 힘들어 쓰러졌고 그대로 죽고 말았다.
그러자 주인은 지쳐 쓰러져 죽은 당나귀의 짐을 모두 말에게 지게 했다. 게다가 주인은 죽은 당나귀의 가죽까지 벗겨 말의 등 위에 실었다.

 지혜의 한 줄___
배려가 필요할 때 원칙만 주장하는 사람은 그 자신도 배려 받을 수 없다.

낭비벽 청년

Everything changes when you change.

당신이 변하면 모든 것이 변한다.

짐 론 Jim Rohn

씀씀이가 헤프고 심한 낭비벽을 가진 한 청년이 있었다. 그는 부모에게서 물려받은 많은 재산을 탕진하고 오로지 겨울 외투 하나밖에 남지 않게 되었다. 배가 고파서 견딜 수 없었지만 돈이 없어 빵도 살 수가 없었다.

그런데 배고픔에 지쳐 힘없이 주저앉아 있는 그의 눈에 제비가 날아가는 게 보였다. 제비는 연못 위를 우아하게 날아다니며 날벌레를 사냥하고 있었다.

"아! 이제 겨울이 끝나고 드디어 봄이 왔구나. 이제 이 겨울 외투는 필요가 없겠어."

청년은 외투를 판 돈을 들고 빵가게로 달려갔다. 며칠 동안은 배부르게 빵을 사먹고도 남는 돈이었다.

그런데 그 며칠도 지나지 않아 서리가 내리고 강추위가 찾아왔다. 청년은 겨울 외투마저 팔아버려 추위에 떨어야만 했다. 그리고 바로 그 연못 근처를 지날 때 청년은 차갑게 얼어 죽어있는 제비를 발견했다. 청년이 제비를 바라보며 한탄했다.

"이게 다 너 때문이야. 너 때문에 내가 이렇게 된 거라고."

🖊 지혜의 한 줄___
어리석은 사람은 항상 불행의 원인을 남의 탓으로 돌린다.

지금 필요한 것

Change your thoughts and you change your world.

생각을 바꾸면 세상이 변할 것이다.

노먼 빈센트 필 Norman Vincent Peale

오랜 기간 수행을 통해 세상의 모든 지혜를 얻었다고 자부하는 수행자가 있었다. 어느 날 그는 강둑을 거닐다가 강둑 한쪽에 한 남자가 여자를 안고 있는 장면을 보게 되었다. 그리고 그 남자 옆에는 술병이 놓여 있었다.

그 모습을 보고 수행자가 혼잣말로 중얼거렸다.

"대낮에 저런 짓을 하고 있다니. 저 사람을 타락으로부터 벗어나게 해주고 싶다."

그때 강둑에서 비명 소리가 들렸다. 고개를 돌려 보니 강을 건너던 배가 가라앉고 있었다. 수행자는 어떻게 해야 좋을지 몰라 머뭇거렸다.

그런데 강둑에 있던 남자가 조금의 주저함도 없이 강물로 뛰어들었다. 남자는 능숙한 수영 솜씨로 차례차례 여섯 명을 구해냈지만 너무 지쳐 쓰러지고 말았다. 아직도 강에는 한 사람이 허우적거리며 누군가 구해주기를 기다리고 있었다. 지친 남자가 수행자에게 소리쳤다.

"수행자시여! 어서 저 사람을 구해주세요. 수행자님은 세상의 모든 지혜를 알고 있지 않습니까? 왜 구경만 하는 것이오."

그러나 수행자는 수영을 할 줄 몰랐다. 또 강에 뛰어들 용기도 없었다.

수행자가 머뭇거리는 사이 허우적거리던 사람은 그대로 물에 빠져 죽고 말았다.

수행자는 강둑에 누워 있는 여자를 가리키며 핑계를 댔다.

"당신 같은 술주정뱅이에 음탕한 남자를 왜 내가 도와주어야 하는 것이오?"

그러자 남자가 지친 목소리로 말했다.

"저기 누워있는 여자는 병든 내 어머니고, 술병에 담겨있는 것은 물이오. 그리고 문제는 내가 아니고 저기서 물에 빠져 허우적거리고 있던 사람이오."

지혜의 한 줄___

말로만 똑똑한 사람들은 행동하는 사람들을 험담하기 좋아한다.

아기 게의 걸음마

Those who are quite satisfied sit still and do nothing.

Those who are not quite satisfied are the sole benefactors of the world.

만족하며 사는 사람은 가만히 앉아 아무것도 하지 않는다.

만족하지 못하는 사람들이야말로 이 세상을 위해 기여한다.

월터 새비지 랜더 Walter Savage Landor

엄마 게가 아기 게를 혼내고 있었다.

"이 녀석아! 너는 제대로 걷지 못하고 자꾸 옆으로만 걷는 거니? 똑바로 못하겠어?"

그러자 아기 게가 뒤뚱뒤뚱 옆으로 걸으며 대답했다.

"똑바로 걷는 게 어떤 건지 엄마가 좀 보여주실래요? 그러면 저도 엄마 하는 것 보고 따라서 해볼게요."

엄마 게는 아기 게의 말에 화를 내며 말했다.

"나는 옆으로 걸어도 돼. 그렇지만 너는 똑바로 앞으로 걸어야 해. 알겠니?"

지혜의 한 줄___

어떤 부모들은 자신은 하지 못하는 것을 자식들은 할 수 있을 거라고 생각한다.

254

질투와 탐욕

Courage is the ladder on which all the other virtues mount.
모든 덕은 용기라는 사다리를 타고 올라간다.

어느 날 제우스 신은 자신이 만든 인간들의 본성이 어떠한지 궁금했다. 그래서 지혜의 신인 아폴로를 지상으로 내려 보내 인간의 본성을 알아오도록 했다.

지상으로 내려온 아폴로는 두 사내가 신에게 기도를 올리고 있는 것을 보았다. 아폴로가 두 사내가 무엇을 빌고 있는지 궁금해서 그들의 기도를 엿들었다. 한 사내는 탐욕으로 가득한 소망을 빌고 있었고 다른 사내는 질투로 가득한 소망을 빌고 있었다.

아폴로는 '인간의 본성이 이런 것이란 말인가?' 하고 깜짝 놀랐다. 그리고는 두 사내에게 경고를 하기로 결심했다. 아폴로는 두 사내 앞에 나타나 이렇게 말했다.

"너희의 기도를 들어주마. 단, 한 사람이 원해서 얻게 되는 것을 다른 사람은 두 배로 얻게 될 것이다."

아폴로의 말이 끝나자 두 사내는 고민에 빠졌다. 먼저 탐욕스러운 사내가 질투심 많은 사내에게 먼저 소원을 빌라고 말했다. 질투심 많은 사내가 기도해서 얻는 것을 두 배로 얻기 위해서였다.

하지만 질투심 많은 사내는 탐욕스런 사내의 속셈을 눈치 채고는 그에게 더 많은 것을 얻게 해주고 싶은 마음이 없었다. 그래서 그는 아폴로에게 이렇게 말했다.

"아폴로 신이시여! 저의 눈 하나를 멀게 해주소서."

지혜의 한 줄___
질투와 탐욕은 자신의 파멸까지도 감수하게 만든다.

개구리의 왕

If men could regard the events of their own lives with more open minds,
they would frequently discover that they did not really desire
the things they failed to obtain.

좀 더 열린 마음으로 인생사를 바라보면, 가지지 못해 아쉬워했던 것들이
사실 그토록 간절히 원했던 것은 아님을 알게 된다.

앙드레 모루아 André Maurois

개구리들은 자신들에게 강력한 지도자가 없는 것이 항상 아쉬웠다.
그래서 제우스 신에게 왕을 보내달라고 기도했다.

제우스 신은 개구리들의 어리석은 기도를 한심하게 여기며 개구리들
이 살고 있는 연못에 커다란 나무토막 하나를 던져주었다.

갑자기 하늘에게 커다란 나무토막이 연못으로 떨어지며 큰 소리가 나
자 연못의 개구리들이 놀라서 펄쩍 뛰어 도망갔다. 연못가로 도망쳐
숨어있던 개구리들은 나무토막이 움직이지도 않고 가만히 있자 궁금
증이 생겨 조금씩 주위로 몰려들었다. 그리고 시간이 지나자 나무토
막 위에 올라가 연못으로 뛰어내리기도 하고 나무토막 위에서 낮잠을
자기도 했다. 시간이 지나면서 개구리들은 이런 쓸모없는 나무토막이
왕일 리가 없다고 생각하게 되었다.

"제우스 신이시여! 저런 쓸모없는 나무토막 말고 정말 왕다운 왕을 보
내주세요."

제우스 신은 개구리들의 기도를 듣고 뱀장어를 왕으로 내려 보냈다.
하지만 개구리들은 곧 뱀장어에게도 싫증을 냈다. 그래서 제우스 신
에게 정말 강하고 멋지면서도 자기들이 함부로 할 수 없는 위엄을 지
닌 왕을 보내 달라고 간청했다.

세 번째로 왕이 되어 나타난 것은 왜가리였다. 왜가리는 연못에 나타
나자마자 개구리들을 닥치는 대로 잡아먹기 시작했다.

> 지혜의 한 줄___
> 어리석은 사람일수록 자유보다는 복종에 더 열광한다.

신을 생각하는 마음

인도에 신을 섬기는 마음이 깊은 나라다라는 수행자가 있었다. 그는 문득 자신보다 더 신을 사랑하는 사람은 이 세상에 없을 거라는 생각이 들었다.

그의 마음을 읽은 신이 말했다.

"나라다야! 갠지스 강가 마을에 나를 향한 마음이 깊은 농부가 있다. 그를 만나 함께 지내면 너에게도 도움이 될 것이다."

나라다는 신의 뜻에 따라 그 마을로 찾아가 농부와 함께 지내게 되었다. 농부는 아침 일찍 일어나 신의 이름을 한 번 부르고는 하루 종일 들에 나가서 일했다. 그리고는 집에 돌아와 잠들기 전에 신의 이름을 한 번 부르고 잠자리에 들었다.

이를 이상하게 여긴 나라다가 신에게 물었다.

"신이시여! 제가 보기에 이 농부는 신심이 그리 깊지 않은 사람 같습니다. 그저 자기 일만 열심히 하고 있을 뿐입니다."

그러자 신이 나라다에게 말했다.

"좋다. 그럼 우유를 가득 담은 통을 들고 시내를 한 바퀴 돌고 오거라. 단, 우유는 한 방울도 흘리면 안 된다. 알겠느냐?"

나라다는 신이 명하는 대로 우유 통을 들고 조심조심 걷기 시작했다. 시내를 다 돌아 다시 돌아왔을 때 다행히 우유는 한 방울도 흘리지 않은 것 같았다. 나라다가 자랑스럽게 우유 통을 내려놓자, 신이 물었다.

"나라다야! 우유 통을 들고 걷는 동안 너는 얼마나 자주 나를 생각했느냐?"

나라다가 어이없다는 듯 신에게 물었다.

"한 번도 생각하지 못했습니다. 무거운 우유 통을 들고 조심조심 걷는데 어떻게 그 순간에 신을 생각할 수 있단 말입니까?"

그러자 신이 말했다.

"저 농부를 보아라. 자신의 가족들을 양 어깨에 짊어지고도 그는 날마다 두 번씩이나 나를 생각하고 있지 않느냐? 하지만 너는 우유 통 정도의 무게에도 나를 잊어버리게 되는구나."

지혜의 한 줄___
다른 사람들이 하는 일은 다 쉬워 보인다.

강물 속의 여우

Knowing is not enough, we must apply.

Willing is not enough, we must do.

아는 것만으로는 충분하지 않다. 적용해야만 한다.

자발적 의지만으로는 충분하지 않다. 실행해야만 한다.

괴테 Johann Wolfgang von Goethe

여우들이 강가에 모여 물을 마실 곳을 찾고 있었다. 하지만 물살이 강해서 쉽사리 강가에 다가갈 수가 없었다.

그러자 한 여우가 다른 여우들을 비웃으며 말했다.

"이깟 물살 때문에 물도 마시지 못하고 있단 말이냐? 바보 같은 놈들!"

그리고는 용감하게 강물로 뛰어들었다.

하지만 여우는 물살에 떠밀려 점점 더 강 한가운데로 밀려갔다. 그 모습을 보고 다른 여우들이 외쳤다.

"이봐! 어딜 가는 거야? 우리들에게 안전하게 물 마실 곳을 알려주고 가야지!"

강물에 뛰어든 여우는 세찬 강물에 떠내려가면서 이렇게 소리쳤다.

"조금만 기다려봐. 내가 지금은 조금 바쁘니까 급한 일 좀 끝내고 나서 너희들에게 물 마실 곳을 가르쳐 줄게!"

지혜의 한 줄___
용감함이 무엇인지 모르는 사람이 더 많이 더 자주 용감해진다.

수탉의 죽음

People are anxious to improve their circumstances,
but are unwilling to improve themselves. That is why they remain bound.
사람들은 자신의 환경에 대한 개선은 열망하면서도 자기 자신에 대한 개선에는
기꺼이 나서지 않는다. 이것이 그들이 예속에서 벗어나지 못하는 이유다.

제임스 앨런 James Allen

한 늙은 과부가 하녀들을 거느리고 살고 있었다. 그런데 그 노인은 닭 우는 소리가 나면 해가 뜨지 않았는데도 하녀들을 깨워 일을 시켰다. 하녀들은 매일 새벽 닭 우는 소리가 들릴 때부터 일을 시작했기 때문에 주인의 닭이 미워 죽을 지경이었다.

그러던 어느 날 하녀들은 닭이 죽고 없어지면 주인도 그렇게 일찍 일을 시키지 않을 것이라고 생각했다. 그래서 하녀들은 주인 몰래 수탉을 잡아 없애버렸다.

그런데 매일 새벽 울던 수탉이 없어지자 주인은 시도 때도 없이 하녀들을 깨워 일을 시키기 시작했다. 오히려 닭이 울던 때보다 깨우는 시간은 더 빨라졌고 하녀들은 더 힘들게 일하게 되었다.

지혜의 한 줄___
원인을 알지 못하면 그 결과도 예측할 수 없다.

원칙주의자 양공

송나라의 양공은 홍수라는 강을 사이에 두고 초나라의 군대와 맞서게 되었다. 송나라의 군사들은 이미 대열을 정비고 있었지만 초나라의 군사들은 강을 건너느라 대열을 정비하지 못하고 있었다.

그때 목이가 나서서 말했다.

"우리의 수가 저들보다 적으니 강을 건너고 있는 지금 공격해야만 합니다."

하지만 양공은 적의 약점을 이용하는 것은 군자의 도리가 아니라고 생각해서 공격하지 않았다.

얼마 후 초나라 군사들이 모두 강을 건넜으나 여전히 진영을 갖추지 못하고 있었다. 그러자 목이가 또 나서서 말했다.

"이번이 마지막 기회입니다. 적들이 아직 진영을 갖추지 못한 지금 공격해야 합니다."

그러자 양공이 말했다.

"아직 아니다. 군자는 다친 사람을 공격하지 않고 늙은 사람을 사로잡지 않는 법이다. 나는 적들이 대열을 완전히 갖출 때까지 공격하지 않을 것이다."

마침내 초나라가 진영을 완전히 갖추자 양공은 공격 명령을 내렸다. 하지만 양공은 초나라에 대패하게 되었고, 양공 또한 다리를 다쳐 이듬해에 죽고 말았다.

 지혜의 한 줄___
기회가 와도 원칙만 주장하며 잡지 않으면 두 번 다시 기회는 오지 않는다.

목소리를 잃은 솔개

솔개도 원래는 백조처럼 아름다운 목소리를 가지고 있었다.

그런데 어느 날 솔개는 말 울음소리를 듣고는 그 목소리가 너무 마음에 들었다. 그래서 날마다 말의 목소리를 열심히 따라 하며 흉내를 냈다. 하지만 아무리 열심히 말의 소리를 따라 해도 그 소리를 낼 수가 없었다.

결국 솔개는 말의 목소리를 흉내 내는 것을 그만 두었다.

그런데 그 후로 솔개는 본래 자기 목소리를 잃어버려 백조의 목소리도 말의 목소리도 아닌 이상한 소리를 내게 되었다.

지혜의 한 줄___
남들을 따라하며 닮아갈수록 자기만의 것은 점점 사라져간다.

쥐들의 지휘관

Our real problem is not our strength today. It is rather the vital neccessity of action today to ensure our strength tomorrow.
현재 얼마나 힘을 갖고 있느냐는 진짜 문제가 아니다. 그보다는
내일 힘을 갖기 위해 오늘 무언가를 반드시 실행에 옮기는 것, 그것이 문제다.

캘빈 쿨리지 Calvin Coolidge

어느 날 쥐들과 고양이들 사이에 큰 싸움이 벌어졌다.

쥐들은 고양이들보다 비록 숫자는 많았지만 힘도 너무 약했고 크기도 너무 작았다. 그래서 쥐들은 자신들의 싸움을 지도해줄 지휘관이 필요하다고 생각했다. 쥐들은 즉시 자신들의 지휘관으로 몇 마리의 쥐를 뽑았다.

지휘관이 된 쥐들은 자신들이 다른 쥐들보다 뛰어나다고 생각했다. 그래서 자신들과 일반 쥐들을 구별하기 위해 머리에 커다란 뿔을 달았다. 그리고 보통의 쥐들을 이끌고 고양이들을 공격했다.

하지만 곧 쥐들은 고양이들이 너무 강해서 쫓기게 되었다. 쥐들은 미리 숨으려고 만들어둔 쥐구멍으로 도망쳤다. 쥐구멍에 제일 먼저 도착한 것은 지휘관 쥐들이었다. 그런데 머리에 달고 있는 뿔이 쥐구멍에 걸리고 말았다. 지휘관들 때문에 구멍이 막혀버리자 뒤따라오던 쥐들은 도망칠 곳을 찾지 못하고 허둥지둥 뿔뿔이 흩어졌다. 그리고 지휘관들을 비롯한 대부분의 쥐들이 고양이밥이 되고 말았다.

지혜의 한 줄___
오만한 사람의 주위에는 수많은 적들만 남게 된다.

양치기 늑대

There's an element of truth in every idea that lasts
long enough to be called corny.
진부하다고 부를 정도로 오랫동안 지속되는 모든 생각에는 진실한 요소가 있다.

어빙 벌린 Irving Berlin

어떤 양치기가 양떼를 몰고 있었다. 그런데 늑대 한 마리가 이 양떼들 주위를 어슬렁거리며 따라다녔다.

양치기는 늑대가 신경 쓰여 주의 깊게 지켜보았다. 그런데 시간이 지나도 늑대는 양들에게 어떤 해도 끼치지 않았고 오히려 다른 짐승들이 양떼에게 접근할 때마다 멀리 쫓아버렸다. 그러자 점점 양치기와 양들은 늑대를 두려워하지 않고 친근하게 여기게 되었다.

어느 날 양치기는 성에 갈 일이 생겼다. 양떼들이 걱정이 되었지만 자신이 없는 동안 늑대들이 양을 잘 지켜줄 것이라고 생각했다.

하지만 성에서 돌아온 양치기는 곧 자신의 판단이 잘못되었다는 것을 알게 되었다. 그가 없는 동안 자신의 양떼들은 모두 죽어 있었다.

 지혜의 한 줄___
악마는 언제나 천사의 모습을 하고 나타난다.

맹인과 코끼리

Laughter is the sun that drives winter from the human face.
웃음은 인류로부터 겨울을 몰아내 주는 태양이다.

빅토르 위고 Victor Hugo

옛날 인도의 어떤 왕이 신하들에게 명해서 코끼리 한 마리를 끌고 오게 했다. 왕과 신하들은 세상의 진리에 대해 이야기를 나누고 있는 중이었다. 왕은 코끼리가 끌려 나오자 맹인들을 데려오도록 했다. 그리고 맹인들에게 코끼리를 만져보라고 명했다. 맹인들이 코끼리 만지기를 끝내자 맹인들에게 코끼리의 모습을 설명해보라고 말했다.

먼저 상아를 만진 맹인이 말했다.

"코끼리는 굵고 큰 무처럼 생겼습니다."

귀를 만진 맹인이 말했다.

"코끼리는 벼의 쭉정이를 골라내는 키처럼 생겼습니다."

다리를 만진 맹인이 말했다.

"코끼리는 절구질하는 절구통처럼 생겼습니다."

코끼리의 등을 만진 맹인이 말했다.

"코끼리는 평평한 침대처럼 생겼습니다."

코끼리의 배를 만진 맹인이 말했다.

"코끼리는 배부른 옹기처럼 생겼습니다."

그때 코끼리의 꼬리를 만진 맹인이 다른 맹인들에게 소리쳤다.

"헛소리들 마시오. 코끼리는 굵은 밧줄처럼 생겼습니다."

맹인들은 서로 자기가 옳다고 다투었고 왕은 흡족한 표정을 지었다.

> 지혜의 한 줄___
> 누구나 자신만의 눈으로 세상을 본다.

특별한 능력

The best way to have a good idea is to have lots of ideas.
좋은 아이디어를 얻는 최선의 방법은 많이 생각하는 것이다.
라이너스 폴링 Linus Pauling

어떤 농부가 피나는 노력을 한 끝에 수탉이 하는 말을 알아듣는 특별한 능력을 얻게 되었다.

어느 날 저녁 그는 수탉이 다른 닭들에게 하는 말을 엿듣게 되었다.

"마당에 있는 저 개는 곧 죽게 될 거야."

수탉의 말을 들은 농부는 다음 날 눈을 뜨자마자 개를 데리고 시장에 가서 팔아버렸다.

"휴! 다행이야. 이게 다 내 특별한 능력 덕분이야."

며칠 뒤 농부는 또 수탉이 하는 말을 듣게 되었다.

"아이고, 저 노새도 곧 죽게 되겠구나."

수탉의 말을 들은 농부는 노새를 데리고 시장에 가서 팔았다.

"내게 이런 능력이 없었으면 어떻게 되었을까? 이 능력은 하늘이 주신 복이 틀림없어."

농부는 매일 밤 수탉의 말을 엿듣기 위해 닭장 옆에서 지냈다. 수탉은 돼지가 죽을 것이라고 말했고, 그 다음에는 소가 죽을 것이라고 말했다. 농부는 돼지와 소를 팔고서 자신에게 그런 능력이 있다는 것에 매일매일 감사드렸다.

그러던 어느 날 밤 농부는 또다시 수탉의 예언을 듣게 되었다.

"아! 주인도 죽게 되겠구나. 그러면 내 모이는 누가 주지?"

수탉의 말에 농부는 깜짝 놀라 뒤로 넘어졌다. 그때부터 농부는 자신의 특별한 능력을 저주하게 되었고, 자신이 죽게 될 날을 기다리며 살게 되었다.

지혜의 한 줄___
귀한 재주도 귀하게 사용하지 않으면 불행을 부른다.

물놀이를 간 형제

두 형제가 강으로 물놀이를 갔다. 그런데 둘이 함께 물놀이를 하면 혹시 옷이 없어질까 걱정이 되었다. 가난한 집의 아이들에게 옷은 쉽게 살 수 있는 것이 아니었다.

그래서 형제는 내기를 해서 먼저 물놀이를 할 사람을 뽑기로 했고, 동생이 이겨 먼저 물놀이를 하게 되었다. 화가 난 형은 강둑에 누워 동생의 옷만 지켜보고 있었다.

한참 지나자 동생이 물놀이를 마쳤는지 돌아왔다. 그런데 어찌된 일인지 숨을 헐떡이며 떨고 있었고, 어떤 노인이 그런 동생을 부축하고 있었다.

노인이 형에게 물었다.

"이놈아! 너는 여기서 무얼 하고 있었느냐?"

노인의 호통에 형이 놀라 대답했다.

"뭘 하긴요? 동생의 옷을 지키고 있었습니다요."

그러자 노인이 말했다.

"네가 한가로이 동생의 옷을 지키고 있는 동안, 나는 네 동생의 목숨을 건지고 있었다."

지혜의 한 줄___
우리는 가끔 정작 중요한 것이 무엇인지 놓치곤 한다.

마차꾼과 행상

Those who dream by day are cognizant of many things that
escape those who dream only by night.

낮에 꿈꾸는 사람들은 밤에만 꿈꾸는 사람들이 놓치는
수많은 것들을 깨달을 수 있다.

에드거 앨런 포 Edgar Allen Poe

행상을 하는 사람이 무거운 짐을 지고 터벅터벅 힘겹게 걸어가고 있었다. 그 모습을 본 마차꾼이 안타까운 마음에 그를 불렀다.

"여보시오. 짐이 많이 무거워 보이니 마차에 타시오. 내 돈 받지 않고 그냥 태워주리다."

그러자 행상이 거듭거듭 머리를 조아리며 고맙다고 말하며 마차에 올랐다.

그런데 행상은 마차에 올라서도 여전히 무거운 짐을 지고 있었다. 그래서 마차꾼이 그에게 물었다.

"여보시오. 무거울 텐데 그 짐을 마차에 내려놓으시지요."

그러자 행상이 미안한 표정을 지으며 말했다.

"아이고, 저를 마차에 태워주시는 것만으로도 고마운데 어떻게 짐까지 실어달라고 부탁드리겠습니까? 이래 보여도 그렇게 염치없는 사람은 아닙니다."

지혜의 한 줄___
다른 사람을 도와줄 때나 도움을 받을 때도 지혜가 필요하다.

못된 수퇘지

The unfortunate thing about this world is that the
good habits are much easier to give up than the bad ones.
사람들이 나쁜 습관보다 좋은 습관을 일찍 포기하는 것은 실로 안타까운 일이다.

W. 서머싯 몸 W. Somerset Maugham

어느 날 수퇘지 한 마리가 미친듯이 농장을 들쑤시고 다니며 키우고 있던 작물들을 쑥대밭으로 만들었다. 머리끝까지 화가 난 농부가 돼지를 붙잡았다. 그리고 따끔하게 혼내면 다시는 그렇게 하지 않을 것이라고 생각해 돼지의 한쪽 귀를 칼로 잘랐다.

농부는 '크게 혼이 났으니 이제는 그러지 않겠지.' 하고 돼지를 풀어주었다. 그러자 돼지는 풀려나자마자 다시 밭으로 달려가 또 다시 작물들을 망가뜨리기 시작했다.

농부는 다시 돼지를 붙잡아 나머지 한쪽 귀도 잘라냈다. 하지만 돼지의 못된 행동은 계속되었다. 결국 농부는 돼지를 잡아 잔칫상에 올렸다.

돼지의 여러 부위 살들이 푸짐하게 요리되어 잔칫상에 올랐다. 그런데 초대받았던 이웃 사람이 농부에게 물었다.

"여러 부위 요리가 다 있는데 어째서 제가 좋아하는 돼지 골 요리는 없습니까?"

그러자 농부가 껄껄 웃으며 그에게 대답했다.

"허허허! 아니 글쎄 그놈 머릿속엔 아예 골이 없는 것 같더라고요. 그놈이 골이 있었다면 이렇게 일찍 식탁에 오르지도 않았을 겁니다."

지혜의 한 줄___
나쁜 습관이 몸에 베이면 쉽게 고쳐지지 않는다.

꿀통 안의 파리들

Winning is not a 'sometime' thing. You don't win once in a while,
you don't do thing right in a while, you do them right all of the time.
Winning is a habit, unfortunately, so is losing.

승리는 '언젠가' 얻는 것이 아니다. '때때로' 승리해서도 안 되고
'때때로' 제대로 해서도 안 된다. '항상' 제대로 해야 한다는 뜻이다.
승리는 습관이 되며, 유감스럽게도 패배 역시 그러하다.

빈스 롬바르디 Vince Lombardi

헛간 구석에 꿀통이 있는 것을 발견하고 파리들이 몰려들었다. 파리들은 꿀통의 꿀을 정신없이 핥았다. 달콤한 꿀맛에 취한 파리들은 날개와 다리와 몸통에 꿀이 들러붙는 것도 모르고 꿀을 핥았다. 파리들은 점점 꿀통 안으로 미끄러져 들어갔고 꿀에 붙잡혀서 기어오르지도 날아오르지도 못하게 되어 버렸다.

> 지혜의 한 줄___
> 달콤한 유혹은 빠지기는 쉽지만 빠져나오기는 어렵다.